용의 형제들

용의 형제들

지은이_ 유현종

1판 1쇄 인쇄_ 2012. 9. 20
1판 1쇄 발행_ 2012. 9. 27

발행처_ 김영사
발행인_ 박은주

등록번호_ 제406-2003-036호
등록일자_ 1979. 5. 17.

경기도 파주시 문발동 출판단지 515-1 우편번호 413-756
마케팅부 031) 955-3100, 편집부 031) 955-3250, 팩시밀리 031) 955-3111

값은 뒤표지에 있습니다.
ISBN 978-89-349-5900-7 03810

독자 의견 전화_ 031) 955-3200
홈페이지_ www.gimmyoung.com
이메일_ bestbook@gimmyoung.com

좋은 독자가 좋은 책을 만듭니다.
김영사는 독자 여러분의 의견에 항상 귀 기울이고 있습니다.

용의
형제들

유현종 장편소설

김영사

차 례

용의 형제들

영웅들의 만남

 그것은 지축을 흔들고 깊은 계곡을 진동하는 천둥소리였다. 타고 있던 말이 놀라 앞다리를 번쩍 들고 목을 흔들며 외마디 소리를 지르더니 온몸을 떨었다.

 "아아."

 말 위에 앉아 있던 김인찬金仁贊도 놀란 신음 소리와 함께 고삐를 놓치고 옆으로 굴러떨어졌다. 무엇에 놀랐는지 말은 주인을 내동댕이치고 숲속으로 혼자 그냥 달리며 도망쳐버렸다. 그때 다시 한 번 포효하는 짐승의 소리가 들려왔다. 그 짐승은 다름 아닌 호랑이였다. 바로 오십여 보 앞에 있는 바위너설 근처에서 육중한 몸을 흔들며 인찬을 노리고 있었다.

위기일발의 위험한 순간이었다. 호랑이가 일단 지금 있는 곳에서 튀어 올라 덮친다면 오십여 보의 거리는 바로 코앞이었다. 순간 혼미해지는 정신을 가다듬은 인찬은 입술을 굳게 다물었다. 앞으로 나갈 수도, 뒤로 도망칠 수도 없는 절박한 순간이었다. 평소에도 담대한 성품과 당당한 체구에 힘이 좋기로 소문이 나 있던 그였지만 한 번도 호랑이 앞에는 나서보지 않아 긴장하고 있었다.

'호랑이한테 물려가도 정신만 바짝 차리면 살 수 있다.'

그런 속담이 생각나자 조금은 긴장감이 가라앉는 듯했다. 인찬은 자기 허리를 더듬었다. 평소에는 늘 차고 다니던 장검이 없었다. 그 순간 칼을 말 안장 칼꽂이에 꽂아두었던 것이 생각났다. 그 칼은 말이 등에 매달고 도망쳐버렸으니 지금은 맨주먹이었다.

인찬은 옆으로 고개를 돌려 바윗돌을 찾았다. 목침만 한 돌덩이가 한 발짝만 옆으로 움직이면 주울 수 있는 곳에 있었다. 그 돌을 주워 호랑이의 면상을 향해 갈기겠다 작정하고 몸을 굽히는 순간 호랑이는 다시 한 번 포효하며 허공으로 튀어 올라 덮쳐왔다. 거대한 바위가 공중으로 날아와 덮치는 것 같은 공포감이 치솟았다.

인찬은 본능적으로 옆으로 피하며 호랑이 앞발을 하나 잡고 뒤로 돌아 뒤에서 호랑이를 껴안았다. 호랑이가 빠져나가려고 온몸을 뒤틀었다. 인찬은 온힘을 다하여 호랑이 등 뒤에서 앞다리 깊숙이 자신의 두 팔을 집어넣고 뒤로 힘껏 꺾었다. 앞다리 두 개가 잡혀서 힘을 못 쓰게 되자 호랑이는 몸부림치며 뒤에 매달린 인찬을 패대기치려고 기를 썼다.

누가 힘이 더 센가 내기를 하는 듯했다. 호랑이 힘에 지면 인찬은 잡아먹힐 처지였다. 서로 이 자세로 얼마나 오래 버틸 수 있느냐가 관건이었다. 힘이 빠져 헉헉거리면 그때 때려눕히면 되는 것이다. 처음에는 호기 있게 호랑이 앞다리 두 개를 뒤로 꺾어 돌려 부러뜨리려 했지만 오래 버틸 수가 없었다. 호랑이가 머리통을 좌우로 돌리고 숙이며 인찬의 몸을 물어뜯으려 하고 있었다.

"아아아."

얼마가 지났을까. 인찬은 마치 모래밭을 빠져나가는 물처럼 모든 힘이 다 빠지자 이제는 끝이구나 하는 절박함을 느끼고 비틀거렸다. 두 팔과 손아귀에서 호랑이 앞다리가 빠져나가면 끝장이었다. 자유롭게 된 호랑이는 몸을 돌리는 동시에 인찬의 급소인 목을 물어버릴 것이 뻔했다.

마침내 인찬은 너무 지쳐서 비틀어 잡고 있던 앞다리를 놓치고 말았다. 얼마나 힘을 주어 잡아 비틀었는지 호랑이 앞다리는 부러져 흐느적거리고 있었다. 하지만 호랑이는 인찬을 덮치기 위해 몸을 돌렸다. 그때였다. 호랑이가 벌떡 일어서며 비명을 내질렀다. 어디선가 날아온 비우전飛羽箭 화살 한 대가 호랑이의 이마 정수리에 정확하게 꽂힌 것이다. 이어서 또 한 대의 화살이 벌린 호랑이 입 안으로 들어와 박혔다.

호랑이는 고통스러워하며 온몸을 떨며 빙빙 돌았다. 연이어 두 대의 화살이 더 날아와 호랑이 목을 꿰뚫었다. 호랑이는 고꾸라져 더 이상 일어나지 못했다. 말 울음소리와 함께 말발굽 소리가 들리더니 인찬 앞에서 말이 멎고 장부 하나가 내려섰다.

"어디 다친 데는 없소?"

"아닙니다. 목숨을 살려주어 고맙습니다."

"팔을 다쳤군요. 어디 좀 봅시다."

장부는 피를 흘리는 인찬의 팔을 들어올렸다. 호랑이에게 할퀴어 어깨 밑 살가죽 깊숙이 상처가 나 있었다. 장부는 자기 말 안장을 뒤지더니 고약 같은 것을 꺼내어 상처에 바르고 긴 헝겊으로 압박하여 처매주었다.

"이건 호랑이 기름으로 만든 고약인데 특효일 거요."

"뉘신지 모르나 감사합니다. 저는 등주登州(안변)에 사는 김인찬이라 하오만 장군께서는……"

"장군이라니요? 당치도 않은 말씀이오. 그저 무술을 좋아하는 일개 무부武夫에 불과한 청년이외다. 내 이름은 이성계李成桂올시다. 살기는 화령和寧(영흥)에 삽니다."

두 사람은 시원하게 흐르는 계류의 너른 바위 위에 앉아 잠시 쉬었다.

"김 공은 위험하게도 왜 혼자 이 깊은 산속으로 들어오시었소?"

이성계가 물었다.

"한충韓忠이라는 친구 집이 백암산白岩山 뒤쪽에 영저라는 곳에 있는데 그 친구를 만나기 위해 가는 길이었습니다."

"산속에서 길을 잃었나보군요."

"그게 아니라 지름길로 질러가려면 이 산속 길을 넘어야 합니다. 빨리 가려고 지나던 길이지요."

"담력이 대단하시오. 보아하니 힘깨나 쓰실 것 같구."

"어딜 보아 그런 말씀을 하십니까?"

"그 큰 호랑이와 맨손으로 맞서 싸우지 않았소?"

"사정이 사정이었던 만큼 어쩔 수 없이 맞선 거지요. 이 공은 어딜 가시는 길이었소?"

김인찬이 겸손해하며 물었다.

"난 모처럼 사냥을 나온 길입니다. 사슴 한 마리를 쫓다보니 여기까지 왔지요."

"난 정말 놀랐습니다. 장군은 정말 신궁神弓 중의 신궁입니다. 몸부림치는 호랑이 급소인 정중앙 이마에 화살을 꽂아넣고 이어서 으르렁대던 호랑이의 벌린 입 안에 또 한 대의 화살을 연달아 꽂아 즉사를 시켰으니 말이오."

"하하하, 우연히 맞힌 거지요."

그때 어디선가 휘파람 소리가 연달아 세 번 길게 울렸다.

"날 찾고 있군요."

이성계는 입술에 손가락을 넣고 날카로운 휘파람으로 두 번 신호답을 보냈다. 잠시 후 말발굽 소리가 급하게 다가오더니 만신萬神(무당)처럼 울긋불긋한 옷을 입고 털가죽 조끼에 붉은 머리끈을 질끈 동여맨 젊은이 하나가 나타나 매어 있던 이성계의 말을 보고는 자신도 말에서 내려섰다.

"어디 계십니까?"

"여기 있다."

이성계가 바위에서 일어섰다. 이성계는 다가온 그 젊은이를 소개했다.

"인사 나누시오. 이쪽은 내 의형제인 퉁두란佟豆蘭이오."

"김인찬이라 합니다."

두 사람이 인사를 나누자 이성계는 말에 올랐다.

"김 공! 나중에 인연이 되면 또 만납시다. 두란, 가자!"

"잠깐! 잡은 호랑이는 이 공이 가져가시오."

"김 공이 잡은 거 아니오?"

"호랑이는 화살을 맞고 죽었소. 그러니 이 공이 잡은 것이지요. 난 끌고 갈 수도 없는 처집니다."

인찬이 난처한 얼굴을 했다. 두 사람만 한 덩치의 죽은 호랑이를 끌고 가려면 수레가 있어야 했다.

"그렇다면 내가 가져가지요. 두란, 호랑이를 실어라."

"예!"

퉁두란은 타고 있던 말에서 내려 이성계와 함께 호랑이를 들어 올려 두란의 말 잔등에 가로지기로 실었다.

"됐다. 가자."

퉁두란은 이성계가 탄 말에 올라 그의 뒤에 앉았다. 이성계의 말에 두 사람이 함께 탄 것이다. 호랑이는 퉁두란의 말에 실려 있었다. 두란이 자기 말의 고삐를 잡아끌고 갔다.

"고맙소. 살펴 가시오."

그 말과 함께 이성계는 퉁두란과 함께 고삐를 나꿔채며 말을 달려 사라져버렸다. 인찬은 들어찬 노송 가지들 사이로 순식간에 그들이 사라지는 모습을 멍하니 바라보고 뒤돌아섰다. 호랑이 때문에 놀라서 도망쳤던 자기 말을 찾았다. 언제 다시 왔는지 말은 근처 덤불숲 뒤로 와서 콧바람을 불고 있었다. 제가 와 있다는 신호였다. 인찬은 다가가서 놀란 말을 진정시키고 얼굴을 쓰다듬었다.

"우리도 가자."

인찬도 말에 올라 이성계가 사라진 반대 방향으로 달렸다. 그는 한밤중이 되어서야 백암산을 넘어 한충이 사는 마을에 당도했다.

"이 밤중에 여기가 어디라고 찾아오나? 낮에 와도 힘든 곳인데."

친구인 한충은 김인찬을 반갑게 맞았다. 인찬은 늦은 저녁을 얻어먹게 되었다.

"늦은 이유가 있다네."

"무슨 일이 있었나?"

"음, 호랑이를 만났네."

인찬은 백암산 중턱에서 호랑이를 만나 맨손으로 맞서 싸웠던 이야기와 그곳에서 마침 신궁 하나를 만나 호랑이를 잡았던 자초지종을 털어놓았다.

"자네두 참 대단허이. 어쩌려고 맨손으로 호랑이와 맞서는가?"

"어쩔 수 없었네. 한데 궁금한 건 그 젊은 신궁이야. 하두 빨리 헤어지는 바람에 신분이 뭔지 물어보지도 못했단 말야."

"이름도 모른다구?"

"이름은 이성계라 한 듯한데? 나이는 우리 또래 같았네. 이십 세 전후? 잘생긴 젊은이야."

"활을 그렇게 잘 쏘더라구?"

"음."

"화령 천호千戶의 아들 하나가 신궁 중의 신궁이라는 소문은 들었네만 그 청년 아닐까?"

"화령 천호라면? 그 아버지도 무장인가 보지?"

"그럴 걸세. 화령은 지금 몽고가 설치한 쌍성총관부雙城摠管府가 있는 곳 아닌가? 그곳의 천호라면? 몽고에서 내려준 지방관 벼슬이지."

한충이 이야기하고 있는 화령의 천호라 함은 이성계의 아버지인 이자춘李子春을 가리켜 한 말이었다. 이자춘의 본향本鄕은 전주였다. 전주를 떠나 강원도 삼척으로 이사를 했다가 북쪽 함경도 영흥 땅으로 들어온 것은 자춘의 조부였던 이안사李安社 때였다.

이안사는 전주 목사 관아에서 향승鄕丞 벼슬을 하고 있었다. 원래 성미가 괄괄하고 배포가 크다는 동료들의 평이 있었다. 안사는 관기였던 연덕을 사랑했다. 그런데 어느 날 개경에서 새로 부임해온 원園지기 김인수라는 자가 연덕을 가로채고 안사에게 모욕을 주곤 했다.

서울에서 온 벼슬아치이니 안사보다는 신분이 높아서 제 마음대로 거만을 떨며 하급 관리들을 우습게 보았다. 애인까지 빼앗기고 술자리에서까지 그자의 횡포를 참아내다 보니 안 그래도 괄괄하던 이안사의 분노는 한계에 이르렀다. 마침내 이안사는 술자리에서 연덕을 끼고 앉아 희희낙락거리던 원지기 김인수를 후려 패고 술상을 뒤엎어버렸다.

분노가 터진 이안사는 거기서 끝나지 않고 김인수를 깔고 앉아서 돌덩이 같은 주먹으로 사정없이 갈겨댔다. 동료들이 말리고 나섰지만 소용없었다. 분을 다 풀고 지친 그가 주먹질을 멈췄을 때 김인수의 얼굴과 가슴은 피투성이였고 죽은 듯이 꿈쩍을 못 하고 있었다. 사람을 죽였다는 생각에 겁이 난 이안사는 그 밤으로 가솔을 이끌고 야반도주했다.

가까운 곳에 숨으면 찾아낼 것 같아 아예 강원도로 들어가 동해 바다가 넘실대던 삼척에 몸을 숨겼다. 그런데 죽은 줄만 알았던 김인수가 다시 살아나 이안사를 찾아나섰다는 소식을 듣고 이안사는 삼척도 위험하다는 생각을 하게 되었다. 마침내 이안사는 금강산을 지나 철령을 넘어 함경도 땅으로 들어가기로 했다.

함경도 일대는 고려 조정의 세력이 미치지 못하는 곳이고 몽고가 다스리는 땅이기도 했다. 함경도에는 고려인들과 여진인들이 섞여 살고 있었는데 몽고는 넓은 의미에서 자치를 허용하고 있었다. 고려 땅에서 죄를 짓고 이곳에 들어가면 고려 관가에서는 손을 대지 못했다. 이안사가 함경도를 택하여 도망친 것은 바로 그 점을 의식해서였다.

이국 땅에서 타국인이 출세할 수 있는 길은 오직 하나, 무장이 되는 길밖에 없었다. 이안사의 아들 이행리李行里는 아들인 자춘과 함께 몽고의 변방군에 자원하여 여러 번 송화강의 여진족 토벌전에 참전하여 무공을 세웠다. 이에 몽고 조정에서 천호의 벼슬을 내려 쌍성총관부에서 근무하게 되었다. 이성계는 바로 그 이자춘의 세 아들 중 둘째였고, 그는 어려서부터 무술을 익혀 내공을 쌓고 활쏘기에 천재성을 드러내어 쏘기만 하면 백발백중의 신궁으로 소문이 자자했다.

"우리도 문무에 뜻을 두고 있으니 언젠가는 다시 만나리라 보네. 그보다 한 형!"

"왜 그러나?"

"난 이 달 스무 날에 양근楊根 지평砥平을 다녀오기로 했네."

"거긴 자네가 태어난 고향이 아닌가?"

"그렇지. 당숙부 회갑이라고 아버님께서 다녀오라고 하셔서 가려는 길이지."

양근은 경기도에 있었다. 훗날 양평군楊平郡으로 불리게 되었지만, 원래 양평은 양근 일부와 지평 일부가 합해져 양평군으로 바뀌었는데 김인찬은 바로 그 양평군 옥천면 용천리에서 태어났다. 그의 조부 김천익金天益은 화령도和寧道 상원수上元帥를 지냈고 그의 아버지는 지금 안변 목사安邊牧使로 있는 김존일金存一이었다.

김인찬은 안변 목사의 아들 넷 중 막내였다.

"설마 자네 당숙 회갑연을 알려주려고 호랑이와 격투를 벌이면서까지 우리 집에 온 건 아니겠지?"

"물론일세. 금년에 매식년每式年 과거가 성균관에서 시행된다는 소문을 들었는데 너무 궁벽한 두메에 살다 보니 정확한 소식을 모르고 있잖나? 이 년 전에도 우리가 모르는 사이에 과거가 끝난 적도 있고 해서 말이야."

"그러니 직접 알아보러 함께 개경에 가보잔 말이군?"

"그걸세."

"자네 혼자 가서 알아보고 와도 될 일을 나까지 고생시키며 함께 가자는 연유는 뭔가?"

"어허 이 사람, 친구 따라 강남 간단 말도 모르나? 함께 가면 고생도 재미지."

"하하하, 그럼세. 함께 가세. 언제 우리가 개경 구경을 하겠는가?"

며칠 후 김인찬과 한충은 개경을 향해 떠나게 되었다. 안변에서 석왕사를 지나 고성高山을 지나고 사흘 만에 동주東州(철원)에 이르렀다. 닷새 만에 개경 땅에 들어섰으나 김인찬의 당숙 회갑연 때문에 개경을 지나쳐 양근으로 내려가야 했다.

"회갑연을 보고 개경에 가도 늦지 않으니 그렇게 하세."

김인찬은 양근에서 태어나기는 했지만 벼슬을 하던 아버지의 임지를 따라다니며 생활했기 때문에 양근에 대해서는 아주 어렸을 적 기억들뿐이었다. 그래서인지 그곳에는 직계는 없고 방계 친척들이 살고 있었다. 회갑을 맞은 아버지의 사촌 형님도 그중 한 분이었다. 인찬은 공무로 바빠 오지 못한 부친을 대신하여 봉축하러 왔다는 걸 알리고 회갑연에 참석했다.

"잔치 음식을 너무 많이 얻어먹어 배탈이 날 정도일세. 김 공! 이젠 떠나세."

이틀이 지나자 한충이 배를 쓸어내리며 김인찬에게 채근했다.

"그러지. 개경 구경이나 하러 가세."

두 사람은 하직 인사를 하고 양근 지평을 떠나 개경을 향해 떠났다. 파주 교하交河 나루에서 하룻밤 자고 임진강을 건너 개경의 뒷산인 송악산을 바라보고 장단長湍을 지나 왕성 외성의 동대문인 숭인문에 들어섰다.

"와, 저기 좀 보시게. 저 호화로운 궁궐이 만월대인가 보이."

한충이 입을 다물지 못하고 인찬의 팔소매를 잡아당겼다.

"저건 만월대 정궁이 아니고 목청전穆淸殿이라는 전각일세. 왕실 도서관이라고나 할까?"

"자넨 어떻게 그리 잘 아나?"

"으음, 예전 내 소년 시절에 이곳 개경에서 이삼 년 산 적이 있지. 그래서 좀 아네. 자, 이 길을 따라 북쪽으로 가보세. 성균관은 그쪽에 있을 것 같으니."

두 사람은 성균관을 찾아갔다. 불교를 호국종교로 정하고 발흥시킨 고려왕조는 유학을 배격했다. 유학은 삼국시대 불교가 전래된 때보다도 훨씬 이전부터 우리나라에 들어왔다. 유학이 부흥되지 못한 것은 고구려, 백제, 신라가 모두 불교를 숭상했기 때문이었다. 고려가 숭불정책을 쓰게 된 것은 그런 연유 때문이기도 했다.

과거제도는 광종光宗 때 중국에서 온 학자 쌍기雙冀의 건의로 설치된 관리 임용시험이었다. 과거는 개경의 성균관에서 보는 성균관시成均館試가 있었고 지방관들이 필요에 의해 하급 관리를 뽑아 쓰는 향승시鄕丞試가 있었다. 김인찬과 한충은 성균관시에 응시할 작정이었다. 두 사람이 성균관 정문을 찾아 들어가자 문수門守가 막아섰다.

"어딜 가시오?"

"과시科試에 대해 문의할 게 있어 왔습니다만."

"잠시 기다려주시오."

얼마 후 관원은 자세한 정보를 알아다가 전해주었다.

"과시는 시월 상달 스무이튿 날에 거행되는데 지방에서 초시初試에 입격한 자만이 응시 자격이 주어집니다. 두 분은 초시에 입격하셨나요?"

"예."

"그럼 자격이 있습니다."

"고맙습니다. 한 형! 돌아가세. 마침 왕성까지 왔으니 예성강 저

자거리나 구경해 볼까? 가세."

김인찬이 앞장섰다. 예성강 강구江口에는 화려하기 그지없는 시장이 있었다. 국내에서 생산되는 각종 희귀한 상품들이 여기저기 쌓여있고 채색 비단들이 무지개처럼 아름다운 자태를 뽐내고 서역에서 온 여러 가지 귀금속들이 눈부시게 진열되어 있었다.

"머리에 뭘 쓰고 얼굴은 검정 구릿빛이고 저런 인종도 있구면?"

터번을 쓰고 주황색 비단옷을 입은 서역에서 온 상인들이 지나가자 한충이 놀라서 손가락질을 했다.

"대식국大食國(아랍) 상인들이야."

그때 좀 떨어진 다리 밑에서 누군가 짐승 가죽을 파느라 목청을 높이고 있었다.

"북청北靑 호랑이 가죽 사시오. 호피虎皮 중에서는 최상품입니다."

"이게 무슨 소리지? 북청? 가보세."

한충이 잡아끌었다. 그쪽으로 다가가자 청년 장사치 하나가 난전을 펴고 짐승 가죽을 팔고 있었다.

"이런 호피는 정말 구하기 힘듭니다. 한번 구경하쇼!"

그 장사치와 눈이 마주친 김인찬은 흠칫 놀랐다.

"아니 당신은? 백암산 산속에서 만난?"

그는 여전히 울긋불긋한 만신 옷을 입고 늑대 가죽 털옷에 머리는 붉은 띠를 둘러 질끈 맨 채였다.

"허, 맨손으로 호랑이와 싸우던?"

상대방도 김인찬을 금방 기억해 냈다. 그는 다름 아닌 이성계와 함께 사냥을 나왔던 퉁두란이었던 것이다.

"그 호랑이 가죽, 내 것 같은데? 내가 잡은 거 아니오?"

"호랑이가 어디 그놈 한 마리뿐이오? 성계 형과 노형이 함께 잡았던 그 호랑이 가죽은 지금도 말리는 중이오. 바쁘지 않으면 곧 장사 끝낼 테니 기다려주겠소? 모처럼 고향 분 만났으니 약주라도 한잔합시다."

"그렇게 하시우. 우린 시장 구석구석 구경 좀 하고 올 터이니."

두 사람은 그렇게 말하고 시장 구경을 계속했다. 송악산 위에 붉은 놀이 내려앉을 때쯤 김인찬과 한충 그리고 전을 접은 퉁두란, 세 사람은 주점에 들어가 술잔을 나누었다.

"인사하시우. 내 친구요."

"한충입니다. 백암산 뒤에 살고 있소."

"난 북청에 사는 퉁두란입니다."

"사냥이나 다니고 있을 노형이 개경에 있다니 어울리지 않소."

인찬의 그 말에 퉁두란은 빙그레 웃었다. 그는 술에 취하지 않아도 얼굴이 불콰하고 깊게 패어 들어간 두 눈은 형형히 빛나 보였다.

"성계 형을 따라 왕성에 왔소."

"이성계 형은 지금 어디 계시지요?"

"아버지와 함께 대궐로 들어갔소. 아마 내일 아침이면 나온다 했으니 대궐문 앞에서 기다려봐야지요."

이성계는 아버지인 이자춘과 함께 임금(공민왕)을 만나기 위해 대궐로 들어갔다고 했다. 몽고의 직할 통치를 받고 있는 함경도 영흥의 쌍성총관부에 살고 있는 이성계의 아버지 이자춘을 조정에서 왜 소환했는지 그 이유를 개경에 올 때까지 아무도 몰랐다. 엄밀히 말하자면 이자춘은 고려 백성이 아니라 원나라 백성이었다.

그런 그를 조정에서 은밀하게 불러들였던 것이다. 퉁두란이 김인찬과 만나고 있는 시간에 이자춘은 아들 성계와 함께 수창궁으로 들어가 편전으로 안내를 받고 있었다. 그들을 인도하여 앞장선 사람은 밀직부사密直副使 유인우柳仁雨였다. 내시가 이들의 도착을 알리자 임금이 들라 했다.

편전은 임금이 정무를 마치고 물러나와 쉬는 전각이었다. 공민왕이 이들을 정전에서 만나지 않고 사사로이 편전으로 부른 데는 까닭이 있었다. 은밀하게 당부할 말이 있어서였다.

"쌍성총관부 천호장 이자춘 현신이옵니다."

"가까이 오라."

임금이 손짓을 했다. 부자는 호화로운 대궐과 그 엄숙한 권위에 눌려서 몸을 떨고 있었다.

"이 청년은 누군가?"

임금이 성계를 보고 물었다.

"제 자식 놈이옵니다. 뭐하느냐?"

아비의 채근을 받자 성계는 큰절을 올렸다.

"헌헌장부로구나. 그건 그렇구 이천호! 내가 그대를 내밀히 부른 이유가 따로 있다. 유 부사로부터 사전에 들은 말이 있느냐?"

"아닙니다."

"그래? 모르고 왔다? 좋다. 그럼 지금부터 과인이 하는 말을 새겨들어야 하느니라."

"예, 상감마마."

이자춘은 머리를 조아리며 임금의 입에서 무슨 말이 나올지 몰라 긴장했다. 임금은 다과상에서 찻잔을 들어 음미하듯 천천히 마셨다. 용안이 그렇게 준수할 수가 없었다. 보산寶算(임금의 나이)이 막 약관을 지난 젊은이였다. 아들인 이성계보다 한두 살 많아 보였다. 젊고 패기가 있었다.

고려는 1231년(고종 18년)에 처음으로 몽고의 침략을 받았다. 고려는 힘이 부족해 수도를 강화로 옮기고 저항했으나, 이듬해 몽고의 대대적인 재침再侵으로 어쩔 수 없이 굴복하게 되었다. 몽고는 1271년(원종 12년) 국호를 몽고에서 원元으로 고쳤다. 이때부터 고려는 원의 내정간섭을 받게 되었고, 고려의 왕자는 원의 수도인 연경(북경)에 인질로 잡혀가서 그곳에서 생활하고 교육을 받게 되었다.

그 인질을 몽고 말로 독로화禿魯花라 했으며 본국의 임금이 승하하면 그제야 귀국해 보위에 오를 수 있었다. 게다가 몽고는 고려를 자국에 묶어두기 위해 정략결혼을 시켰다. 즉 고려 왕자는 몽고의 공주를 왕비로 삼아야 했던 것이다. 그리하여 고려는 몽고의 부마국駙馬國(사위국)이 되었다.

고려가 몽고에 굴복은 했지만 고려가 몽고의 지배를 받은 것은 결코 아니었고 따라서 식민지가 된 것도 아니었다. 독립 자주국으로 인정은 받으면서도 외교 국방권만 빼앗겼을 뿐이었다. 물론 몽고는 고려의 국격國格을 깎아내리는 조처를 취했다. 고려 왕실의 풍속이나 복식을 몽고식으로 고치게 하고 임금의 묘호廟號에 조祖나 종宗을 붙이지 못하게 하고 왕이라 호칭케 했으며, 폐하陛下는 황제만 쓰는 것이니 고려에서는 전하殿下라 해야 하며, 황제가 자신을 말할 때 짐朕

이라 하니 왕은 고孤라 칭해야 할 것이며, 상주上奏는 황제께 하는 것이므로 왕에게는 상정上呈이라 해야 하며, 태자太子 역시 세자世子로 낮춰 불러야 한다고 명했다.

몽고는 틈만 있으면 고려의 북방 영토를 자국의 영토로 편입하곤 했다. 그 시초는 1258년(고종 45년)에 함경도 고화주古和州(영흥) 지방에서 일어난 반란이었다. 함경도는 윤관尹瓘의 여진족 정벌로 구성九城을 설치한 고려의 개척지였다. 그리하여 고화주는 동북면東北面 병마사兵馬使였던 신집평愼執平이 다스리고 있었는데, 그 밑에 있던 조휘趙暉와 탁청卓靑이 출세를 약속받고 때마침 이곳까지 와 잠시 주둔하고 있던 몽고군과 내통하여 반란을 일으켜 병마사를 죽이고 인근을 다 휩쓸어 몽고에 철령 이북 땅을 바쳤다. 이에 몽고는 이 땅을 통치하기 위해 쌍성총관부를 설치하고 조휘를 총관摠管에 앉히고 탁청은 천호 벼슬을 주었다.

그리고 연이어 몽고는 강화에서 진도로, 진도에서 마지막으로 탐라 땅(제주)으로 쫓겨 간 삼별초군을 섬멸하기 위해 고려·몽고 연합군을 만들어 토벌전을 벌여 삼별초를 전멸시켰고, 몽고군은 탐라를 손에 넣고 철군하지 않았다. 아예 탐라에 목마장牧馬場을 설치하고 군마軍馬를 기르기 위한 대규모 목장을 만들고 몽고 관리를 상주시켰다. 1277년(충렬왕 3년)의 일이었다.

뿐만 아니었다. 몽고는 고려 왕실을 혈연으로 묶어두기 위해 인질로 온 고려 왕자는 반드시 몽고 왕실의 공주와 혼인을 시켰다. 이를 강요당한 최초의 왕은 원종의 뒤를 이은 25대 충렬왕이었고 그 뒤를 이은 26대 충선왕, 27대 충숙왕, 28대 충혜왕, 29대 충목왕, 30대 충정왕에 이어 현재의 임금인 31대 공민왕에 이르기까지 왕비는 모두 몽고 공주들이었다.

공민왕이 그토록 사랑하는 왕비 노국대장공주魯國大長公主도 바로 몽고(원)의 공주였다. 공민왕 역시 태자 시절에는 연경으로 끌려가서 인질 생활을 하며 지금의 왕비를 만났지만 돌아와 보위에 오른 뒤에는 잃어버린 정체성을 찾으려고 노력했다. 자신은 몽고인이 아니라 고려인이며 고려의 왕이라는 것을 자각하고 주체성을 보이기 시작한 것이다.

14세기 중반을 넘어서면서 세계적인 대제국이었던 몽고는 이미 분열되어 분할통치되기 시작했고 제국의 세력이 급격하게 쇠퇴하였다. 본토라 할 수 있던 중원(중국)까지 각처에 반란이 일어나도 확고하게 대처를 못하고 있는 형편이었다. 즉위한 공민왕도 그런 대세를 모를 리 없었다. 공민왕은 반원反元정책을 썼다.

그는 스스로 독립적인 모습을 보였다. 먼저 궁중의 몽고 풍습을 고치고 전통 고려 풍속을 지키게 했으며, 자신부터 몽고풍의 변발을 깎고 고려식 결발을 위해 머리를 길렀다. 몽고식 임금의 대례복을 전래의 임금 곤룡포로 바꾸며 그때까지 사용하던 원나라의 연호年號도 쓰지 못하게 하였다.

몽고에게 빼앗겼던 고려 영토의 수복은 공민왕의 선대인 충렬왕 때 이루어졌다. 충렬왕의 계속된 간청으로 몽고는 1290년(충렬왕 16년)에 평양에 두었던 동녕부를 폐지하고 자비령 이북 지방의 고려 땅을 돌려주었다. 고려는 이어서 영흥 땅에 둔 쌍성총관부와 제주도에 두고 있던 탐라 몽고 목마장을 돌려달라고 청원했다.

몽고는 1294년(충렬왕 20년)에 마지못해 탐라 땅을 고려에 돌려주었으나 쌍성총관부는 끝까지 내놓지 않았다.

"그것이 올해로 근 백 년일세. 몽고는 백 년 동안 우리 땅인 쌍성총관부를 차지한 채 내놓지 않고 있다는 게야. 내놓아라! 하는데도 안 내놓으면? 쳐서 무력으로라도 탈환해야 하는 게 아닌가? 그대 생각엔 어떤가?"

임금은 이자춘에게 묻고 있었다. 이자춘은 망설이지 않고 단호하게 응답했다.

"당연한 말씀이십니다. 그곳은 몽고가 지배하고 있지만 주민 중에 몽고인은 손으로 꼽을 정도로 적사옵니다. 주민 대부분은 저희 고려인이고 여진인들이 섞여 살고 있습니다. 그것만 보아도 어찌 몽고 땅이라 할 수 있겠습니까? 말로 해서 안 되면 칼을 뽑아 쳐야만 마땅하다고 보옵니다."

"소문대로 시원시원한 무장이로군? 과인과 같은 생각이다? 좋아."

임금은 고개를 끄덕이며 만족한 듯 미소를 띠었다.

"쌍성총관부는 난공불락의 견고한 성으로 알려져 있다. 총관부를 지키는 몽고병의 방비 태세는 어느 정도라고 보느냐?"

"총관부를 지키는 몽고 군사는 이천 명 정도이고 병장기나 군량 등은 풍족한 편입니다. 육 개월 정도 싸울 수 있다고 봅니다."

"그래서 쳐 빼앗기가 어렵다고 말하는군? 듣자 하니 이 천호에게도 사병私兵이 있다던데?"

"몽고가 차지한 함경도 지방은 사병을 양성하는 걸 인정합니다. 개인이 사병을 키우면 개인뿐만 아니라 유사시 나라가 위기에 처할 때에도 참전해 싸워줄 수 있다고 보기 때문입니다. 나라가 군사비를 댈 필요가 없다는 것이지요. 사병을 양성하면 개인이 모든 경비를 부담해야 하기 때문입니다. 그래서 사병 보유를 인정하는 것입니다."

"사병을 가진 지방관들이 많은가?"

"더러 있습니다만, 거의 백 명 미만입니다. 경비가 많이 들기 때문에 그렇습니다."

"이 천호는 몇 명 정도의 사병을 거느리고 있지?"

"천 명입니다. 천 명 가운데 고려 출신은 삼백 명 정도이고 나머지 칠백은 여진 출신입니다. 그중 고려 출신들은 군교軍校(장교)들입니다."

"군사의 조련은 잘 되어 있다고 보나?"

"어디에 내놔도 부끄럽진 않을 것입니다. 황공한 말씀이오나 제 자식 놈이 아직 나이가 어리지만 제가 데리고 있는 병사들의 조련을 담당하여 주야로 힘을 쓰고 있습니다."

"자랑스럽구먼. 그런데 총관부의 몽고병 사기는 어떤가?"

"향수병에 젖어 있는 자들이 많긴 하지만 사기가 떨어진 상태는 아닙니다."

"총관 조소생은?"

"주민들이 아주 싫어합니다. 그자는 기철의 줄을 타고 총관이 된 친척입니다. 권세를 휘두르며 횡포가 아주 심합니다."

"그 정도면 알겠다. 유 부승지! 나가서 이 천호와 함께 쌍성(영흥) 수복전收復戰에 대해 묘책을 세워보도록 하라!"

"예."

유인우는 이자춘 부자를 다른 전각으로 데리고 갔다. 유인우는 이자춘과 함께 밤새워 은밀하게 쌍성 탈환에 대한 협의를 끝냈다. 이튿날, 이자춘은 임금을 배알하고 고향으로 돌아감을 고했다. 임금은 쌍성 탈환에 대한 계획은 비밀에 붙여두었기 때문에 내색하지는 않았지만 의미 있는 당부를 잊지 않았다.

"쌍성은 우리 고려 땅이라는 걸 잊지 마라. 돌아가면 주민들, 특히 우리 고려 백성들, 평안하게 생업에 종사하며 잘살 수 있도록 지도하고 도와야 할 것이다."

"명심하겠나이다."

"아들 이성계에게는 특히 과인이 내려줄 하사품이 있다."

임금은 내관에게 시켜 하사품을 이성계에게 전달했다.

"그건 내가 세자로서 연경에 독로화(인질)로 가 있을 때 특별히 황제로부터 받은 명검이다. 쿠빌라이 칸께서 쓰시던 검이라 했다. 그 검을 너에게 내린다. 우리 고려의 북쪽 변경을 지키는 명검이 되게 하라."

"성은이 망극하옵니다. 뼈가 부서지는 한이 있더라도 조국을 위해 신명을 다 바치겠나이다."

이성계는 감격하여 검을 받았다. 더구나 이자춘은 임금으로부터 소부윤少府尹이란 벼슬까지 받게 되었다. 원나라의 천호가 아니라 조국의 임금이 내려준 벼슬을 받게 된 것이다. 부자는 치사致謝하며 곧 대전에서 물러나와 대궐 밖으로 나왔다. 쌍성으로 떠나기 위해서였다.

"뭘 그렇게 두리번거리는 거냐?"

말에 안장을 채우고 있던 아버지가 물었다.

"두란을 찾습니다. 아, 저기 있군요."

이성계는 기다리고 있던 퉁두란과 만났다. 그런데 그의 곁에는 두 청년이 함께 있었다.

"안녕하시오? 나 김인찬입니다."

"오, 호랑이와 결투를 벌였던?"

"볼일이 있어 개경에 왔다가 우연하게도 길거리에서 퉁두란 형을 만났지 뭐요?"

"반갑습니다. 이분은 누구신지?"

한충을 바라보며 이성계가 물었다.

"내 친구입니다. 한충이라 합니다."

"이제 알겠소. 이 친구 분 집을 찾아가다가 호환虎患을 겪으셨군."

"그렇소."

"우리 아버님께 인사 올리시오."

이성계는 아버지 자춘에게 두 사람을 소개했다.

"어디 사나?"

"안변에 삽니다. 제 아버님은 안변 목사이십니다."

"안변 목사? 김존일 목사가 부친이란 말인가?"

"예, 아십니까?"

"아닐세. 소문만 들었지. 백성들의 존경을 받는 청백리라더구먼."

"그리 알아주시니 고맙습니다."

"자, 그럼 이제 고향으로 돌아가세."

일행은 모두 말에 올라 안변, 쌍성을 향해 길을 떠났다.

쌍성 탈환

　난초 꽃이 요염하게 핀 바위 밑에 다람쥐 두 마리가 놀고 있었다. 사랑채 뒷방에 앉아 글을 읽고 있던 김인찬은 그 한가로운 풍경을 물끄러미 바라보고 있었다. 따져보니 과거시험이 다섯 달 남짓밖에 남지 않았다. 방문이 소리 없이 열리더니 청초한 젊은 여인이 다과상을 들고 들어왔다. 여인은 인찬의 처였다. 김인찬이 스물한 살, 그의 부인 밀양 박 씨는 열아홉이었다.

　"차 한잔 하시고 공부하시는 게 어떠세요?"

　"음, 그러잖아도 잠시 쉬었다 해야겠다 생각하고 있던 중이오."

　"개골산 작설차로 준비했어요."

　부인이 궤상 맞은편에 앉아 차를 따라주었다.

"과거시험 과목이 아주 많은가 봐요."

"음, 모두 일곱 과목이오."

"처음엔 무과를 보시겠다고 하지 않으셨나요?"

"그쪽이 내 적성에 맞는 것 같아서 그러겠다 했는데 아버님이 반대를 하셔서……"

"잘 바꾸셨어요. 난세엔 몰라도 장수는 정승이 못 되니까요."

"아버님과 같은 말씀을 하는군요."

비록 나이는 어렸지만 부인 박 씨는 유식한 편이었고 총명했다.

"운흥雲興이는 어디 있소?"

"장쇠하고 뒤뜰에서 놀구 있어요."

운흥이는 인찬의 장남인 귀룡貴龍의 아명이었다. 이제 세 살이었다.

그때 섬돌 밑에서 청지기 소리가 들려왔다.

"도련님, 친구 분이라며 찾아오신 분이 있는뎁시오?"

"친구? 모시어라."

부인이 급히 다과상을 들고 나갔다. 김인찬은 서책을 덮고 방문을 열고 마루로 나섰다. 청지기의 안내를 받고 누군가가 마당으로 들어오고 있었다.

"아니?"

김인찬이 놀라자 찾아온 그는 창대 같은 수염이 더부룩한 얼굴을 펴며 활짝 웃어 보였다.

"놀랐소, 김 공?"

"퉁 공이 우리 집까지 오실 줄 뉘 알았겠소? 반갑습니다. 어서 안으로 들어오시오."

김인찬을 찾아온 사람은 퉁두란이었다. 그는 차림새가 좀 독특했다. 울긋불긋한 저고리에 꽉 끼는 바지, 목이 긴 가죽신을 신고 머리는 대충 쓸어올려 붉은 끈으로 돌려 묶고 늑대 가죽 털조끼를 입은 그는 누가 보나 여진족 청년이었다.

주안상을 앞에 두고 술을 따라주며 김인찬이 물었다.

"지금 어디서 오는 길이시오, 퉁 형?"

"총관부가 있는 쌍성에서 오는 길이오."

"퉁 형은 북청에 산다고 하지 않았소?"

"그렇지요. 개경에 갔다 오고 나서 서로 뿔뿔이 자기 집으로 헤어지지 않았소?"

"그랬지요."

"그래 이성계 형은 부친하고 쌍성으로 가고, 나는 북청 우리 집으로 갔는데 며칠 전에 성계 형이 사람을 보내어 급히 나를 부르더군요. 그래서 갔더니 긴급한 일이 생겨 상론할 일이 있으니 김 공 집으로 직접 가서 모셔 오라는 거였소."

"날 데리고 함께 오라?"

"예서 쌍성은 그리 멀지 않은 곳이니 빨리 가봅시다. 급한 일이 있으면 가자마자 되짚어 오면 되니까."

"숨 좀 돌립시다. 내 집에서 자고 내일 아침 일찍 떠납시다."

"지금 당장 갑시다. 쇠뿔은 단김에 빼야 되는 거요."

"나 이거야 원, 우물가에 가서 숭늉 찾을 사람이군. 기다리시오. 아버님께 출타를 고하고 올 테니."

"고하면? 가라, 마라, 된다, 안 된다 하시며 시간만 허비할 게 아니오?"

"알았소. 그럼 바로 행장을 차리고 떠납시다."

김인찬은 길 떠날 채비를 간단하게 했다.

"퉁 형! 나 궁금한 게 하나 있는데 퉁 형은 여진족 출신 같은데 언제부터 이성계 형하고 친하게 되었소?"

"성계 형하고 다니면 만나는 사람은 모두 의아하게 보니 궁금한 건 당연합니다. 몽고 조정이 여진족을 회유하기 위해 족장에게 천호라는 벼슬을 주었지요. 북청 지역의 여진족 천호인 아라부카阿羅不花 공이 내 아버지십니다. 내 성은 퉁佟이고 이름은 여진어로 쿠룬투란 티무르古倫豆蘭帖不見입니다. 줄여서 퉁두란이오. 성계 형과는 십여 세 때부터 사냥을 다니며 산에서 만나 알게 된 사이니 보통 친한 사이가 아니지요."

"그렇군요. 이제 궁금증이 풀렸습니다. 떠납시다."

김인찬은 퉁두란과 함께 말을 달려 철관鐵關(마식령)에 이르렀다. 철관의 계곡 입구에는 관소關所가 있었고 입구에는 고려군이, 계곡 출구에는 몽고군이 지키고 있었다. 고려와 몽고의 국경인 셈이었다.

두 사람은 관소를 통과하여 문주文州(문천)와 고주高州(고성)를 지나쳤다. 쌍성은 코앞이었다. 성의 남문에 이르니 몽고 병사들이 성문을 지키고 있었다.

"누구냐?"

몽고병이 가로막았다. 그러자 퉁두란이 유창한 몽고 말로 쌍성 천호 이자춘의 가신家臣들이니 입성하겠다 했다. 그들도 더 이상 막지 않았다. 천호부千戶府는 성의 북쪽에 있었다. 그곳은 이자춘의 근무처였고 부의 뒤채는 살림집이었다. 어디선가 많은 사람들의 고함 소리가 들려왔다. 살림집으로 들어가려던 퉁두란이 말머리를 뒷산 쪽으로 돌렸다.

"성계 형은 집 안에 있지 않고 아마 병사들을 조련하느라 치마대馳馬臺에 가 있는 모양이오. 자, 뒷산으로 올라갑시다."

두 사람은 꽤 높아 보이는 뒷산 중턱으로 말을 달려갔다. 한참 올라가니 갑자기 너른 평지가 나타났다. 그 평지 위에서 병사들이 진법陣法 조련을 하고 있었다. 마상에서 지휘를 하고 있는 젊은 장수는 이성계였다. 두 사람은 조련이 끝날 때까지 관전했다. 이윽고 조련이 끝나자 이성계가 이쪽으로 말을 달려왔다.

"기다리고 있었소. 어서 오시오. 김 공!"

"그동안 안녕하시었습니까? 병사들의 나가고 물러서는 교묘한 진법 움직임이 일사불란하니 얼마나 훈련이 잘 되었는지 알 만합니다."

"아직 멀었습니다. 자, 저 위로 가면 작은 정자가 하나 있습니다. 그리로 가서 쉽시다."

이성계가 앞장섰다. 잠시 후 세 사람은 정자 위에 자리를 잡았다. 부관이 다가오자 이성계는 안채에 내려가 주안상을 보아 이곳으로 가져오라 일렀다.

술상이 들어오고 세 사람은 유쾌하게 마시기 시작했다. 거나해지자 이성계가 정색을 하며 김인찬을 부른 이유를 설명했다.

"김 공은 이곳 쌍성이 원래 어느 나라 땅이라 생각하시오?"

"우리 고려 땅이지요. 그런데 몽고가 차지하고 설치한 식민부植民府

가 됐지요."

"고려가 다시 수복해야 한다는 생각은 안 하시오?"

"당연히 수복해야지요."

"역시 우리는 같은 마음이라는 걸 예상했습니다. 김 공! 전에 내
가 우리 아버님과 함께 대궐에 다녀왔는데 왜 갔었는지 말씀을 하지
않아 모르고 계셨지요?"

"궁금하긴 했습니다."

"은밀하게 주상께서 우리 아버님을 부르신 겁니다. 그것도 밀사를
시켜 은밀히 부르셨지요."

"원의 영토인 쌍성에 살고 있고 부친께선 원나라의 천호 벼슬을
하고 있는 관리였으니 몰래 부르실 수밖에 없었겠지요."

퉁두란이 한마디 했다.

"그걸세. 상감께서는 우리 부자에게 대명大命을 내리셨네. 유인우
병마사가 쌍성을 탈환키 위해 공격할 것이다, 그때 우리 부자는 쌍
성 내부에서 내응하여 몽고병을 격퇴하고 성을 수복하라, 그런 명이
셨네. 아버님은 신명을 다 바쳐 싸워서 이기겠다고 다짐했지."

"그래서 날 먼저 부르셨으면서도 대명의 내용은 발설치도 않았군
요."

퉁두란이 기분이 언짢은 듯 말했다.

"김 공이 오면 함께 있는 자리에서 말해 주려고 아끼고 있었네. 김
공! 함께 나서주겠소?"

이성계가 김인찬의 술잔을 채우며 물었다. 김인찬은 심각한 표정
으로 묵묵히 앉아 있었다. 뭔가 결심을 해야 했던 것이다.

"좋소! 나도 나서겠소. 하지만 내가 쌍성 탈환전에 어떤 도움을 줄 수 있을지 내 가진 힘이 너무 미미하니 미안할 뿐이오."

"무슨 말씀을. 우리에겐 천 명의 가병이 있습니다. 이 가병을 이끌고 나와 퉁두란과 김 형, 셋이서 함께 싸우면 됩니다."

"알겠습니다. 언제쯤 탈환전이 시작되는지요?"

"이미 시작되었소."

공민왕은 쌍성 탈환전을 준비시키고 밀직부사 유인우를 동북면 병마사에 명하고 그의 부장에 좌부승지左副承旨 임상任祥을 딸려 이천의 군사를 주어 쌍성으로 향하도록 했다는 것이다.

"그럼 시간이 없군요."

"김 공, 이렇게 합시다. 퉁두란과 나는 아버님을 도와 가병들을 이끌고 성내에서 내응하여 싸울 테니 김 공은 집이 있는 안변에 있다가 토벌군에 참전하여 성 밖에서 싸우시오. 우리끼리 연락이 잘 되면 쌍성을 차지하는 건 어렵지 않을 것입니다."

"좋습니다. 그렇게 하지요."

김인찬은 이성계와 약속을 한 후에 헤어져 서둘러 쌍성을 떠났다. 어물거리다가는 고려의 탈환군이 닥치게 되고 그리되면 국경 관소가 폐쇄되기 때문이었다. 안변 집으로 돌아온 인찬은 저녁이 되자 사랑으로 부친을 만나러 건너갔다.

"어딜 다녀왔느냐?"

"쌍성에 다녀왔습니다."

"쌍성에? 왜?"

부친 김존일은 깜짝 놀라는 얼굴이 되었다. 김인찬은 이성계를 만나고 온 자초지종을 털어놓았다.

"안 그래도 아버님께 긴히 상론드리려던 참이었습니다. 지금 유인우 병마사가 토벌군을 이끌고 이곳으로 오고 있다 합니다."

"알고 있다. 토벌군은 지금 철령을 넘어 안변으로 향하고 있다는 급보를 받았다."

"이는 나라를 위하여 몸바쳐 싸울 수 있는 절호의 기회입니다. 소자 참전하게 승낙하여 주십시오. 토벌군을 따라나서 싸우겠습니다."

"안 된다."

"어찌 안 된다 하십니까?"

"네 나이 이제 스물하나, 전장에 나서기엔 아직 어리다."

"화랑 관창이 백전노장 계백과 맞서 싸운 나이는 불과 열여섯이었습니다."

"으음."

김존일도 어쩔 수 없었던지 고개를 끄덕였다.

"네 결심이 그렇다니 따라주마. 하지만 이곳으로 들어올 유인우 병마사에게 부탁을 해보겠다. 널 받아줄지 말이다."

"군교軍校로 받아달라는 것도 아니고 졸병으로 참전하겠다는데 안 된다 하겠습니까?"

이튿날 오정 무렵이 되자 토벌군의 선발대가 안변 성외로 들어왔다. 안변은 함경도로 향하는 길목에 있는 가장 큰 고을인 목牧이었다. 토벌군은 안변에서 전열을 정비하고 쌍성 공격을 준비하기로 했다. 안변 목사 김존일은 병마사와 그 외 장수들을 초청하여 위로연을 베풀었다. 술이 몇 순배 돌아가고 취기가 오르자 부장인 임상이 목사를 향해 불만을 털어놓았다.

"김 목사는 자고로 술자리에는 주색酒色이란 말이 따라다닌다는 걸 모르고 있지는 않겠지요?"

"무슨 말씀인지……"

"주가 있으면 반드시 색이 따른다 그런 말 아니오?"

전장에 나가는 장수들이 모였는데 그 위로연에 술만 있고 관기官妓가 없다는 노골적인 불만이었다.

"미안합니다. 여긴 북변北邊의 산골 변방에 있는 고을입니다. 여기까지 오고 싶어 하는 관기가 없어 구할 수 없었습니다. 양해해 주십시오. 그리고 코앞이 전장터인데 여색을 운위해서야 군기가 저상될까 저어합니다."

그러자 부장 임상은 화를 벌컥 냈다.

"뭘 믿고 그렇게 무례하시오? 그러니 변방에 좌천되어 고생하지."

"결례를 했다면 용서하십시오. 하지만 제 말이 틀리지는 않지 않습니까? 그런데 왜 그렇게 화를 내시는지요?"

"건방지군! 손님 대접이 소홀해서 지적했으면 머릴 숙여야지 뭘 그렇게 빳빳하게 나오는 거요?"

"듣자 하니 너무하시는군."

목사 김존일은 조금도 지지 않았다. 임상은 더욱 화가 나서 자리를 차고 벌떡 일어났다.

"모가지 떨어지고 싶어? 응?"

"당신이 뭔데 내 목을 친다는 거야?"

"어허! 이러지들 마시오. 전쟁을 앞에 두고 이러면 나중 주상을 어떻게 보려고 그러시오? 참으시오."

보다 못한 병마사 유인우가 나서서 말렸다. 임금이 알면 큰일이라는 말에 비로소 임상은 화를 풀었다. 취하도록 술을 마셨다. 두 사람은 화해를 했지만 찌꺼기는 남았다. 임상은 국가의 공신인 영산군英山君 임오년任奧年의 손자였다. 공신의 자손들은 과거를 보지 않고도 벼슬길에 나갈 수 있었는데 이를 음직蔭職이라 한다. 임상은 음직의 혜택으로 벼슬길에 나왔는데 그의 문중에 권문세가가 많아 항상 거들먹거렸다. 위인이 간사하고 교활하며 약자에겐 강하고 강자에게는 약했다.

한편 정벌군은 안변의 성 외곽에 유진하고 있었다. 이튿날 병마사 유인우는 목사 관아에서 군사전략 회의를 열었다. 참석자는 병마사와 부장 임상 그리고 안변 목사와 각 부 장수 등 열다섯 명이었다.

"쌍성의 방비 태세가 어떠한지, 적의 군세軍勢는 어떠한지 먼저 알아내는 게 급선무인 줄 압니다. 간자間者를 놓아 알아보심이 마땅하다고 봅니다."

부장 임상이 먼저 주장했다.

"당연하신 말씀이오. 그럼 어떻게 알아보면 되겠소?"

그러자 기다렸다는 듯 김 목사가 나섰다.

"마침 성내의 기밀을 속속들이 잘 아는 청년이 있습니다. 그를 불러 물어보시는 게 시간도 절약하고 여러모로 도움이 될 것입니다."

"그렇다면 속히 부르시오."

유인우가 화들짝 반가워하며 채근했다. 김 목사는 아들 김인찬을 불러오게 했다. 잠시 후 김인찬이 회의장에 들어왔다.

"병마사 유 장군께 인사 올리도록 하라."

"안녕하십니까? 원로의 행군에 고생하셨습니다. 저는 김인찬이라 합니다."

"김인찬?"

"제 자식 놈입니다. 과시를 보려고 준비 중인 유생입니다."

"그래요? 아드님이라? 자네가 쌍성 내의 기밀을 어떻게 자세히 알고 있단 말이지?"

"친구가 쌍성에 살고 있어 평소 왕래를 했습니다."

"그 친구는 몽고인인가?"

"아닙니다. 우리 고려인입니다. 그의 부친은 몽고가 내려준 천호 벼슬을 하고 있기는 하지만 반원反元의식이 철저한 분입니다. 그분 성함은 이자춘이시고 제 친구는 그분의 아드님인 이성계라 합니다."

"이자춘과 그 아들?"

유인우가 깜짝 놀랐다.

"아십니까?"

임상이 의심의 눈으로 유인우에게 급히 물었다. 유인우는 임금의 이자춘 면대를 비밀로 하기 위해 재빨리 변명했다.

"한 번 만난 적이 있소. 상경한 이자춘을 우연한 기회에 만난 적이 있소이다. 몽고와 고려 국경 간의 장사, 물물교환을 더 규모 있게 장려해 주었으면 좋겠다며 날 찾아온 적이 있지요. 지금 김 목사의 자제 말을 들으니 이자춘을 이용하면 좋겠구나 하는 생각이 들었습니다. 그럼 자네가 쌍성의 기밀을 상세히 알고 있다는 얘긴가?"

"그렇습니다. 쌍성을 지키는 몽고의 총관은 조소생입니다. 듣자 하니 조소생은 고려 여인으로 원나라 황실에 들어가 황후의 자리에 까지 오른 기황후奇皇后의 먼 친척이 되는 자로서 기씨 일가의 줄을 타고 쌍성 총관이 되어 탐관오리로 악명이 높은 자입니다. 그래서 성내의 백성들은 조소생을 미워하고 있습니다. 현재 성을 지키는 몽고군은 이천 명으로 기병騎兵이 오백이며 궁수병弓手兵이 오백, 나머지 일천 명이 보졸步卒입니다. 성벽은 높고 탄탄하며 성문 또한 철갑을 씌워 견고한 편입니다."

"놈들이 성문을 닫아걸고 수성전守城戰을 펼치면 아군은 고전을 면치 못하겠군? 안 그렇습니까?"

임상이 주장主將 유인우에게 동의를 구했다.

"의외로 선전할 수 있을 것 같습니다. 성안에 있는 이자춘 세력을 끌어들이면 될 테니까요. 이자춘은 가병을 가지고 있다고 들었네만?"

"예, 천 명의 가병을 거느리고 있습니다."

"됐다. 성안에서 내응을 해주면 된다. 사대문 가운데 한 곳만 성안에서 싸우는 체하다가 열어주면 된다. 군사전략은 거기에 맞추기로 합시다."

그러자 김존일 목사가 거들었다.

"적은 아직 토벌군이 안변까지 온 것을 까맣게 모르고 있을 것입니다. 안다 해도 왜 병력을 움직였는지 잘 모를 것입니다. 왜냐하면 쌍성 수복전은 극비리에 세워지고 행해지고 있기 때문이지요."

"그게 어떻다는 거요?"

임상이 시큰둥하게 물었다.

"보물 지도만 가졌으면 뭐합니까? 지도를 이용해 보물을 손에 넣어야 되지 않습니까? 쌍성의 안팎에서 치고 내응하면 성의 함락이 쉽다는 건 알고 있지만 성안에 살고 있는 이자춘과 구체적인 공성攻城계책이 세워져야 이길 수 있는 거 아니오?"

"군사를 움직이기 전에 쌍성 안으로 내 밀서를 가진 자가 잠입해 들어가야겠군요? 누구를 보내지요?"

유인우가 좌중을 둘러보며 물었다. 조용했다. 그러자 임상이 기분 나쁜 미소를 흘리며 김인찬을 바라보았다.

"어떻소? 적의 성내 사정을 잘 아는 사람은 김 목사 자제밖에 없는 것 같은데?"

그 말을 유인우가 받았다.

"위험을 감수하기엔 너무 연소한 젊은이인데…… 가능할까?"

김인찬은 망설임 없이 아버지 김 목사를 바라보며 결심을 보였다.

"좋습니다. 제가 다녀오겠습니다."

마침내 김인찬은 유인우가 이자춘에게 보내는 밀서를 가지고 쌍성을 다녀오기로 했다. 아들이 스스로 지원하니 김 목사는 걱정스럽기보다는 오히려 자랑스러웠다. 걱정을 하는 사람은 아내와 며느리였다. 떠나기 전 김 목사는 아들을 데리고 집 뒤편에 있는 사당으로 갔다. 고조, 증조, 조부 등 선조들의 위패가 모셔진 사당이었다.

아버지는 아들과 함께 재배를 하고 꿇어앉았다. 아버지가 근엄한 목소리로 아들 인찬의 참전 사실을 고했다.

"늠름하게 성장한 자식 인찬이 오늘 전장으로 떠납니다. 조상 제위께서는 지켜봐주시고 가문의 영예를 지키며 나라를 구하는 용자勇者

가 되게 하여 주십시오. 곤경 중에도 바른 판단을 할 수 있게 하고 언제나 명철한 지혜로 대처해 나갈 수 있게 하여 주시옵소서."

조상 앞에서 참전을 고하고 난 뒤 김인찬은 쌍성을 향해 떠날 채비를 하였다. 김인찬은 허름하게 농사꾼으로 변복을 하고 길을 나섰다. 인찬은 안변성을 나가려다 자기 집 집사인 진구의 일곱 살 먹은 손자 장돌을 만났다. 무슨 생각이 들었는지 인찬은 집사를 만나 손자를 데리고 지방을 잠시 다녀올 테니 그리 알라 했다.

"그러십시오, 도련님."

인찬은 그의 손자 장돌을 데리고 성을 나섰다. 쌍성으로 들어가는 철관 관소 근처에 다다르자 아연 주변은 긴장감이 감돌았다. 평소보다 검색이 심했던 것이다. 안 되겠다 생각한 인찬은 부근 숲으로 들어가 장돌에게 소곤거렸다.

"자, 이 깨진 바가지를 들어라. 이제부터 우린 거지다. 나는 장님이고 누구든 물으면 넌 내 아들이라 하면 된다. 알았지?"

"예."

"자, 가자."

얼굴과 옷에 흙칠을 하여 누추해 보이게 하고 바가지를 든 장돌이 대나무 지팡이 한쪽을 들고 앞장섰다. 김인찬은 역시 대나무 뒤쪽을 잡고 장돌이 인도하는 대로 비틀거리며 걷기 시작했다. 누가 보아도 장님 거지 부자 행색이었다.

"멈춰라! 뭐냐?"

관소를 지키던 군사들이 앞을 막아섰다.

"누…… 누구십니까?"

"우린 관소 수비병들이다. 어딜 가는 길이냐?"

"수고하십니다. 나는 보시다시피 장님 거지입니다. 우리 부자는 고주에서 거지 생활을 하는데 우리 아버님이 쌍성에 사십니다. 한데 몹시 편찮으시다는 소식을 들었어요. 임종도 못 하면 한이 될 것 같아 쌍성으로 갑니다. 지나가게 해주세요."

"통과는 시키겠는데 문제는 쌍성이다. 고려군이 쳐들어온다며 성문을 굳게 닫아걸었다는 소식이야."

"전쟁이라구요?"

인찬은 깜짝 놀랐다. 쌍성 탈환전은 극비리에 진행되고 있었다. 중앙에서 군사가 북상한 사실도 모를 것이라 했는데 벌써 쌍성의 몽고군은 고려군이 진격해 오고 있다는 걸 알고 있는 게 아닌가.

인찬은 긴장했다. 극비에 부친 작전의 기밀이 새어 나갔다면 이건 고의로 볼 수밖에 없었다. 조정 안에 첩자가 있거나 아니면 북진해 온 정벌군 내에 첩자가 끼어 있다는 반증이었다. 쌍성의 성 밖에 이르자 성안으로 통하는 사대문은 굳게 잠겨 있고 몽고군들이 삼엄하게 지키고 있었다.

인찬은 발만 동동거렸다. 답이 나오지 않았던 것이다. 그러자 일곱 살 먹은 장돌이 무심코 말했다.

"수챗구멍으로 들어가면 안 되나?"

"수챗구멍?"

"저기 배나무가 서 있는 성벽 밑에 개울이 흐르고 그 위에 수챗구멍이 있잖아요?"

"구멍이 너무 작지 않을까? 가보자."

인찬은 장돌을 데리고 개울가로 다가갔다. 성벽 밑에는 수챗구멍이 있어서 하수가 흘러나오고 있었다.

"저 속으로 들어가면 성안으로 통할 것이다? 그렇구나. 밤이 되기를 기다려서 다시 오자."

인찬은 장돌과 근처의 야산으로 들어가 밤이 될 때까지 몸을 숨겼다. 어둠이 내리자 금방 주위가 깜깜해졌다.

두 사람은 수챗구멍으로 접근했다. 발목까지 차는 하수가 흐르는 소리만 들릴 뿐이었다. 인찬은 어두운 구멍 안으로 몸을 굽히고 들어갔다. 생각보다는 넓었다. 한치 앞을 분간할 수가 없었다. 몸을 잔뜩 구부리고 얼마나 기어 들어갔을까. 시원한 밤공기가 얼굴을 스치는 것이 느껴졌다.

"성공이다. 장돌아!"

수채 밖으로 나온 인찬은 아이를 들어안아 개울 밖으로 밀어냈다. 그런 다음 자기도 나왔다.

"여기가 어디쯤인지 아세요?"

"그래, 우리가 들어온 쪽이 서문 쪽이니까 여긴 서쪽이다. 이 천호의 집은 북쪽에 있다. 저기가 북쪽이다. 가자."

의외로 성안 거리는 사람이 없고 평온했다. 얼마 후 인찬은 이성계 아버지의 근무처인 천호부 건물을 찾아냈다.

"계십니까?"

기침을 하며 사람을 찾았다. 그때 방 안에서 누군가 방문을 걷어차며 칼을 휘둘렀다.

"누구냐?"

무기가 없던 김인찬은 순간적으로 몸을 피하며 외쳤다.

"난 이성계를 만나러 온 사람이오."

"뭐라구? 성계? 오, 김인찬 공 아니오?"

상대가 장검을 내리며 기쁜 듯 물었다.

"퉁두란 형이었군요?"

"여하튼 반갑습니다. 한데 어디서 이렇게 옷이 다 젖었소? 잠시 기다려보시오. 새 옷을 꺼내올 터이니."

이윽고 인찬과 장돌은 늦은 저녁을 얻어먹게 되었다.

"이성계 형은 어디 계신데 안 보이시오?"

"잡혀갔습니다. 지금 총관부 감옥에 있습니다."

"뭐요? 왜요?"

그러자 퉁두란은 이성계가 체포되어 연행되어 간 이유를 모두 설명해 주었다. 쌍성총관부에서 이성계를 잡으러 온 것은 사흘 전이었다고 했다. 체포 이유는 반란 음모를 꾸몄다는 것이다. 이성계는 평소 쌍성에 있는 몽고군을 격퇴시키고 접수하여 고려 조정에 성을 헌납하려 했다. 휘하에 천 명의 가병을 양성하여 조련 중이었던 것이 바로 그 증거라고 뒤집어씌웠다는 것이다.

"가병을 양성한 것은 하루이틀 일도 아니고 십여 년 넘어 해온 일 아니오? 그런데 왜 갑자기 가병을 문제 삼아 반역으로 몰았지요?"

"뭔가 우리가 알 수 없는 음모가 있어 보입니다."

"그렇군요. 주상께서 극비 작전으로 진행 중인 쌍성 수복전의 기밀도 미리 새어나갔습니다. 총관부는 그걸 알고 지금 방비를 굳히고 있습니다. 이건 조정 내부에서 누군가 총관인 조소생에게 귀띔을 한 것입니다. 조정의 관군이 진격하면 성안에서 이자춘 천호의 군사가 내응하기로 약속이 되어 있는 것까지 알고 그 싹을 제거하기 위해 이성계 형을 체포 구금한 것으로 봐야겠습니다."

"그렇다면 성계 형의 부친인 이자춘 천호님도 잡아 가둬야 하는데 부친은 내버려두었습니다. 그건 어떻게 설명이 되지요?"

"부친까지 가두면 일이 커집니다. 아드님인 성계 형을 잡아 가두고 겁박을 했을 겁니다. 딴마음을 품고 내응을 하면 감옥에 있는 아들은 죽어버릴 것이다, 그러니 우리에게 협조해라, 그렇게만 해주면 전투가 끝나고 나서 아들을 석방해 줄 것이다."

"딴은 그럴 수도 있었겠군요. 아버님께 물어보십시다."

"안 그래도 뵈어야 합니다. 난 동북면 병마사인 유인우 장군의 밀서를 가지고 왔소."

그 밤에 김인찬은 퉁두란과 함께 이성계의 부친인 이자춘을 만났다.

"아니 자네가? 저리도 삼엄한데 어떻게 잠입했나?"

"하수구를 통해 들어왔습니다. 유인우 장군의 밀서입니다."

김인찬이 품속에서 밀서를 꺼내주었다. 밀서를 개봉하여 읽고난 이자춘은 홀로 고개를 깊이 끄덕였다.

"역시 성안에서 우리에게 내응을 하라는 군사 지시다."

"하지만 성계 형이 투옥되어 있는 상황에서 어떻게 운신해야 할지요?"

"싸우기도 전에 구출 작전을 펴다가는 목숨이 더 위태로워질 수가 있다. 주도면밀한 계획을 세우기로 하자."

이자춘은 관군이 성을 칠 때 성안에서 어떻게 내응할 것인지 유인우의 전략에 맞춰 자세한 군략을 세웠다.

"답서로 알려주고 싶지만 첩자가 있는 것 같으니 돌아가거든 유 장군을 만나 뵙고 은밀하게 직접 전하라."

"알겠습니다."

김인찬은 새벽녘이 되자 장돌을 데리고 천호부를 떠나 다시 하수 구를 찾아 성 밖으로 기어나가는 데 성공했다.

적과 내통하는 자

김인찬이 돌아오자 정벌군의 군막 회의가 열렸다.

"그래, 이자춘 천호는 만났는가?"

병마사 유인우가 물었다.

"예."

김인찬은 품속에서 이자춘이 보냈다는 밀서를 꺼내어 유인우에게
건넸다.

"친필인가?"

"예."

유인우는 밀서를 펼쳐 들고 일별했다.

"소장도 보면 안 되겠소?"

임상이 기웃거리며 물었다. 그러자 유인우가 밀서를 넘겨주었다.

"문제가 있군요."

다 읽고 난 임상이 한마디 하며 유인우를 바라보았다.

"전략 수정이 불가피하게 됐군요. 쌍성의 총관부 조소생 총관은 벌써 관군의 움직임과 전략을 눈치채고 이자춘의 손발을 잘라놓았다는 내용 아닙니까?"

"으음, 그러게 말이오. 허, 대체 정벌군의 동병動兵 사실과 이자춘 내응 전략이 어떻게 새어나갔지요? 귀신이 곡할 노릇이오."

"이자춘의 손발이 잘렸단 말은 무슨 말입니까?"

김존일 목사가 안타까워하며 유인우에게 물었다.

"모반謀叛 혐의를 씌워 아들 이성계를 체포, 옥에 가두었답니다. 그런 다음 천 명의 가병들을 해산시켰답니다. 아들을 체포 구금한 것은 이자춘의 반란을 사전에 차단하기 위한 포석이겠지요."

"그럼 이제 어떻게 싸우시겠습니까?"

"우리의 계책이 첩자에 의해 탄로 난 이상 별 수 없잖소? 정공正攻으로 밀어붙이겠습니다. 각 포별包別(소대 단위) 전술을 다시 짜고 진격에 대비합시다."

밤이 이슥해져서야 군막 회의가 끝이 났다. 안채로 물러나온 김인찬은 아버지 김존일이 사랑으로 나오기를 기다렸다가 만났다.

"그 어려운 군무를 감당하고 무사히 돌아왔으니 장하다."

"아닙니다."

"도대체 개경에서부터 극비로 실시한 수복 작전 계획이 어떻게 사전에 적진에 알려질 수 있었지?"

"첩자의 짓입니다. 첩자는 조정 내에 있어 군사가 떠나기 전 먼저 쌍성에 알렸거나 아니면 정벌군 내에 첩자가 있어 안변에 도착하기 전에 쌍성에 기밀을 전했거나 그 둘 중 하나일 것입니다. 그걸 알아내기 위해 소자가 계략을 좀 썼습니다."

"무슨 계략?"

"제가 가지고 온 이자춘 천호의 밀서는 거짓 서찰이었습니다. 제가 임의로 작성한 위찰僞札이었습니다."

"이자춘의 이름으로 네가 만들어 쓴 것이라고?"

"예."

"그럼 내용은 거짓이냐?"

"아닙니다. 내용은 사실입니다. 아들 이성계는 투옥되어 있었습니다. 편지 내용은 좀 더 과장을 했지요. 모반 혐의가 미리 드러나는 바람에 이자춘은 무장해제 상태이고 관군이 쳐들어온다 해도 성안에서 내응할 수 있는 능력이 없는 것처럼 꾸몄습니다."

"총관부의 조소생 몽고군은 이자춘의 내응 작전은 없을 것으로 믿고 진격해 오는 유인우의 관군만 막아 싸워 이기면 된다고 판단하게 만든다?"

"그렇습니다."

"그 허점을 이용하여 이자춘은 결정적인 순간에 들고일어나겠다는 거로구나?"

"예."

"첩자는 출정군 속에 섞여 있다?"

"그렇습니다. 하급 군교들 중에는 없습니다. 장수급에 있다고 확신합니다. 전 임상 부장副將일 거라 믿습니다."

"임상?"

"임상은 기황후 동생 기철의 도움으로 중신의 자리에 오른 자이고 쌍성총관부 총관인 조소생도 기철의 힘으로 총관 자리를 차지한 인물입니다. 임상과 조소생은 평소에도 서로 연락이 되는 사이일 것입니다. 무엇보다 임금에게 불만이 많은 기철이 농간을 부리고 있기 때문에 기철의 지시대로 움직이고 있을지 모릅니다."

"좋다. 그 모든 것을 자세히 적어라. 네가 유 장군을 만나 말로 전하는 것보다는 편지로 전하는 게 안전할 것이다. 편지는 내가 은밀하게 전해주마."

"예."

김인찬은 이자춘의 내응 전략을 자세하게 기록하고 쌍성 공방전 전체의 예상을 기록하여 아버지에게 건넸다. 인찬이 따로 병마사 유인우를 독대하는 걸 임상이 알면 안 될 것 같아서였다.

드디어 이천 명의 정벌관군은 철관을 지나 쌍성을 향해 진군해 갔다. 그때 쌍성의 남문 쪽에 사냥꾼 차림의 사내 하나가 나타났다. 성문을 지키던 성병들이 붙잡아 조사했다.

"너는 누구냐?"

"나는 안변에서 온 고려군 밀사요. 조 총관님을 뵈러 왔습니다."

"밀사?"

성병들은 그 사냥꾼을 끌고 총관부 안으로 들어갔다.

"고려군 밀사라고 우기는 자입니다. 어찌할까요?"

누상에서 측근들과 군략을 짜고 있던 총관 조소생은 흠칫 놀라 물었다.

"고려군, 누가 보낸 거냐?"

"임상 대감이십니다."

"임 대감이?"

그는 반가운 듯 밀서를 받아 읽었다. 그런 다음 측근들에게 밀서의 내용을 알려주었다.

"이자춘의 내부 반란 내응을 가장 큰 위험요소로 보았지만 그 아들을 투옥하여 수족을 잘라놓아 딴마음을 품으면 아들의 목숨이 위태로우니 이자춘은 잠자코 있을 수밖에 없게 되었다는 것을 고려군도 인정하게 되었다고 한다. 고려군은 이제 전면전으로 군략을 바꾸었고 주력군이 성의 대문인 남문을 공격하는 체하며 진짜 주력은 쌍성의 동문으로 공격하기로 했다 한다. 동문이 가장 낮고 허술하기 때문이란 것이다. 우리는 이를 역이용하는 것이다. 동문을 굳게 지키지 않는 것처럼 위장하고 많은 병력을 숨길 것이다."

"이자춘의 가병들은 어찌해야 할까요?"

부장이 물었다.

"이성계를 잡아올 때 가병들의 무장을 해제시켰고 집 안에 남아 있던 병장기는 모두 몰수해 오지 않았나? 뭘 가지고 반란을 일으키겠나? 염려할 필요 없다."

조소생은 만족스런 듯한 웃음을 날리며 이천 명의 군에 대한 배치를 끝냈다. 그런 다음 그 사실을 안변에서 온 사자에게 역시 밀서로 써주고 고려군으로 되돌아가도록 했다.

고려의 정벌군은 이윽고 쌍성 인근까지 진군하여 진을 쳤다. 그때 김인찬의 포砲(부대)에 사냥꾼으로 변복한 밀사가 임무를 마치고 은밀하게 다시 돌아왔다.

"조소생을 만났느냐?"

"예, 여기 답서도 있습니다."

김인찬은 답서를 읽었다. 조소생은 임상에게 자기 군의 배치 상황과 수비 내용을 상세히 알려주고 있었다. 밀서를 보낸 사람은 임상이 아니라 김인찬이었고, 밀서 또한 임상이 쓴 것처럼 만들었던 것인데 예상한 대로 임상이 걸려든 것이다. 첩자는 임상이었다. 결정적인 순간이 이를 때까지 인찬은 함구하기로 했다.

목사 김존일은 안변을 지키기로 하고, 아들 인찬만 참전한 상태였다. 이튿날 새벽이 되자 고려군은 공격을 개시했다. 남문 높은 다락에서 적정敵情을 살피던 총관 조소생은 득의의 미소를 날렸다. 아닌 게 아니라 고려군은 주력으로 남문을 공격하는 것처럼 위장하고 다른 병력은 동문 쪽으로 우회시키는 게 보였던 것이다.

총관 조소생은 성안의 사대문을 닫아걸고 주력인 천 명의 군사는 동문에 매복시키고 남은 군사들로 남문으로 쳐들어온 유인우의 관군을 맞아 싸웠다. 날이 어두워지자 김인찬은 병마사 유인우를 극비리에 만났다.

"제가 성안으로 다시 잠입하겠습니다. 이자춘 천호와 합심하여 그의 아들을 구해내고 서문을 안에서 열 테니 서문 밖에 군사를 숨겼다가 일시에 들이치십시오. 조소생의 몽고군은 동문 쪽으로 우리 주력군이 투입되어 공격해 올 줄 알고 그들도 절반 이상의 병력을 동문 쪽에 매복시킬 것이니 상대적으로 서문 쪽은 방어병이 많지 않을 것입니다. 그 허점을 노리면 성은 쉽게 떨어질 것입니다."

"좋다. 그럼 떠나라."

유인우가 명했다. 김인찬은 깜깜해지기를 기다렸다가 서문 쪽에 가까운 수채의 수구를 찾아 접근했다. 전에도 들락였던 곳이라 어둠 속에서도 익숙했다. 아닌 게 아니라 성안의 몽고군은 남문과 동문 쪽에 몰려 있어 이쪽은 조용했다.

"이게 누군가? 인찬이 아닌가?"

김인찬을 만난 이자춘은 몹시 반가워했다.

"서두르십시오. 오늘 밤이 고비가 될 겁니다. 먼저 아드님을 구해 내시고 가병들을 이끌고 서문을 열고 나가면 됩니다. 숨어 있는 고려군과 합세하여 다시 성안으로 들어와 몽고군을 짓밟으면 됩니다."

"좋다. 퉁두란!"

"예."

"가병들을 모두 마당에 집결시켜라. 그리고 뒷산 치마대에 숨겨진 병기고에 가서 병장기를 꺼내어 모두 무장을 시키고 날 따르라."

"알겠습니다. 자, 함께 갑시다."

무장을 해제당했다 했지만 비밀 병기고에 든 무기는 빼앗기지 않았던 것이다. 잠시 후 일천의 가병들은 무장을 한 뒤 이자춘의 뒤를 따르게 되었다.

"두란이와 인찬이는 내가 시키는 대로 불을 질러라. 불길이 커지면 그때를 이용하여 성계를 옥사에서 빼내기로 한다."

군사를 이끈 이자춘은 휘하의 군사들은 서문 쪽 가까운 곳에 숨기고 자신은 퉁두란과 김인찬만 데리고 총관부 옥사獄舍를 향해 접근했다. 옥사 네 귀퉁이의 기둥에 걸린 횃불이 사방을 대낮처럼 밝히고 있었다.

"너희 두 사람은 기둥에 있는 횃불을 동시에 빼어 들고 옥사에 붙어 있는 관부 건물에 불을 놓아라. 거세게 타오르면 그 옆에 떨어진 전각에도 불을 질러라. 그리되면 옥사를 지키는 옥리들과 관원들이 놀라서 불난 쪽으로 다 몰릴 것이다. 그때를 이용하여 옥사 안으로 들어가 성계를 구출하면 된다. 자, 가자!"

세 사람은 옥사 옆으로 접근하여 횃불 두 개를 빼어 들고 재빨리 옥사 옆 건물에 불을 붙였다. 마침 동풍이 불어 불은 삽시간에 건물 처마를 핥고 지붕 위로 치솟았다.

"불이야! 불이야!"

여기저기에서 아우성 소리가 들리며 옥사 주변에 있던 모든 사람이 불난 건물 쪽으로 몰렸다. 이자춘이 신호를 보내며 옥사 안으로 뛰어들어 갔다.

"성계야, 성계는 어딨느냐?"

"아버지, 이쪽입니다!"

이성계의 대답 소리가 어둠 속에서 들려왔다. 세 사람은 소리가 나는 쪽으로 다가갔다. 칠팔 명의 죄수들과 함께 이성계가 앉아 있었다.

"모두들 비껴 앉아라! 울의 기둥을 부러뜨려야겠다. 자, 간다!"

십여 보 물러났던 이자춘이 달려들며 울 기둥에 어깨를 부딪쳤다. 우지직 소리와 함께 부러지는 소리가 났다. 그러나 절반밖에 부러지지 않았다. 이번에는 김인찬이 똑같이 물러섰다가 웅크리고 달려 와 어깨를 부딪쳤다. 우지끈하며 울 기둥 하나가 부러져나갔다. 힘이라면 성계 부자도 누구에게 뒤지지 않았지만 김인찬 역시 달리지 않았다.

부러진 울 기둥 사이로 이성계가 나왔다.

"고맙소."

"옥사에 불이 옮겨 붙었으니 어서 빠져나갑시다."

성계까지 합해 네 사람은 서문 쪽으로 향해 뛰었다. 이성계가 날카로운 휘파람을 여러 번 불자 어디선가 두 필의 말이 뛰어왔다. 가병들이 데리고 와 기다리고 있던 말이었다. 가병들까지 수습한 이자춘도 자신의 말에 오르며 외쳤다.

"서문을 지키는 몽고병은 모조리 처단하라. 그런 뒤에는 서문을 활짝 열어라. 기다리고 있는 고려군이 닥쳐들 것이다. 그들과 함께 성안으로 들어와 몽고병들을 짓밟는다. 자, 가자!"

이자춘의 가병들은 이성계와 김인찬, 퉁두란을 앞세우고 서문을 지키는 몽고군에게 달려들었다. 백 명도 채 되지 않는 몽고병은 이자춘군의 급습에 변변히 저항도 못 하고 죽어갔다.

"성 밖으로 횃불 세 개를 던져라! 그런 다음 함성이 들리면 고려군이 매복해 있다는 신호이니 성문을 열면 된다."

접전을 벌이던 퉁두란이 횃불 세 개에 불을 붙여 성 밖으로 높이 내던졌다. 그러자 함성이 들려왔다. 이자춘군은 성문을 활짝 열었다. 기다리고 있던 고려 병사들이 쏟아져 들어왔다. 새벽녘이 되자 전투는 완전히 끝나게 되었다.

이자춘군에게 총관부를 빼앗긴 조소생은 허를 찔리자 삽시간에 성안으로 밀려든 고려병들을 상대할 수 없어 단신으로 북문을 열고 토문강 쪽으로 도망쳐버렸다. 몽고의 수비병 이천 중에 살아서 포로된 자는 삼백여 명이었고, 나머지 천칠백 명이 전사했다.

"얼마 못 갔을 것입니다. 조소생을 추격하여 죽여야 후환이 없을 것입니다. 그놈은 원나라로 도망쳐 다시 복수할 틈을 노릴 것입니다."

이자춘이 주장하자 부장 임상이 손사래를 쳤다.

"궁적窮敵은 쫓지 말라 했습니다. 두 번 다시 딴마음 품지 못할 것입니다."

"그럽시다. 어쨌든 원나라의 원부怨府였던 쌍성총관부는 이제 우리 고려국의 손안에 들어왔습니다. 모두 개선합시다!"

병마사 유인우가 쌍성 점령을 선언하고 성안 곳곳에 포고문 방을 붙이게 했다.

유사 이래 우리 고려국의 땅이었던 철령 이북 지방을 몽고 원나라에 빼앗기고 식민지가 된 채 백 년 동안이나 우리 동포들이 압제에 시달렸다. 하지만 이제 성상의 부월斧鉞을 받은 우리 고려 군사들은 쌍성을 수복하고 승리했으니 이는 위로는 성상의 위엄이요 나라의 홍복으로 안다. 모든 고려 백성과 여진 백성들은 안심하고 생업에 종사하라.

고려국 동북면 병마사 유인우

쌍성총관부를 탈환하고 고려군이 개경으로 개선하니 마치 세계적인 대제국 원나라와 싸워 대승을 거두고 돌아온 것처럼 임금과 백성들이 자랑스러워하며 기뻐했다. 마침내 전공장戰功帳에 기록된 대로 공에 따라 논공행상論功行賞이 이루어졌다. 이자춘은 삭방도朔方道 상장군上將軍 상만호上萬戶의 높은 벼슬을 받게 되었고, 그의 아들 이성계와 김인찬은 궁성 수비군의 총기총總旗摠(영관 장교급)으로, 퉁두란은 기총으로 특별 채용, 승격 벼슬을 받았다.

그런데 문제는 부원수 임상이 논공행상에서 제외되고 반역 혐의로 옥에 갇혔다는 것이었다. 그러자 덕성부원군德成府院君 기철奇撤이 대전으로 들어와 임금 앞에서 임상이 어째서 반역 혐의로 치죄를 받아야 하느냐고 따졌다. 이는 임상이 자신의 손발 중 하나인 데다가 기철을 만난 임상이 불만을 털어놓았기 때문이었다.

기철은 당대 최고의 권신이었다. 그가 하고자 해서 안 되는 일이 없었다. 기철은 원의 선제先帝였던 순제順帝의 제2황후 기 씨의 남동생이었던 것이다. 몽고의 침략을 받은 고려 조정은 해마다 과부와 처녀들을 뽑아 원의 조정에 강제로 보내야만 했다. 처녀공출處女供出로 원나라에 끌려간 고려 여인들의 수는 수천 명이 넘었다. 기 씨도 그중 한 명으로 행주산성 근처 마을에서 차출당하여 원나라 조정으로 보내졌다.

그녀는 무수리로 시작해서 궁녀가 되고 미모와 간지를 이용하여 황제의 눈에 들어 마침내 제2황후로 출세를 하게 되었다. 고려 출신 여인으로서는 제일 출세한 셈이었다. 황후가 된 그녀의 권세는 막강해졌고 특히 남동생 기철은 원나라 조정뿐 아니라 본국인 고려 조정 안에서도 무소불위의 권세를 휘두르게 되었다.

기철은 자신의 심복들과 친척들을 중신 요직의 자리에 앉히고 국권을 전단하기도 했다. 쌍성 수복전에 참전한 임상도 그의 수하였다.

"전하! 이번의 논공행상은 전혀 이해할 수 없다는 것이 조정 안팎의 중론입니다. 부원수 임상은 병마사 유인우와 더불어 쌍성을 탈환하는 데 지대한 전공을 세웠습니다. 그런데도 불구하고 행상에서 제외시켰을 뿐 아니라 반역죄를 씌워 투옥했나이다. 그의 반역 혐의가 무엇인지 낱낱이 밝혀내야 할 것입니다. 반역에 대한 확실한 물증이 없으면 이번 사단을 그냥 지나치지 않겠나이다. 이건 종사의 기초를 흔드는 모함이기 때문입니다."

기철은 임상의 문제를 곧 자신의 권위에 도전하는 행위로 본 것이다. 임금은 어쩔 수 없이 국청鞠廳을 열었다. 누가 판관이 되느냐 하는 중요한 문제였다. 조정의 중신들은 거의 기철의 편이었기 때문에 재판정의 우두머리인 판관이 기철 편 쪽에서 맡는다면 큰일이었던 것이다. 젊은 임금은 고민 끝에 중도파인 병부상서 유인우에게 판관을 맡겼다.

판관이 된 유인우는 왕명에 따라 국청을 열었다. 임상이 옥에서 끌려 나와 의자에 앉혀졌다.

"지금부터 반역을 도모한 역신 임상의 죄상을 가감 없이 밝혀내고자 한다. 임상은 죄인으로 왜 이 자리에 끌려 나왔는지 알고 있겠지?"

"반역이라니 인정할 수 없소. 전공을 세운 장수를 이렇게 대접하다니 이해할 수 없소이다. 난 모함에 걸려든 것입니다."

"모함이라니?"

"출정할 때부터 쌍성총관부의 조소생 총관과 내가 은밀히 내통했으며 일제 공격을 앞두고 여전히 관군 쪽의 전략과 군사 기밀을 성안의 조소생에게 전해주어 탈환전을 방해하고 패전을 유도했다고 하는데 그걸 입증할 만한 증거가 있소? 증거도 없으면서 심증만 가지고 날 투옥했으니 뒷감당을 어떻게 하려고 그러시오?"

"총관부 조소생 총관과는 잘 아는 사이이지요?"

"원나라 관리였던 고려인 출신이니 그저 알고 있는 정도요."

"출정하기 한 달 전에도 만난 적이 있소. 연경에서."

"그건 원의 조정 연회 석상에서 우연히 만난 것이오."

"쌍성에 대한 공격을 단행하기 전 아군은 안변 목에서 군사를 정비했소. 당신은 그때 성안의 조소생에게 제1신의 밀서를 보냈소. 내용은 이자춘 천호가 가병 천 명을 이끌고 관군이 성 밖에서 치면 성안에서 내응하여 관군과 협동전을 펼치려 하니 이자춘이든 그의 아들이든 볼모로 잡아 대처하라는 것이었소."

"말도 안 되는 소리!"

"제2신은 이자춘의 손발이 잘려 성안에서의 내응이 수포로 돌아갔으니 관군의 전략이 완전히 바뀌었다. 바뀐 전략을 밝혀 보내니 완벽하게 대처하기 바란다는 것이었소."

"물적 증거를 내놓아라!"

임상이 화를 내며 외쳤다. 판관 유인우는 여러 번 접힌 밀서 한 장을 내놓았다.

"이 밀서를 저자에게 보여주어라. 그것이 물증이다!"

임상이 밀서를 들여다보았다.

"그 밀서는 총관 조소생이 임상에게 보낸 것이다. 임상의 계책대

로 이자춘의 아들을 볼모로 투옥했으니 이자춘은 가병을 이끌고 성
안에서 일어날 수 없게 되었고 이제는 관군도 전면전으로 군략을 바
꾸었으니 그에 대처하기만 하면 된다는 내용이다. 어떤가?"

"나는 이런 밀서 본 적도, 들은 적도 없다."

"왜 이 밀서를 당신에게 보여줘야 하나? 조소생의 밀서를 가지고
온 밀사를 우리가 먼저 체포한 것이다."

"그 밀서는 위서僞書이다. 조소생의 진짜 필적이 아니다."

"조소생을 그저 얼굴만 아는 사이라면서 그의 필적을 진짜인지 가
짜인지 어떻게 분간하나?"

"……"

임상은 선뜻 대답을 못했다. 그러자 임석해 있던 임금이 문초는
이미 끝난 것이나 다름없다는 표정으로 일어나 편전으로 나갔다. 임
상은 삭탈관직을 당하고 유배형을 받게 되었다. 그러나 처벌 결과는
삭탈관직과 유배형은 면하고 전라도 강진현감으로 폄직貶職이 되어
내쫓기는 정도였다.

"길게 보아 일 년만 견디도록 하라. 다시 사면 복권을 시켜 불러올
릴 것이다."

기철은 그렇게 약속했다. 임상은 유배지로 떠났다. 논공행상 이후
문제는 이성계와 퉁두란, 김인찬의 거취였다.

"이쯤 되면 우린 이곳 개경에 살아야 하게 됐네. 자넨 어떡할 셈인
가?"

이성계가 김인찬에게 물었다.

"글쎄, 난처하군. 내 집과 가족은 모두 안변에 살고 있는데 나만

개경에서 살아야 하게 되었으니."

"두란은?"

"그대와 난 말 달리고 활 쏘며 산속에서 산 몸인데 비단옷 입고 호화로운 길거리를 활보하며 서울에 산다는 건 정말 어울리지 않네. 난 받은 벼슬 돌려주고 내 고향 북청으로 가려네."

퉁두란은 고향으로 돌아가겠다 했다. 그러자 김인찬도 동조했다.

"음, 나 역시 혼자 여기서 살 수는 없네. 난 아내도 있고 부모님 형제들 모두 안변에 있는데 나만 여기 있자니 좀 그래. 나도 고향으로 돌아갈 걸세."

"이거야 원, 나만 난처하게 되는군? 좋아. 그럼 유인우 장군께 우리의 사정 얘기를 해보고 근무지를 삭방도 쪽으로 바꿔달라 해보지."

이성계는 그렇게 약속하고 병부상서가 된 유인우를 만나 사정 얘기를 털어놓았다. 그러자 유인우는 세 사람 근무지를 함경도로 바꿔주겠다 약속했다. 사흘 만에 근무지가 바뀌어 세 사람은 고향으로 가게 되었다.

이듬해 4월.

김인찬은 친구인 한충과 함께 과거시험을 보려고 서울인 개경으로 올라왔다. 한충은 몰라도 인찬은 과거를 보지 않아도 무관武官으로서의 출셋길이 열려 있었다. 쌍성 수복전에서 세운 전공이 인정되어 중견 장교로 발탁이 되었기 때문이다. 그 역시 과거시험에서 무과에 합격해야 자격이 주어지는 것이었지만 전공이 있어 무시험으로 인정을 받았던 것이다.

하지만 아버지 김존일 목사는 아들이 무관이 되는 것을 원치 않았다. 과거인 성균관시에 합격을 하여 문관의 길을 걸어가기를 원하고 있었다.

"이번에 떨어지면 두 번째인데 그리되면 무슨 낯으로 부모님을 뵙지?"

한충이 걱정스럽게 인찬을 바라보았다.

"재수했으면 무슨 일이 있어도 붙어야지 또 떨어지면 이 년이나 기다려야 기회가 오네. 정신 바짝 차려서 시험 보기로 하세."

"자넨 뭐 자신 있는 것처럼 말하는군."

"마음속으로 다짐이라도 해야지. 스무 날밖에는 남지 않았군. 어서 서둘러 채비하세."

이윽고 한충과 김인찬 두 사람은 괴나리봇짐을 짊어지고 개경으로 떠났다. 개경에 도착한 두 사람은 성균관 부근 객주에 짐을 풀었다. 그들이 좀 일찍 왔는지 시험이 코앞으로 다가오자 성균관 근처는 전국 각처에서 올라온 선비들로 북새통을 이루었다.

드디어 성균관 너른 뜰에 과장이 마련되었고 천여 명의 응시생들이 시험을 보게 되었다. 아침부터 시험을 봤는데 저녁 때가 되어서야 끝이 났다. 일곱 개의 과목을 치러야 했기 때문이었다.

발표는 석 달 후에 각 지방으로 가는 관보官報를 통해 하고, 성균관 게시판에 방을 붙여 알린다 했다. 고향으로 돌아온 두 사람은 초조한 마음으로 결과를 기다렸다. 석 달이 지나갔다. 안변은 서울인 개경에서 멀어서인지 관보 소식이 늦었다. 그러던 어느 날 목사부의 관원 하나가 사가로 와 말을 전했다.

"목 사또 어른께서 공좌로 들어오시랍니다."

관아에서 아버지가 부른다는 전갈이었다. 김인찬은 곧 관아로 나갔다.

"소자입니다. 부르셨사옵니까?"

"인찬이냐? 들어오너라."

방 안으로 들어가자 김 목사는 공무를 처리하고 있다가 아들을 맞았다.

"무슨 일이신지요?"

"그동안 수고했다. 이것을 보거라."

두루마리 한 통을 내놓았다. 인찬은 급히 두루마리를 펼쳤다. 놀랍게도 그건 성균관시에 합격한 합격자 명단을 실은 관보였다. 장원은 아니었다. 차상, 차하의 명단에도 없었다. 급히 훑어나가자 스물세 명 합격자 명단 중 스무 번째 줄에 자신의 이름이 있었다. 아무리 찾아보아도 또 한 사람, 친구인 한충의 이름은 보이지 않았다.

"만족하느냐?"

"예, 아버님."

"한데 한충이 이름이 안 보이는구나."

"그렇군요. 그 친구한테 미안한데요."

"다음에는 되겠지."

"그동안 감사했습니다."

"아니다. 네가 고생했지. 어서 집으로 가서 네 모친과 형제들 그리고 네 처에게 그 기쁜 소식을 알려라."

"예."

인찬은 집 안으로 들어가서 어머니와 처에게 과거 급제 사실을 알렸다. 어머니는 집안의 경사이니 잔치를 열어 자축연을 벌여야겠다며 좋아했다. 김인찬의 형제는 모두 넷이었고 인찬은 그중 넷째였다. 그리고 그의 위로 누님이 하나 있었다. 모두 결혼했고 나중에 출계出系했지만 장남이 부모를 모시고 인찬도 큰집에 함께 살았다.

삼십여 명의 직계 가족들이 모두 모이니 대가족 잔치였다.

"가문의 영광이 아닐 수 없다. 너희들도 알겠지만 우리 집안은 왕가王家의 피가 흐르는 왕손 집안이다. 신라 마지막 임금이셨던 비운의 경순대왕敬順大王이 직계 선조이시고 나는 그분의 십오 세손이다. 인찬의 고조 되시는 문제공文齊公은 전라관찰사全羅觀察使를 지내셨고 인찬의 조부 되시고 내 부친 되시는 개령군開寧君 천익天益 공은 화령도和寧道 상원수를 지내신 문무겸전의 명장이셨다. 우리 인찬이 어려서부터 무예에 소질을 보이고 승마乘馬, 기사騎射, 격검擊劍 등에 뛰어남을 보인 것은 조부님을 닮아서였을 것이다. 그래서 본인도 무과로 나가고 싶어 했지만 문무를 함께하는 게 좋겠다 싶어 문과 과시를 보게 한 것이다. 역시 기대를 저버리지 않아 고맙다. 이제 환로宦路(벼슬길)에 나아가게 되었으니 언제나 조신하여 정진하기를 바란다."

아버지 김존일 목사의 훈화였다.

"그럼 이제 어떻게 되는 거지?"

둘째 형이 물었다.

"상경해서 성균관에 입학해야 합니다."

"급제를 했는데 또 입학이라니?"

"관료가 되려면 수습 교육을 받아야 한답니다. 그 기간이 육 개월입니다. 수습 기간이 끝나야 임직 발령을 받게 되는 거지요."

"그럼 개경에는 혼자 가 있어야 하는 건가?"

"글쎄요."

인찬이 난처한 듯 구석 자리에 있던 처를 바라보자 어머니가 한마디 했다.

"네 아버님과 나도 지금 인찬이와 비슷한 처지였었다. 네 아버님이 과거에 급제하시고 상경해야 하는데 우리 집은 북변인 고성에 있었다. 아버님이 동북면 상원수이셨기 때문이야. 그러자 아버님이 우리더러 개경에 나가 살라 하셨다. 어차피 수습이 끝나 임직을 받으면 왕성 안의 기관에 봉직해야 하니 분가하라는 것이었다. 그러니 인찬이도 이참에 분가하는 게 좋겠다. 아버님만 허락하시면 개경 집에 나가 살도록 하여라."

"……"

잠시 침묵이 흐르자 아버지가 결정을 해주었다.

"어머니 말씀대로 하거라."

"고맙습니다."

며칠 후 김인찬은 부인 등 가족을 데리고 개경 집으로 이사했다. 처음 관리 생활을 시작할 때 아버지는 개경에서 봉직했기 때문에 그때 마련한 살림집이 있었다. 그 집에는 지금 차남인 둘째 형이 살고 있었다. 옛날 그가 소년 시절에 살던 동네이기도 했다. 개경 성안에서 서대문인 오정문午正門 밖이었다. 성문을 나서면 곧바로 예성강禮成江의 지류가 흐르고 강 건너에는 두문동杜門洞의 깊고 아름다운 계곡이 바라다보이는 곳이었다.

작은 마을에 있는 다섯 칸쯤 되는 낡은 기와집이었다. 이사를 하고 이튿날부터 김인찬은 수습 교육을 받기 위해 성균관으로 나가게 되었다. 육 개월 후 교육이 끝나고 드디어 임직 발령을 받았다. 문하성門下省의 추고도감推考都監이라는 기관의 정8품관인 주영사主令史였다.

추고도감이 무엇하는 기관인지 알게 된 것은 그가 출근하고 나서였다. 추고도감의 정식 명칭은 과부처녀추고도감寡婦處女推考都監이었다. 원나라는 해마다 수천 필의 말과 함께 전국에서 처녀와 과부들을 뽑아 자국에 바치도록 강요했다. 처음에는 몇 십 명을 요구했으나 해가 갈수록 요구하는 숫자가 많아져 수백 명, 나중에는 천 명, 이천 명씩을 요구했다.

해마다 한 번씩 차출하는데 그 여인들을 뽑기 위해 나라에서는 결혼도감結婚都監을 설치하고 강제로 모집했다. 그래서 아녀자들이 끌려가게 하지 않으려고 민간에서는 조혼早婚 풍속이 생겨났다. 열 살만 먹으면 시집을 보내버렸던 것이다. 김인찬은 맡은 일에 실망해 벼슬길에 회의를 느꼈다. 부인이 위로했다.

"그렇다고 사직을 하고 나올 수도 없잖아요?"

"그만두면 그만두는 거지 못 관둘 건 또 뭐요?"

"당신이 싫으면 물론 관두면 되지요. 하지만 훗일을 생각해 보면 섣불리 사직서를 낼 수도 없잖아요?"

"그건 또 무슨 말이오?"

"이유도 없이 안변 목사 자제가 나라에서 준 관리직을 버렸다면 괘씸죄에 걸려서 벼슬길이 막힐 것 같아서 그러는 거지요."

"으음."

인찬은 괴로운 듯 신음 소리를 냈다. 그러자 아내가 한마디 했다.

"너무 상심하지 마세요. 이제 원나라는 망해가고 있잖아요? 언제 망할지 모르는 나라인데 과부 처녀 징발을 언제까지 할 수 있겠어요? 길어야 일이 년이겠지요."

그 말에 위로가 되었다. 까마귀 날자 배 떨어진다고 그가 도감에 봉직하자마자 원에서는 또 과부 처녀 오백 명을 징집해 보내라는 영이 내려왔고, 조정에서는 임시로 결혼도감을 설치하여 경향 각 도에 책임량을 매겨 뽑아 올리도록 했다. 김인찬은 도감의 주영사였는데 그의 수하에 주사나 서기를 비롯하여 실무를 맡은 관원이 삼십여 명이 넘었다.

윗물이 더러운 이유

　각 도 군 주현州縣에까지 관원이 파견되어 그 지방에 책임량을 떠 맡기고 과부와 처녀들을 뽑아 개경으로 올려 보내도록 했다. 두 달 이 지나자 경향 각처에서 징집된 여인들이 붙잡혀와 개경 송악산 밑 에 있던 수용소에 모이게 되었다.

　한편 공녀 선발 마감 기일이 가까워지고 있었다.

　"지금까지 모두 몇 명이 징집되었나?"

　인찬이 합계를 내고 있던 서기에게 물었다.

　"삼백오십이 명입니다."

　"아직도 백오십 명이 모자라는구먼. 날짜는 촉박하고 큰일이다. 한데 무진주(광주 지역) 쪽 성적이 제일 떨어지는 이유가 뭔가? 스물

다섯 명을 할당했는데 겨우 열다섯 명을 보내오다니 부족한 열 명은 어쩌겠다는 거지? 장 서기! 처음 지방에서 공녀들을 인솔하고 온 관원들이 보고한 숫자하고 이 장부에 적힌 숫자하고 차이가 난다. 왜 이런 사태가 벌어졌는지 철저하게 조사해 내게 보고하게. 단 한 명이라도 이상이 생기면 우리 도감 관원들은 모두 모가지야. 알겠나?"

"예."

그러나 샅샅이 밝혀보겠다던 서기는 아무런 보고도 없었다. 인찬이 그 서기를 불러 호통을 쳤다.

"어찌 된 일인지 왜 보고를 못 하나?"

"실은…… 그런 일은 관행이었습니다."

"무슨 소리지?"

"공녀들을 징집할 때는 소속 관원들이 서로 짜고 과부나 처녀 들의 가족으로부터 뇌물을 먹고 몇 명씩 빼주고 눈감아주는 게 관행이었습니다."

"뭐야?"

김인찬은 깜짝 놀라 추궁했다.

"관원들이 뇌물을 먹고 빼내준다? 지방에서 뽑을 때 빼주고 개경 송악산 수용소에 들어와서는 도감 소속 관원들이 돈 먹고 빼내준다 그말이군?"

"……"

"한 가지만 물어보자. 개경이나 지방 관원들이 제멋대로 뒷돈 먹고 빼내주진 못할 텐데? 전체 관리는 우리 상관인 박선후 좌보궐左補闕(정6품관)께서 맡고 계시지? 그분은 그런 비리가 행해지고 있다는 것을 알고 있을까?"

"그건 잘 모르겠습니다."

장 서기는 발을 뺐다. 서기 말대로 뇌물 먹고 빼주는 건 관행으로 이루어져 오고 있는 듯했다. 다만 김인찬은 처음 결혼도감에 들어왔기 때문에 모르고 있었을 뿐이었다. 인찬은 그 문제를 어떻게 처리해야 할지 몰라 고민하며 부인과 상의했다.

"그 부정은 단순하게 이뤄지는 게 아니군요. 담당한 관원이 뒷돈 먹고 여자 하나 빼주는 게 아니고 관원들이 서로 짜고 부정을 저지르고 있다고 봐야 해요. 그건 무슨 뜻이냐 하면 높은 자리에 있는 상관이 지시하고 관리하고 있다고 봐야겠어요."

"분명 상납의 뇌물 고리가 있소. 그리고 도감의 관원들은 이중장부를 가지고 있다고 봐야겠군. 부정이 드러나지 않게 징집 공녀들의 숫자를 맞춰놓으려면 말이오. 이 문제를 어찌해야 할지 고민이오. 모르고 있는 것처럼 눈감고 넘어갈 수도 없고? 그러자니 목표량 달성을 못 했다는 추궁은 내가 당할 것 같은데……"

"일단은 모르는 일로 넘어가시는 게 좋을 것 같아요."

인찬은 부인의 말을 수긍은 하면서도 불의를 보고도 그냥 눈을 감는다는 것은 관원으로서의 도리가 아니라 생각하고 썩은 부위를 파헤쳐보기로 했다. 그는 우선 본보기로 송악산 수용소에서 부정을 저지르고 있던 관원 하나를 발견하고 도감으로 소환했다.

"얼마 받고 빼내주었지?"

"빼내주다니요? 그런 일 없습니다."

"처녀 하나를 네가 수용소 밖으로 데리고 나가는 걸 본 사람이 있고 그 처녀는 다시 돌아오지 않았다는데 거짓말할 거냐?"

구체적으로 증거를 대며 캐묻자 그는 마침내 불었다.

"죽을 때라 잘못했습니다. 한 번만 용서해 주십시오."

"얼마 받고 빼주었지?"

"교사交紗 백 저楮 받았습니다."

교사란 원이 유통시키고 있는 화폐로 지전이었다. 말기에 이르러 부패 사치로 국고를 탕진한 원은 지폐를 남발하여 서민들의 경제가 엉망이었다.

"네 놈이 빼내준 처녀는 몇 명이지?"

"그 한 명입니다."

"거짓말하지 마라!"

그의 말에 의하면 여러 명의 처녀를 그들의 부모들로부터 돈을 받고 빼주고 싶지만 그 처녀들의 부모들이 모두 가난뱅이들이라 그나마 딸을 빼내려면 없는 논밭까지 다 팔아야 하므로 돈 들고 오는 부모들도 가뭄에 콩 나듯 한다는 것이다.

"그런데 몇 명씩 어떻게 혼자 해먹겠습니까?"

인찬은 한숨을 내쉬었다. 그런 비리는 도감에 종사하고 있는 모든 관원들이 다 음성적으로 저지르고 있다고 보아야 했다.

"백 저의 돈을 받으면 너 혼자 꿀꺽하진 않겠지?"

"예, 일단은 박선후 좌보궐께 바치고 처분을 기다립니다."

"처분이라니?"

"그렇게 모아진 돈은 추고도감의 운영비로 쓰인다 합니다. 처분이라 함은 좌보궐께서 따로 저희들에게 격려금을 내려주시는 걸 말합니다."

그제야 김인찬은 상납의 고리를 찾았다. 추고도감의 실제 관리 책임자인 좌보궐 박선후가 비리 부정의 우두머리였던 것이다. 인찬은 그 관원을 닦달해서 도감 경리를 맡고 있던 주사主事 백용준이 이중 장부를 작성하고 있다는 걸 알고 마침내 경리방을 뒤져 이중장부를 적발해 냈다. 그 장부에 의하면 전국에서 모아진 공녀의 숫자는 사백삼십 명이었다. 그런데 그 가운데 오십한 명을 빼내어 남은 공녀는 삼백칠십구 명으로 기록되어 있었다.

평소 부친 김준일의 성격을 닮아 강직하고 청렴했던 김인찬은 더이상 참지 못하고 구체적인 부정 사례를 들어 가난한 백성들을 두번 울리는 탐관들의 부패를 근절시켜야 나라의 기강이 바로 서고 백성들의 원성이 없어질 것이란 요지로 임금에게 상소를 올렸다.

하지만 상소에 대한 임금의 비답批答이나 어떤 조처의 움직임도 없었다. 인찬은 두 번째 상소를 올렸다. 역시 아무런 반응이 없었다. 공녀 징집은 기일이 다 되어 마감이 되었다. 사흘 후면 이제 원 조정의 요구에 맞춰 연경으로 떠나보내야 했던 것이다. 그런데 문제는 목표량 부족이었다. 원이 요구해 온 공녀의 수는 오백이었다.

그러나 삼백칠십구 명밖에 되지 않아 무려 백스물한 명이 부족했던 것이다. 하지만 모자라는 숫자를 하루 이틀 만에 채워서 보낼 수도 없어 모자라는 공녀는 한 달 후에 뽑아서 보내줄 테니 승낙해 달라고 빌어서 겨우 원의 내락을 받았다. 이윽고 공녀들이 원나라로 떠나고 나자 문하성 고위층에서는 책임량을 채우지 못한 죄를 물어 결혼도감의 감사인 박선후 좌보궐과 주영사인 김인찬을 시랑부侍郎部로 불러들였다.

"함부로 입 놀리지 말게! 임 시랑님은 성질이 칼이라 밉보이면 끝장일 테니까."

박선후는 김인찬의 뒷대부터 눌렀다. 박선후를 따라 시랑부 방 안으로 들어선 두 사람은 으리으리하게 꾸며진 방 안 풍경에 놀라움을 감추지 못했다. 가구들이 모두 몽고와 서역에서 온 최고급 진품들이었기 때문이다. 아무도 없는 방에서 잠시 기다리자 주인인 병부시랑 兵部侍郎(정4품 차관급)이 거만스럽게 들어왔다. 두 사람이 절을 했다. 머리를 숙이고 있어서 그의 얼굴을 볼 수가 없었다.

"고개를 들라!"

"예."

고개를 든 김인찬은 흠칫 놀랐다.

"왜 그리 놀라느냐?"

"저어……"

"죽은 사람 살아 있는 것처럼 놀라는구나."

"황송합니다."

인찬은 어찌할 바를 몰랐다. 병부시랑은 다름 아닌 쌍성 수복전 때 유인우 장군을 따라왔던 부원수 임상이었던 것이다. 놀라운 일이었다. 쌍성 수복전 개선 후 벌어진 논공행상에서 임상은 쌍성 총관 조소생과 내통한 첩자였다는 사실이 밝혀져 반역죄로 참수형을 받을 만한 중죄를 범했지만, 그의 상전이었던 기철의 적극적인 보호로 중형을 면하고 지방관으로 좌천됨으로 죄에서 벗어났다.

그것이 일 년 전 일이었다. 그런데 일 년도 채 못 되어 다시 복권

되고 시랑으로 권력자가 되어 돌아온 것이다. 그 모든 것이 공민왕의 배후에서 국권을 농락하고 있는 권신 기철의 짓이었다.

"자네 부친은 궁벽한 산골에서 잘 지내고 있겠지?"

"예."

"날 적과 내통한 반역자로 밀고한 자가 자네인가, 아니면 자네 아비인 김존일인가? 지금껏 그게 궁금하다. 누군가?"

"……"

"왜 그렇게 절절 매기만 하지? 자넨가, 아니면 자네 아비인가?"

"그런 사실 없습니다."

"그러길 바라네. 하지만 자네 부자 짓이라고 완전히 밝혀지면? 그땐 각오해야 할 거야."

김인찬은 온몸을 떨었다. 마치 시퍼런 장검이 목 뒤로 다가들고 있는 것 같은 섬뜩함 때문이었다.

"그건 그렇고 좌보궐, 이번 임시로 설치한 결혼도감에서 원의 공녀를 뽑아 보내기로 돼 있지?"

"그렇습니다. 여기 관련 서류들이 다 있습니다."

좌보궐 박선후가 일건 서류들을 보여주었다. 임 시랑은 대충 훑어보고 추궁했다.

"원의 조정이 요구한 수는 오백인데 삼백칠십구 명밖에 못 뽑았다? 열두 명도 아니고 백스물한 명이나 부족하다니 말이 되나? 이건 누가 책임질 건가?"

"관리는 소관이 합니다만 공녀 선발 및 수송 등 모든 실제적인 책임은 김인찬 주영사에게 있습니다."

박선후는 김인찬에게 모든 책임을 떠넘기고 있었다. 임상이 화를 냈다.

"일단 오백을 보내라 하면 단 한 명이 부족해도 안 된다고 펄쩍 뛰는 사람들이다. 김 주영사! 어떻게 책임질 텐가?"

"몽고 호송관에게 모자라는 수는 두 달 안에 추가 모집하여 보내드리겠다 하여 양해를 얻은 상태입니다."

"그 약속 지키지 못하면? 그땐 어떻게 될지 알겠지? 직위 해제는 물론 관직까지 삭탈할 수도 있다는 걸 명심하라."

"예."

"속히 나가서 끌어모으지 못하고 뭐하나?"

김인찬은 박선후와 함께 쫓기듯 시랑방을 나왔다. 이튿날이 되자 김인찬은 갑작스럽게 상서형부尙書刑部로부터 소환령을 받았다. 형부로 출두하라는 것이었다. 형부에 들어가 상서의 공좌公座로 들어갔다.

"추고도감 김인찬 명 받아 왔습니다."

"어전에 올린 상소 내용의 골자가 무엇인지 밝혀라."

응답이 없던 상소는 이제 정식으로 형부로 넘어가 문제화되고 있다고 보아야 했다. 김인찬은 망설임 없이 공녀 징발에 따라 관원들이 뇌물을 먹고 징발에서 제외시켜준 사례들을 구체적으로 들었다.

"그 같은 부정은 왕성권에만 국한되어 있는 게 아니라 지방 각처의 수령들과 관원들에게까지도 퍼져 있는 전형적인 부정부패였습니다. 이로 인하여 딸 가진 백성들은 두 번 피눈물을 흘려야 했습니다. 자기 딸을 빼앗기는 것도 슬픈데 그 딸을 빼내보려고 논밭 가산을 다 팔아 탐관들에게 바쳐야 했으니 그 원한은 달랠 길이 없습니다.

이는 반드시 바로잡아야 할 공직자들의 기강이라 생각되어 상소를 올린 것입니다."

"한 번도 아니고 두 번에 걸쳐 상소를 올린 걸 보면 지금 그대가 주장하고 있는 여러 문제들은 확고한 증거들이 있을 것이라 믿는다. 증거 없이 감히 어전을 농락함은 중죄에 해당함을 잘 알고 있겠지? 뇌물을 주고받은 관원들의 명단과 구체적인 증거들을 제출하라. 사실 여부를 가리고 국청을 열 것이다."

이윽고 사흘이 지난 후 형부상서(정3품) 남춘억의 주재로 국청이 열렸다. 잡아들인 비리 혐의 관원은 모두 두 명이었다. 송악산 공녀 수용소에 근무하던 서기 차인배와 민정국이었다. 그 두 사람은 돈 받은 증거가 확실하고 이미 김인찬 앞에서 부정을 자복한 터라 국청에서 아니라거나 모른다고 잡아떼지 못했다.

"얼마 받고 빼내주었느냐?"

"백 저를 받았습니다."

"민정국, 너도 백 저를 받았느냐?"

"예."

"너희들이 빼준 공녀들 이름과 살던 곳이 어딘지 밝혀라."

"공녀 이름과 부모 이름은 잘 기억을 하지 못합니다."

"여봐라! 이놈들이 거짓말을 하고 있다. 부모를 불러와 대질을 시킬까 보아 뇌물 액수를 감추려고 거짓 진술을 하고 있다. 가새주리를 틀어라!"

형부상서의 추상같은 명이었다. 옥리들이 주리를 틀며 힘을 쓰자 두 사람은 허벅지 살이 터지고 뼈가 부서지는 고통에 몸부림쳤다.

뇌물을 받고 공녀에서 빼내준 관원들은 결국 악형을 견디지 못하여 자복하겠다 했다.

"백 저를 받은 건 사실입니다만 그 돈은 경리 출납을 맡고 있던 도감 서기에게 전했고 제게 나중 나눠준 건 삼십 저에 불과합니다. 그리고 그 같은 부정은 저만 아니라 다른 관원들도 했습니다. 그건 해마다 공녀 차출 때마다 행해지던 관례였습니다."

"그게 무슨 해괴한 소리냐? 삼은 네가 먹고 칠은 도감 서기에게 건넸다구? 어째서?"

"징집된 공녀의 숫자를 기록하는 것은 그 도감 경리 서기였습니다. 그런데 뇌물 먹고 빼내주면 장부상의 숫자가 그만큼 줄어야 하기 때문이었습니다."

"여봐라! 결혼도감으로 가서 경리 장부 일체를 압수하고 도감 경리 백용준을 잡아오도록 하라!"

형부상서의 추상같은 명이 떨어졌다. 얼마 후 도감의 경리 서기 백용준이 잡혀왔다.

"이 출납 장부는 네가 기록한 게 맞느냐?"

"예."

"이번에 원나라로 떠난 공녀의 숫자와 기록상의 숫자는 정확히 일치하느냐?"

"그렇습니다."

"저 두 놈 이외에도 징집된 공녀를 빼주고 뇌물을 받은 관원들이 많이 있었을 것이다. 모두 몇 명이 비리를 저질렀으며 누구누구인지 밝혀라."

"더 이상은 없습니다."

"여봐라, 저놈이 실토할 때까지 형틀에 매달고 매우 쳐라!"

도감 서기 백용준은 악형을 당하자 몸부림치며 비명을 지르다가 실토하겠다 했다.

"말해 봐라!"

백용준은 모두 여덟 명의 관원들 이름을 댔다.

"그들로부터 받은 돈은 무슨 명목으로 받은 거냐?"

"도감에서 쓰는 경비에 충당한다고만 들었습니다."

"누구한테 상납을 해왔느냐고 묻고 있는 것이다."

"저는 징집 사무를 모두 관리하는 김인찬 주영사께 바쳤을 뿐입니다. 주영사는 또 그 위에 바쳐온 걸로 알고 있습니다."

서기 백용준은 김인찬을 물고 들어갔다. 김인찬이 다시 잡혀 들어왔다.

"네 놈이 모든 비리를 관리하며 뇌물을 챙겼으면서도 감히 그것도 한 번도 아닌 두 번에 걸쳐 비리를 고발하는 상소를 올리다니? 하늘이 무서운 줄 모르는 자로구나!"

형부상서가 발을 굴렀다.

"백 서기의 무고입니다. 각종 비리를 알고 뇌물을 거두고 있었다면 제가 왜 상소를 올려 제 무덤을 스스로 파겠습니까? 어불성설입니다. 이 장부를 물증物證으로 제출하오니 이걸 보시고 저의 결백을 살펴주시기 바랍니다. 그 장부는 백용준이 작성한 공녀 징집자에 관한 장부입니다. 이중장부를 만들어 비리를 감추고 있었던 것입니다."

김인찬은 압수해 두었던 경리 장부 원장을 제출했다. 잠시 국청을 쉬겠다 하고 상서는 장부를 검증했다. 정회를 한 뒤 국청이 다시 열렸다.

"이 장부를 경리 서기 백용준이 작성한 게 맞느냐?"

"예, 그렇습니다. 감춰두었던 비밀장부입니다. 소관이 그의 방을 뒤져서 압수한 것입니다."

김인찬이 대답했다.

"이 장부와 또 다른 장부를 비교하면 징집된 공녀의 숫자가 큰 차이가 난다. 최종적으로 모아서 원나라에 보낸 공녀의 총 인원은 삼백칠십구 명이었다. 그런데 이중으로 만들어둔 원장에 보면 총 인원은 사백삼십 명으로 되어 있다. 오십한 명이 사라진 것이다. 백용준 서기! 너는 이걸 어떻게 설명하겠느냐?"

"그 장부는 제가 작성한 게 아니옵니다. 제 글씨를 흉내 내어 만든 가짜 장부입니다. 애초부터 제 방에는 이중 원장 장부가 없었으므로 제 방에서 뒤져서 가져갔다는 말씀은 어불성설입니다. 조작해서 만들어 제 방에서 나온 것처럼 꾸민 것입니다."

"가짜라구? 그럼 널 함정에 빠뜨리기 위해 가짜를 만들었단 말 아니냐? 네가 무슨 거물이라고 모함을 한단 말이냐?"

"소관은 깃털에 불과하고 몸통이 따로 있다고 믿고, 그 몸통을 깨뜨리려고 거짓으로 꾸민 것이었습니다."

"상납금을 독점한 몸통은 누구냐?"

"몸통이 있을 리 없습니다. 몸통이 있다고 닦달질하며 소관들을 괴롭힌 상사는 김인찬 주영사였습니다. 김 주영사는 자기만 쏙 빼놓고 저희가 은밀하게 결혼도감의 도감이신 박선후 좌보궐님한테만 상납을 해왔다고 몰아붙인 것입니다."

"저자가 거짓말을 하고 있는 것입니다. 자기 스스로 상납의 몸통은 박선후 좌보궐이라 밝혔으면서도 내가 뒤집어씌운 것처럼 거짓 진술을 하고 있습니다!"

"아닙니다. 김인찬 주영사는 자기를 제외하고 상납금이 좌보궐께만 집중되는 데 앙심을 품고 이중장부가 있는 것처럼 꾸미고 상소까지 올린 것입니다. 그 죄 확실히 밝혀주시옵소서."

어처구니 없는 일이 벌어지고 있었다. 뇌물 부정으로 잡혀온 도감의 서기와 관원 두 사람은 한결같이 김인찬에게 모든 죄를 뒤집어씌우는 것이었다. 김인찬은 관원들의 부정 비리를 바로잡으려 나섰다가 거꾸로 자기가 되잡혀 막다른 골목에 이르렀다.

이해할 수 없는 것은 백용준 서기였다. 자신이 뇌물을 받은 것과 부정행위는 선선히 인정하면서 김인찬에게 뒤집어씌우고 있다는 점이 이상했다. 김인찬은 투옥되었다. 옥방에 들어온 인찬은 너무 기가 차서 한숨을 내쉬었다.

국청은 닫혔고 임금의 유무죄有無罪에 관한 선고만 남게 되었다. 이윽고 사흘째 되던 날, 집에서 머슴 응삼이가 갈아입을 옷과 사식을 들고 면회를 왔다. 옥리들에게 뇌물을 쓰지 않으면 면회도 시켜주지 않았다.

"집에서 걱정 많이 하지?"

"예, 식음도 폐할 만큼 근심하고 계십니다."

"죄가 없으니 곧 풀려나가게 될 것이라고 마님께 전하여라. 그리고 마님께 말씀드려 유인우 병부상서께 내 억울한 사정을 서찰로 써서 급히 전해달란다고 해라."

인찬은 응삼에게 모함에 빠지게 된 자초지종을 요령껏 설명해 주었다.

"그대로 마님께 전할 수 있겠느냐?"

"예, 염려 마십시오."

응삼은 곧 집으로 돌아갔다. 그런 다음 인찬의 처에게 인찬이 한 말을 빼지 않고 모두 전했다.

"아닌 게 아니라 나리 마님께서는 모함에 걸리셨구나."

인찬의 처는 당장 지필묵을 꺼내어 남편의 억울한 사정을 낱낱이 썼다. 다 쓰고 나자 응삼에게 그걸 유인우 대감께 전하라 했다.

"유 대감 댁이 어디에 있는지 알지?"

"두 번인가 가봐서 잘 찾을 수 있습니다."

"이 서찰을 전하고 답을 받아 가지고 오너라. 내가 직접 뵈러 가고 싶지만 아녀자가 나서는 것이 결례인지라 너를 보낸 것이라고 잘 말씀드려라."

"예, 그럼 다녀오겠습니다."

응삼은 유인우 병부상서 집을 찾아 나섰다. 마침 저녁이라 대감은 퇴청하여 집에 돌아와 있었다. 응삼은 사랑까지 인도되어 섬돌 밑에 섰다.

"어디서 왔다구?"

사랑 봉창문이 열리며 유 대감의 얼굴이 보였다.

"소인은 두문동 김인찬 주영사 댁에서 온 머슴이옵니다. 긴급히 전해 올리라는 서찰을 받잡고 대감마님을 찾아뵌 것이옵니다."

"김인찬?"

"예."

"서찰이 어딨느냐?"

응삼은 서찰을 품속에서 꺼내어 옆에 시립하고 서 있던 집사에게 건네주었다. 집사가 유 대감에게 전했다. 알았다며 봉창문을 닫자 응삼은 당황하여 소리를 높였다.

"대감마님의 답을 듣고 오라 했습니다요."

"답이라? 알았다. 잠시 기다려라."

잠시 후 다시 봉창문이 열리더니 유 대감의 얼굴이 보였다.

"서찰을 다 읽었다. 너의 상전이 곤경에 처했구나. 나는 김인찬 주영사와 그 사람 아버지인 김존일 안변 목사까지 얼마나 청렴하고 바른 청백리인지 잘 알고 있는 사람이다. 그런데 그 아들이 부정비리의 원흉처럼 지목이 되어 옥에 갇혔다니 분명 함정에 걸린 게 아닌가 싶기도 하다. 하여 내가 조정에 나가면 조사를 하고 누명을 썼다면 당장 벗어지도록 하겠다 한다고 전하여라."

"고맙습니다. 그리 전하겠습니다."

김인찬은 머슴 응삼을 통하여 유인우 상서가 움직이기로 했다는 소식을 들었다.

'다행이다. 유인우 대감은 우리 부자에 대해 잘 알고 있는 분이니 내 억울함을 풀어줄 수 있을 것이다.'

그렇게 생각하고 안심했다. 병부상서라면 정3품의 고관으로 나라의 병권兵權을 잡고 있는 권세가였다. 유인우는 쌍성총관부를 탈환한 공로를 인정받아 병부상서가 되었는데 그는 친왕파親王派의 거두이기도 했다. 조정 안은 두 파로 갈려 있었다. 친왕파와 기철파였다.

기철은 국권을 농락하고 있었다. 중요한 조정 중신과 관료 들을 자기 파로 앉히고 일일이 정사에 깊이 관여하여 임금을 허수아비로 만들고 있었다. 그럼에도 임금은 큰소리를 치며 기철을 견제하지 못했다. 중신들이 모두 기철파인 데다가 기철의 눈 밖에 나면 원의 조정에 고발하고 새 임금으로 갈아 앉힐 수도 있었기 때문이었다.

공민왕의 부왕이었던 충숙왕도 기철의 위세에 눌려 큰소리 한 번 낸 적이 없었다. 연경에 인질로 잡혀 있던 공민왕에게 보위가 돌아오고 그는 귀국하여 왕위에 올랐다. 공민왕이 즉위한 다음 맨 처음 한 일이 원의 수도인 연경에 최영崔瑩과 유탁柳濯 등을 밀사로 파견한 일이었다. 위세를 떨치던 원 제국이 쇠하여 망국의 그림자가 드리우고 있다는 느낌을 받고 있었던 것이다. 그걸 확인하고 싶었다.

돌아온 밀사의 자세한 보고에 의하면 중원(중국) 전토에 민란이 일어나고 있는데 원은 제압할 수 있는 힘이 없어졌고 모든 면에서 부패, 무능, 사치, 안락이 만연하여 나라가 회생 불가하게 망해가고 있다는 것이었다. 그래서 공민왕은 과감하게 반원反元정책으로 돌아섰다. 원에게 빼앗긴 철령 이북 지방과 쌍성총관부를 되찾고 서북쪽으로는 자비령 이북 평안도 지방을 되찾아야 한다고 선언한 것이다.

이를 완강히 반대한 대신들은 기철의 수족들이었다. 기철까지 임금을 독대하여 반원정책을 버리라고 강권했지만 젊고 패기만만했던 공민왕의 의지를 꺾을 수는 없었다.

"지금 아니면 빼앗긴 우리 고토를 되찾을 수 없습니다. 덕성부원군께서도 과인의 뜻에 따라주십시오."

"전하! 앞으로의 일을 걱정하십시오. 원의 뜻을 거스르면 그건 반역입니다. 반역은 두 가지로 응징을 당합니다. 친병을 일으켜 고려로 쳐들어와 죄를 묻게 되며, 그리되면 전하께서는 보위를 내놓으시고 사로잡혀 연경으로 압송됩니다. 그걸 아시면서 왜 위험한 일을 저지르려 하십니까?"

"구더기 무서워 장 못 담그란 법은 없습니다. 과인은 해낼 것입니다."

쌍성 탈환을 위해 관군을 출병시킬 때도 왕은 극비로 명했었다. 조정 중신들과 기철은 눈치조차 채지 못했던 것이다. 관군이 개경을 떠나 안변으로 북상할 때쯤 알게 되었다. 부원수로 참전한 임상이 기철에게 그 사실을 은밀하게 알렸기 때문이다.

"어떤 일이 있어도 관군에게 쌍성을 넘겨줘서는 안 된다. 내가 연경에 밀사를 보내어 원병元兵을 더 청하여 외곽에서 관군을 치도록 할 테니 그대는 쌍성 총관 조소생과 내통하여 승리할 수 있도록 조처하라."

제보를 받은 기철이 임상에게 명을 내렸다. 그래서 초반에는 탈환전이 어려웠고 이자춘의 아들 이성계가 투옥되기도 했으나 관군과 김인찬, 이자춘 등의 활약으로 승전을 하게 되었다.

권력자의 말로

며칠 뒤 옥리가 옥문으로 다가와 인찬에게 나오라고 했다. 그는 인찬을 결혼도감의 책임자인 좌보궐 박선후의 방으로 데리고 갔다.

"내가 왜 불렀는지 아는가?"

"모릅니다."

"병부에 줄을 대고 압력을 가하게 했더구먼? 상소문에 내가 비리 부정의 원흉이라 적시했다던데, 사실인가?"

"그건 서기인 백용준의 주장이었습니다."

"내가 뇌물 먹고 공녀들을 빼내준 관원들의 상납금을 모두 착복하고 그 일부는 관원들에게 수고비로, 또 일부는 병부시랑 임상 어른께 상납해 왔다고 썼다던데? 내가 돈 먹는 걸 자네 눈깔로 똑똑히 보았나?"

"과장하시는 겁니다."

"과장?"

박선후는 웃었다. 그는 잠시 입을 닫았다. 그러고는 한참 후에 김
인찬의 이름을 불렀다.

"김인찬! 유인우 대감은 어떻게 아나?"

"전장에서 함께 싸워 알게 된 분입니다."

"대단한 권력자시지. 그분의 명을 어떻게 거역하겠나? '옥에서 일
단 풀어주고 죄가 있으면 다시 형평성 있게 조사를 해라. 처벌은 상
감께서 하실 것이다' 그러니 풀어줄 수밖에! 집에 가도 좋다."

"감사합니다."

"내 말 명심하게. 유 대감 정도로는 안 된다는 것만 알고 있게. 자
넨 지금 그물에 걸린 참새 꼴이야. 움직이면 움직일수록 더 조여들
지. 어떤가? 지금이라도 상소의 내용과 형부에 고발한 내용 등은 본
인이 잘 알지 못하고 실수로 한 것이니 모두 취하고 그에 따른 벌
은 달게 받겠다 그러는게?"

"……"

"그렇게 한다면 나뿐 아니라 병부시랑, 아니 더 높은 어른께서 손
을 써 벌을 면하게 하고 아무 일 없었던 것처럼 해줄 수도 있어. 마
음이 변하면 연락하도록! 아마 그것이 최선일 거야. 계란으로 바위
쳐봐야 알만 깨지기 마련이라는 걸 명심하고. 자, 돌아가도 좋다."

김인찬은 방을 나와 집으로 갔다. 자신들의 모든 부정을 고발한 김
인찬에게 거꾸로 죄를 뒤집어씌우고 이제는 흥정을 하고 있었다. 없

었던 일로 하자는 것이었다. 인찬은 유인우 대감의 집으로 찾아갔다.

"어서 오시게."

인찬은 손을 써준 것에 감사의 인사를 했다.

"내가 알아보기로는 함정을 파고 자넬 밀어넣으려는 배후 세력이 있었네."

유 대감의 말에 놀라 인찬이 물었다.

"그게 누구지요?"

"배후 세력은 기철이라 보여지네. 몽고가 강요하여 공녀를 뽑아 바쳐온 것도 벌써 이십 년이야. 뇌물 받고 공녀에서 빼내주는 관원들의 비리도 이십 년이 되었다는 거지. 그런 부정이 있어왔는데도 왜 지금까지 조용했을까. 그건 막강한 권력자와 그 수족들이 계속해서 해먹었기 때문이네."

"그 권력자가 덕산부원군 기철이란 겁니까?"

"그렇다네. 뇌물 상납의 먹이사슬을 보면 경향 각처의 관원들의 부정을 모두 관리하는 자가 결혼도감의 좌보궐 박선후일세. 박은 기철의 사위야. 그 위에 임상 시랑이 있고 그들을 거느리고 있는 게 기철이지. 그 부정의 내막을 파헤친 것이야. 상소문을 두 번씩이나 올렸다고 하지만 임금께는 상주되지도 않았네."

"예? 그럴 리가요?"

"중간에서 차단한 거야. 엉뚱하게도 그 상소문은 기철의 손에 들어간 걸로 보면 되네."

"그건 불법이 아닙니까? 상감께서 아시면 그냥 지나치실 일이 아닌데요?"

"그래서 내가 그 문제를 중신 조회에서 거론하며 상감께 전달되지 못한 연유를 밝혀달라 상주했네."

"결과는 어찌 되었습니까?"

유인우 대감은 고개를 절레절레 흔들었다. 조회에서 상소가 임금 전에 전달되지 않은 것을 유인우가 문제 삼자 소동이 있었다는 것이다. 그러자 기철이 나서서 강하게 반박했다고 한다.

김인찬의 상소문 내용은 가히 엄청난 폭발력을 가지고 있었다. 결혼도감의 관원 부정에 대한 폭로는 어찌 보면 몇몇 관원들과 책임자인 좌보궐 정도가 처벌당하면 끝날 일처럼 보였지만 사실은 알고 보면 기철 일당이 모두 개입되어 있는 부정이라 상소는 바로 기철파에 대한 선전포고나 다름이 없었다.

더구나 친왕파인 유인우 병부상서가 김인찬의 편을 들고 나섰기 때문에 기철 측은 더 위기감을 느꼈던 것이다. 그런데 문제는 기철파가 조정을 꽉 잡고 있다는 데 있었다. 공민왕을 지키는 친왕파 대신은 몇 명 되지 않았다.

기철을 따르는 심복들은 기철의 집에서 구수회의를 했다.

"부원군 합하! 위기는 기회라 했습니다. 더 이상 두고 보다간 우리가 상감께 당합니다. 상국上國인 원나라에 대해 더욱 반발하는 정책을 쓰며 우리 친원파親元派 대신들을 몰아내려고 기회만 노리고 있는 쪽은 친왕파들과 상감입니다. 이제는 뭔가 단안을 내리셔야 할 때인 듯싶습니다. 결단을 내리십시오."

병부시랑 임상이 기철에게 채근했다.

"그냥 끌려가다간 우리가 다칩니다. 이참에 갈아 치웁시다."

역시 부원군인 권겸權謙이 주먹을 쥐어 보이며 깃을 달았다. 권겸 역시 딸이 원나라 황제인 순제의 후궁으로 있다는 것을 십분 이용하여 조정 안에서 권력을 휘두르고 있는 자였다. 갈아 치우자는 것은 왕을 내쫓고 자신들의 입맛에 맞는 신왕을 옹립하자는 것이다.

몽고에 굴복한 다음부터 고려 왕들은 왕자를 볼모로 연경에 보내었다. 몽고식으로 교육을 받고 나중에 돌아와 신왕이 되도록 한 것이다. 본국의 왕은 후계자를 세울 수가 없었다. 후계는 몽고 조정이 세우는 것이나 마찬가지였다. 그 때문에 임금이 몽고 조정에 대해 항명하거나 그 임금에 대한 소문이 좋지 않으면 즉시 임금을 소환하고 다른 왕자 아니면 왕족 가운데 한 사람을 보내어 신왕에 앉혔다.

갈아 치운다는 것은 바로 이런 의미였다. 기철과 권겸은 원 황제의 장인들이었다. 공민왕 정도 갈아 치우는 것은 일도 아니었다. 원의 황제에게 밀사만 보내어 청하면 된다고 생각하고 있었다. 그의 심복들은 강력하게 금상今上을 폐하고 유인우를 비롯한 친왕파 대신들을 주살하여 새로운 조정으로 일신하자고 주장했다.

풀려난 지 사흘 만에 김인찬은 등청登廳 중에 어사대 감찰부에 잡혀가 투옥당하게 되었다. 그를 왜 다시 잡아 가두는지 그 이유를 알려주는 사람이 없었다. 인찬을 옥에 가두었다는 것은 기철 일파의 결심이 굳어졌다는 것을 시사했다. 임금을 갈아 치우기 위한 쿠데타 모의에 들어갔다는 뜻이기도 했다.

인찬은 누구도 만날 수가 없었다. 그저 옥사 안에 갇혀 있을 뿐이었다. 그 소식을 들었는지 인찬의 부친이 왕성으로 왔고 아들의 구명을 위해 나섰다. 그러자 병부시랑 임상이 김존일 목사를 불러들였다.

"김 목사의 임지는 어디지요?"

"안변입니다."

"그 중요한 북방의 요새를 방치하고 왕성에 오다니 직무 유기 아니오?"

"임 시랑 대감. 제 자식 놈 때문에 온 것입니다. 무고한 혐의를 받고 옥중에 있습니다. 대감께서 나서주시어 구해주십시오. 대감의 힘이라면 풀려날 수 있잖습니까?"

"음, 청탁하러 오셨구먼. 청백리란 소문은 모두 허명虛名인 줄 이제야 알겠소. 뇌물이라도 가지고 와서 청탁해야 하는 거 아니오?"

"오해는 하지 마십시오."

"당신과 당신 자식은 날 반역자로 몰아 사지에 빠트렸어. 쌍성 총관 조소생과 내통하여 관군의 패전을 유도한 역적이라고 밀고한 거야. 난 죽었다가 기사회생했지. 이번엔 당신 부자의 차례야. 안변으로 돌아가서 유서라도 써놓고 처분을 기다리는 게 좋을 게다. 여봐라! 김 목사를 끌어내라!"

임상이 밖에 대고 외쳤다. 김 목사는 분함을 참고 나와야 했다. 정국은 조용하기만 했지만 뭔가 불온한 기미가 밑바닥에 흐르고 있었다. 기철 일당들의 밀의가 여기저기에서 열리고 부산한 물밑 움직임이 일고 있었던 것이다.

병부상서 유인우는 위기감을 느끼고 왕성 외곽의 수비병 오백을 대궐 안으로 끌어들여 임금의 신변 보호를 강화했다. 그리고 변방에 밀사를 파견하여 압록강과 두만강을 넘어올지도 모를 원나라 군대의 움직임을 주시하고 그들이 까닭 없이 월경하면 즉시 격퇴시키라

군령을 내렸다.

기철 일파는 그것을 문제 삼았다. 유인우가 궐 밖의 군사를 대궐 안으로 끌어들인 것은 무력 정변을 획책하기 위함이니 처단해 마땅하다고 들고일어난 것이다. 임금은 막다른 골목에 몰리게 되었다. 유인우를 처벌할 수밖에 없게 됐을 때 고뇌하던 임금이 타협안을 내놓았다.

"과인을 보호하려고 군사를 움직였다 하지 않소? 유 대감은 병권을 쥐고 있는 병부상서요. 그 정도 군사 운용은 마음대로 할 수 있다고 보오. 이렇게 합시다. 대궐 안에 증강하여 배치한 군사들은 왕성 외곽으로 원위치시키고 없었던 일로 하는 게 어떻겠소?"

"상감마마, 아니 됩니다."

기철이 강하게 반대했지만 임금도 물러서지 않았다.

"유 상서! 군사를 원위치 하라. 그리고 차후에 군사를 움직일 때는 언제든 과인의 어명을 받아 하라."

"예."

겨우 봉합이 되었다. 기철 일파의 정변 계획이 노골화되기 시작했다. 마침내 임금이 일주일 후 두문동 계곡으로 사냥을 나가는 날을 잡아 정변을 일으키기로 했다. 친왕파 대신들과 관리들을 모조리 처단하여 임금을 고립무원시키고 원나라 황제의 내락을 받아 신왕을 모시자는 것이었다.

그 정변을 실행하기 위해 이부吏部 판사 추선호를 비밀리에 원의 조정으로 파견, 공민왕의 폐위를 승인하고 신왕 옹립을 용인해 달라했다. 이윽고 밀사가 압록강을 넘어갔다. 공민왕은 그 모든 사실을

까맣게 모르는 듯 왕비인 노국공주에게 빠져 술만 마셨다. 기철 일당은 거사일만 남겨두고 마지막 준비에 박차를 가했다. 한편 임금은 사냥을 나가기 전 왕비인 노국공주의 생신이 다가오니 그 축하연을 하겠다는 뜻을 대전 묘의(廟議)에서 밝혔다.

"축하연은 어느 때 여시는 게 좋겠나이까?"

문하시중 민수항이 묻자 임금은 만면에 행복한 미소를 띠며 말했다.

"곡연(曲宴)은 모레 저녁 만수정(萬壽亭)에서 열까 하오. 대신들은 모두 참예하기 바라오."

"봉축하나이다."

기철 일당은 모두 좋아했다.

"죽기 전에 잔칫상을 받고 죽으려나 보다. 죽는다는 걸 알고 있나 보지?"

곡연을 여는 날이 다가왔다. 만수대 뒷산 너머로 붉은 해가 넘어가자 대궐 후원에 있던 만수정은 붉은 놀에 잠겼다. 유인우 상서가 편전 모퉁이에서 무장(武將) 신중선에게 은밀히 지시를 내리고 있었다. 신중선은 궐내 친위대 대장이었다.

"군복을 입고 입시를 하면 모두 싫어하네. 오늘 밤 만수정 곡연을 경비하는 경비병들에게 모두 내관복(內官服)을 입히고 맡은 구역을 잘 지키도록 하라."

"분부 거행하겠습니다."

그는 물러갔다. 오십 명의 경비병들은 모두 군복을 벗고 내시들이 입는 내관복으로 갈아입었다.

"장검은 옷 속에 감추도록! 자아, 예행 연습한 대로 산개하라."

내시 옷을 입은 경비병들이 각기 맡은 부서대로 흩어졌다. 대궐로 들어와 만수정으로 들어가려면 중문中門을 통과해야 했다. 담으로 경계를 삼았기 때문에 안으로 들어가는 문은 중문 하나밖에 없었다.

어둠이 내리고 있었다. 십여 보 떨어진 쪽의 사람 얼굴만 겨우 식별할 수 있을 정도였다. 중문 밖에는 색등만 환하게 밝혀놓았을 뿐 조용하고, 문을 지키는 문병門兵도 없었다. 열린 중문 안은 어두웠고 친위대 대장이 다섯 명의 경비병만 데리고 서 있었다.

맨 먼저 만수정 곡연에 참석하려고 중문 쪽으로 온 대신은 권겸이었다. 그의 좌우에는 내시 환관으로 변복한 경비병이 등을 들고 앞을 밝히며 걸어오고 있었다.

"중문 안으로 들어가시지요."

"오냐."

권겸은 한껏 조를 빼고 팔자걸음을 옮기며 중문 안으로 들어섰다. 그가 어둠 잠긴 문 안으로 깊숙이 들어오자 내시 둘이 양쪽에서 움직이지 못하게 팔을 잡았다.

"왜 이러느냐? 이놈들!"

그러자 소리가 밖으로 새지 못하도록 손바닥으로 그의 입을 틀어막으며 뒤에 선 자가 장검을 빼어 그의 목을 쳐 날렸다. 권겸은 비명도 지르지 못하고 고꾸라졌다. 그 다음에 나타난 대신은 병부시랑 임상과 좌보궐 박선후였다. 두 사람은 즐겁게 얘기를 주고받으며 중문으로 들어왔다. 그들 역시 누군가 휘두른 장검에 뒷목을 맞고 피를 쏟으며 나뒹굴었다.

멀리 떨어진 후원 산책 길 입구 쪽에는 두 명의 내시가 서서 만수정 곡연에 참예하러 들어가는 대신들을 맞고 있었다. 신호는 여기서부터 중문 쪽으로 전해졌다. 살생자殺生者 여부를 미리 알려주는 것이다. 지금 들어가는 자를 살려서 들어가게 할 것인지 죽여버릴 인물인지 가리는 것이다. 척살을 당하는 대신들은 기철의 당파였다.

그렇게 해서 한 시간쯤 지난 후 중문 안 깊숙한 곳에는 목이 떨어진 시체만 스무 구가 넘게 쌓였다. 그 가운데는 우두머리인 기철의 목도 있었다. 그렇게 참수를 당하면서도 그들은 죽음 직전까지 전혀 눈치를 채지 못했던 것이다.

"기철과 권겸의 수급首級을 수습하라."

대장 신중선이 명했다.

"예."

군사들은 기철과 권겸의 수급을 따로 챙겼다. 한편 만수정 안에서는 잔치판이 벌어졌다. 오십여 명의 대신들이 술을 마시며 왕비의 탄신을 송축하고 있었다. 그때 병부상서 유인우가 임금 앞으로 와 부복했다.

"어찌 되었는가?"

나지막한 소리로 임금이 물었다.

"성공했나이다."

"그래?"

임금의 얼굴이 기쁨으로 활짝 폈다. 그때 우렁찬 목소리가 연회장 들보를 쩌렁하고 울렸다.

"상감마마! 대역무도한 역적의 목을 가져왔나이다!"

그는 친위대장 신중선이었다. 부하 두 사람이 각각 두 개의 작은 상을 들고 있었는데 그 상 위에는 보자기로 덮인 것이 있었다.

"상감마마를 폐하고 신왕을 내세워 국권을 잡아 나라와 조정을 휘두를 테니 상국인 원나라 조정의 승인 바란다며 정변을 일으키려던 기철 일당을 일망타진 주살하였나이다."

"그 목은 누구 것이냐?"

임금이 물었다. 그러자 대장이 한쪽 보자기를 획 잡아챘다. 그가 외쳤다.

"이건 기철이옵고, 옆에 있는 건 권겸이옵니다."

소반 위에 올려진 두 개의 피투성이 머리통을 본 모든 참예자들은 경악의 신음 소리를 목뒤로 넘기며 두려움에 떨었다. 임금이 외쳤다.

"대장 신중선과 수급을 들고 온 두 군졸에게 술잔을 하사하라!"

임금은 직접 술잔을 채워 세 사람에게 내려주었다.

"황공하오이다."

이것이 이른바 유명한 병신丙申(1356년) 곡연반정曲宴反正이었다.

공민왕은 기철의 권력이 지나치게 비대해져 임금을 능가하고 중신들을 자파로 채워 국권까지 농락하며 군림하는 것을 경계하고 있었다. 특히 원나라에 아부하며 그 세력을 이용하여 득세한 기철의 행투는 자주독립을 지향하고 반원정책을 쓰고 있던 공민왕과는 사사건건 부딪쳤다.

그래서 공민왕도 언젠가는 그들에게 속수무책으로 당하는 날이 올 것이라고 생각하고 있었다. 그들과 맞서자면 공민왕 쪽은 세가 불리했다. 조정의 모든 요직을 다 기철파가 점유하고 있었기 때문이다. 공민왕이 유리했던 것은 믿고 있던 유인우 상서가 병권을 쥐고 있다는 것 정도였다.

병권을 쥐고 있긴 했으나 완전히 장악하지는 못했다. 그래서 불안했다. 전투에는 정공正攻과 기공奇攻이 있다. 기공은 기습전을 말한다. 기습전으로 기선을 잡아 재빨리 해치우면 승산이 있다고 여겼다. 젊은 왕이어서 그 판단이 빨랐던 것이다. 왕비의 생신 잔치를 빌미로 곡연을 벌인다며 대신들을 끌어들인 것이다.

그런 다음 살생부를 만들어 들어오는 대로 쥐도 새도 모르게 한 명씩 해치워버린 것이다. 그렇게 기철 일당을 척결한 왕은 곧 기철의 잔당을 청소하며 조정 인사를 큰 폭으로 단행하여 정돈시켰다. 김인찬이 석방된 것은 기철 일당이 처치되고 그 이튿날이었다.

결혼도감의 비리 관원들이 모두 잡혀 들어가고 좌보궐과 병부시랑 임상도 죽어서 그 자리가 공석이 되었다. 김인찬은 오히려 벼슬이 올라 자리를 추고도감에서 병부兵部로 옮기게 되었다.

기철의 난을 평정하는 데 공을 세웠다 하여 승차(승진)하게 된 것이다. 병부상서 유인우는 김인찬을 만난 자리에서 축하를 해주었다.

"그동안 고생이 많았네. 상감께서는 늘 권세가 비대해진 기철이 언제 자리를 넘볼지 몰라 불안해하셨지만 기철 일당을 칠 명분이 미약하여 주저하고 계셨지. 자네가 그 명분을 찾아준 것이야. 공녀 선발의 비리 부정이 모두 기철 일당에게 있다는 것을 폭로한 결과가되어 그들을 칠 명분이 생긴 걸세. 아마 곧 행상이 있게 될 거야. 어떤가? 병부로 옮기는 것이?"

"대감의 뜻에 따르겠습니다. 고맙습니다."

그는 머리를 조아렸다. 아닌 게 아니라 병부가 적성에 맞았다. 문무겸전이란 말도 있지만 김인찬은 문보다는 무 쪽을 좋아했다. 평소에도 글 읽는 시간 이외 틈이 나면 십팔반무예十八班武藝를 수련하고 사냥 다니는 것을 즐겼다. 그래서 무과시험을 보려 했지만 아버지의 권유로 문과시험을 보게 된 것이다.

유인우 대감이 그를 병부로 옮겨주려 한 것도 그의 적성을 알고 있어서였다. 쌍성 탈환전 때 이성계와 퉁두란, 김인찬 셋이서 세운 무공武功을 인정했기 때문이었다. 개선한 후 논공행상 때 김인찬도 중급 지휘관의 계급을 하사받았던 것이다.

그 무공이 인정되고 기철의 난 평정에도 그 공이 인정되어 김인찬은 상서병부 원외랑員外郎(정6품)에 승차되었다. 두 단계나 건너뛴 승진이었다. 병부에 출사하고 얼마 지나서였다. 유인우 상서가 부른다는 전갈이 있었다.

"상감께서 부르신다니 입시 채비하게."

"예."

왜 부르는지 모른 채 인찬은 유 상서를 따라 궐내로 들어갔다. 부복하며 절을 하자 왕은 반가운 얼굴로 환한 미소를 띠며 다가앉으라 했다. 그때 주안상이 들어왔다.

"상 앞으로 오게. 오늘은 내 유 상서와 김인찬 원외랑에게 술 한잔 내리고 싶어 불렀네."

"황공하옵니다."

"불의를 보면 세상 사람들은 거의 모두 두 눈을 감고 못 본 체하거나 모르쇠로 일관하지. 상관하고 간섭하면 자기에게 어떤 불이익이 오는지 잘 알기 때문이야. 불의를 보고 바로잡아야겠다고 나서는 사람은 사명감이나 용기가 필요한 법이지. 아무나 나서지 못하는 것은 용기가 없어서야. 더구나 나라의 녹을 먹고 벼슬을 사는 공복公僕 중 그 같은 청백리 정신을 가진 관리가 없다는 것은 한심스러운 일이다. 김인찬이 바로 그 청백리가 무엇인지 이번에 보여준 것이다. 과인은 그게 기쁘다. 모든 관리가 김인찬처럼 정의감이 강하고 청렴한 정신을 가졌으면 한다."

"황공하옵니다."

하사한 술잔을 받아들고 김인찬은 몸둘 바를 몰라 했다.

"마시라."

"예."

"상감마마, 효자는 내림이라 했습니다. 부모가 효자면 그 자식도 효자라는 거지요. 김인찬 원외랑도 그 부친 되는 안변 목사 김존일 공에게서 효를 물려받은 걸로 보입니다."

"김존일 목사? 음, 청백리로 추앙받고 있는 사람이지. 과인도 잘 알고 있소. 오늘같이 즐거운 날 술 좀 합시다."

자신의 목숨까지 위협했던 정적들을 일소하고 보니 공민왕은 날아갈 만큼 홀가분하고 상쾌해 마음껏 취하고 싶은 마음이었던 것이다.

잔인무도한 홍건적

세상이 뒤숭숭해졌다. 다섯 해 전에도 전혀 예상치 못한 난리가 일어나 나라 안을 공포의 도가니로 몰아넣더니 또 그때의 난리가 두 번째로 일어난 것이다. 그 난리는 다름 아닌 홍건적의 난이었다.

일차 홍건적의 난이 일어난 것은 다섯 해 전이었다. 세계적인 대제국을 건설한 몽고 제국은 아시아와 중동 그리고 유럽까지 이르는 방대한 영토를 지배하게 되었다. 그러나 너무 영토가 광활한 데다가 세월이 흐르자 지배층이 부패하고 사치 무능에 빠져 제국은 여러 나라로 쪼개지고 중앙 조정의 영令이 서지 않았다.

중국을 차지한 몽고는 원나라로 국호를 고치고 번영을 구가했지만, 13세기에 이르러 급격히 나라가 기울기 시작했다. 이빨 빠진 호랑이가 되어버린 것이다. 그 때문에 각처에서는 민란이 일어났고 오랑캐 몽고족을 몰아내고 한족漢族 국가를 다시 찾자는 민족의식을 앞세운 반란도 일어났다. 그와 같은 반란에서 가장 민중의 지지를 받고 세력을 키운 인물은 송宋나라의 한산동韓山童이었다.

한산동은 장차 재림하는 미륵불이 자신이라 참칭하며 군사들을 끌어모아 원과 싸웠다. 그러나 패하자 차수次帥였던 유복통劉福通이 한산동의 아들 한림아韓林兒를 황제로 세우고 십만 병사를 끌어모아 노략질을 했다. 그런 다음 다시 토벌군이던 원군元軍과 싸워 대패하게 되었다.

유복통의 심복이던 모거경毛居敬은 남은 패잔병 사만을 이끌고 압록강을 건너 고려 땅으로 들어왔다. 그들은 귀주, 의주義州, 서경(평양)을 재빠르게 점령하고 분탕질을 했다. 재물을 약탈하고 부녀자를 겁탈하는 등 그 피해가 막심했다.

조정에서는 대호군大護軍 이방실李芳實에게 군사를 주어 서경 탈환전을 벌이게 했다. 그 싸움에서 이방실은 대첩을 거두어 홍건적을 섬멸하고 서경과 그 일대를 되찾았다. 이 싸움에서 홍건적은 사만 명중 삼만 오천칠백 명이 전사했고 살아서 도망친 자는 삼백 명에 불과했다.

그들이 홍건적이라는 별명으로 불리는 까닭은 모두 머리에 붉은 두건을 둘러 쓰고 있어서였다.

그 일이 있은 때가 오 년 전인데, 당시 홍건적들이 이차로 침입했다는 소문이 꼬리를 물고 퍼져나가고 있었다.

"어떡하면 좋지요? 홍건적이 또 서경을 점령하고 난리를 피우고 있다는데?"

퇴청하자 부인이 겁먹은 얼굴로 김인찬을 보며 근심했다.

"글쎄 말이오."

"십만 대군을 끌고 이번에는 개경까지 쳐들어오려고 군사를 남쪽으로 돌렸다는 소문이 파다해요."

"그건 어디까지나 소문에 불과하오. 너무 겁먹지 마시오."

"왜 겁이 안 나겠어요? 벌써 우리 아이들은 세 명이에요. 셋 다 어린애들인데 전쟁 나면 그 아이들 데리고 어디로 피난을 하느냔 말예요."

큰아들 귀룡貴龍은 아홉 살이었고 둘째인 기룡起龍은 일곱 살, 셋째 검룡儉龍은 다섯 살이었다. 모두 고만고만했다.

"조금 더 두고 봅시다. 봉주(봉산鳳山)에 우리 군사가 철통같은 방어진을 치고 서경을 되찾기 위해 싸우고 있으니 왕성 가까이 오지는 못할 테니."

"제발 그랬으면 좋겠어요."

그러나 그것은 낙관적인 희망에 불과했다. 닷새가 안 되어 고려군의 봉주 방어선이 힘없이 무너지는 바람에 홍건적이 개경을 향하여 진격해 오고 있다는 것이었다. 김인찬은 급히 집으로 와 가족들이 안변으로 피난을 떠나도록 서둘렀다.

"저놈들이 진군해 오는 진격로가 서쪽이오. 왕성을 노리고 있겠지. 동쪽, 특히 아무것도 없는 오지, 삭방도를 왜 침략하겠소? 그러니 안변은 안전할 거요. 더구나 부모님이 계신 곳이 아니오? 작은형님네 식솔들하고 속히 안변으로 가시오."

"그럼 여긴 혼자 계신단 말인가요?"

"지금 왕성 수비 때문에 나는 전장으로 투입되지 않았지만 머지 않아 나도 나가 싸워야 할 거요. 난 무관 아니오?"

"몸조심하셔야 해요."

아이들과 다른 식솔들 그리고 둘째 형 식솔들까지 모두 안변으로 피난을 떠났다. 홍건적 십만은 조수처럼 봉주를 짓밟고 남쪽으로 내려왔다. 고려군 총사령 정세운은 이만도 채 못 되는 군사를 이끌고 송악산 뒤쪽에 진을 치고 왕성 방어전에 나섰다.

조정 중신들은 조심스럽게 임금의 몽진蒙塵(피난) 문제를 꺼냈다. 선뜻 주청하는 대신이 없었다. 유인우 병부상서가 나섰다.

"적은 워낙 대군이라 죽음으로 우리 군사들이 왕성을 지켜내려 분발하겠지만 역부족의 위기를 예상치 않을 수 없습니다. 상감마마! 아뢰옵기 황공하오나 적을 타도하고 이 땅에서 완전히 소탕하여 내쫓을 때까지 잠시 몽진을 하고 전장을 피하시는 게 상책일 듯하옵니다."

"몽진이라? 그렇게 자신이 없단 말이오? 홍건적의 일차 침략 때는 적의 십만 대군을 섬멸하여 살아 돌아간 자가 기십 명에 불과하지 않았소?"

"예. 이번에도 대호군 정세운 장군이 막아 싸우고 있으니 틀림없이 대승을 거두리라 확신하옵니다."

"그럼 어디로 피난을 하면 좋소?"

"복주福州(경북 안동)가 좋겠나이다."

"그럼 서두르시오."

임금의 피난 행렬이 이튿날 남으로 떠났다. 원외랑 김인찬은 임금을 모시고 몽진 대열에 합류하게 되었다. 그러자 인찬은 유 상서에게 왕성 수비군에 들어가 싸울 수 있게 해달라고 자원했다.

"좋다."

김인찬은 대호군 편장偏將 이방실군에 배속을 받았다. 몰려온 적의 숫자가 엄청나셨는지 아군의 사기가 떨어져 있었다. 홍건적과 싸워 맨 먼저 패한 장수는 안우安祐였다. 좌군左軍이 패하고 무너지자 이번에는 우군右軍이 수세에 몰리게 되었다. 정세운의 중군中軍이 적의 일제 공격을 막아내지 못하고 중앙이 뚫려버렸다.

그리되자 김인찬이 속한 이방실의 우군마저 더 이상 버티지 못하고 퇴각을 하게 되었다. 적은 여세를 몰아 파도처럼 왕성으로 밀려들었다. 성의 북문이 무너지자 개경은 간단하게 적의 수중에 떨어졌다. 왕성 안으로 난입한 홍건적들은 닥치는 대로 약탈하며 날뛰었다. 만월대 궁궐까지 불에 타 잿더미가 되었다.

공민왕이 왕성 함락 소식을 접한 것은 피난길에서였다. 그것도 왕성에서 멀리 떨어진 곳도 아니고 코앞이나 다름 없는 이천에 겨우 다다랐을 때였다. 배행하고 있던 중신들은 망연자실하여 길을 서둘렀다. 얼마나 다급했으면 임금도 수라를 집 안에 들어가서 하지 못하고 말 위에서 끝냈을 정도였다.

한편 왕성을 적에게 내어준 고려군은 더 이상 남쪽으로 밀리지 않기 위해 임진강에 배수진을 치고 적을 맞아 싸웠다. 임진강 전투가 아군의 승리 쪽으로 기울자 적은 주력을 개경에 남기고 일부의 말머리를 삭방도 쪽으로 돌렸다. 인찬의 예상이 빗나가는 순간이었다.

비옥한 남쪽 지방으로 진격하지 척박한 오지인 함경도는 가지 않으리라 생각했는데 그게 아니었던 것이다.

"그리되면 부모님과 가족들이 문제가 아닌가?"

부친이 목사로 있는 안변은 함경도로 들어가는 관문이었다. 가족들이 모두 그곳이 안전하리라 여기고 다 피난 가 있는 곳이기도 했다. 임진강을 지키던 김인찬은 여러 지방에 연락하여 군사 모집을 재촉했다. 징집된 군사는 강화, 남경(서울) 등에 집결해 오륙 일 동안의 군사 훈련만 받고 전장에 투입되었다.

그렇게 되어 고려군은 삼남 지방과 영남 지방 등에서 뽑혀온 군사들까지 합하여 십만 대군으로 불어나게 되었다. 김인찬은 대호군 사령관인 정세운을 만났다.

"제 고향은 안변입니다. 지금 일만의 홍건적은 삭방도를 겨냥하고 철령을 넘어 안변까지 쳐들어갔습니다. 소관을 보내주시면 적의 수중에 들어가 있지 않은 안변 이북 지역을 돌며 군사들을 끌어모아 삭방도의 적을 무찌르겠습니다. 쌍성에는 이성계가 친병을 데리고 있습니다. 그들 모두 합세하면 적을 궤멸할 수 있습니다."

"좋다. 홍건적 점령지를 피하여 안변으로 가라."

김인찬은 사복으로 갈아입고 고향을 향해 떠났다. 적의 점령지를 우회하여 보름 만에 안변에 당도했다. 그러나 안변은 이미 홍건적에게 짓밟혀 초토화된 상태였다. 그는 읍내에 숨어 들어가 밤이 되기를 기다렸다가 목사 관아를 찾아갔다. 그곳에는 홍건적 수백 명이 화톳불을 놓고 술판을 벌이고 있었다.

고향 집은 거기서 북쪽으로 좀 떨어진 쪽에 있었다. 집 안은 텅빈 것처럼 인기척이 없었다. 인찬은 안채로 들어섰다. 그때 이쪽으로 나오는 누군가와 마주쳤다.

"작은 나리마님 아니십니까?"

청지기였다.

"식구들은 다 어디 있는가?"

"목사님과 식구들은 모두 피난을 가셨습니다."

"어디로?"

"석왕사 근처 산속으로 들어가셨습니다."

"모두 무사한가?"

"예. 마님께서도 무사하시고 도련님들도 무고하십니다. 여기는 저 혼자 나와 있고 숨어 계신 곳에 가끔 왔다 갔다 합니다요."

"수고하는구면. 홍건적은 어디까지 점령하고 있나?"

"이곳 안변까지만 점거하고 있습니다요."

"함주(함흥), 홍주(홍원), 북청 등은 무사하구만?"

"그렇습니다."

김인찬은 이튿날 쌍성을 향해 떠났다. 이성계를 만나고 싶었던 것이다. 그를 만나야 북쪽 지역에서 모병募兵을 하고 싸울 수 있을 것 같아서였다. 이성계가 쌍성에 있다면 퉁두란도 함께 있을 게 분명했다.

김인찬은 이틀 만에 쌍성에 들어갈 수 있었다. 그는 즉시 동북면 상만호上萬戶 이자춘의 집무처를 찾아갔다. 관원 하나가 맞았다.

"누구십니까?"

"난 개경에서 온 병부 원외랑 김인찬이다. 이자춘 상만호 장군을 뵈러 왔다."

"아, 모르셨습니까? 이 장군님은 돌아가셨습니다."

"무슨 말인가?"

"병사하신 지 다섯 달 됐습니다. 그래서 둘째 자제이신 이성계 장군께서 동북면 상만호를 습직襲職하셨습니다."

"그래? 그걸 몰랐구나. 그럼 지금 이성계 장군은 어디 계신가? 안내하라."

"이곳 쌍성에는 안 계십니다."

"그럼 어디 있는가?"

"압록강 쪽 강계江界로 출전하신 지 석 달이 넘었습니다."

"출전이라니? 홍건적과 싸우기 위해 진군했단 말이냐?"

"홍건적이 아니라 독로강禿魯江 만호 박의朴儀의 반란 잔당들이 발호를 한다 해서 그들을 진압하기 위해 출전한 것입니다."

독로강 만호는 박의가 원나라에 충성해서 얻은 벼슬이었다. 그런데 박의는 공민왕 대신 다른 왕손을 즉위시켜 출세를 해보려다가 뜻대로 되지 않고 오히려 체포령이 떨어지자 고려 조정에 반기를 들고 일어났다.

그 반란은 얼마 안 되어 제압이 되었지만 그 잔당들이 다시 머리를 들고 일어나 세력을 얻기 시작했다. 그러자 동북면 도지휘사都指揮使 정휘鄭揮가 이성계에게 명을 내려 박의의 잔당을 소탕하라 했던 것이다.

"퉁두란 장군도 함께였는가?"

"예."

김인찬은 맥이 빠져버렸다. 이성계는 자기가 육성해 온 사병 이천을 거느리고 출전했던 것이다. 인찬은 포기하고 한충을 보기 위해 그의 집을 찾아갔다. 다행스럽게도 한충은 자기 집에 있었다.

"아이구, 이게 뉘신가? 인찬이."

"안 죽고 살아 있네그려? 집에 있다니 놀랐네."

"자넨 합격했지만 난 낙방 거사가 되지 않았나? 과거는 내년에 있으니 들어앉아 공부를 해야지. 그래 집에 있었네."

외진 산골에 살고 있어서인지 한충은 홍건적이 쳐들어와 나라 안을 잿더미로 만들고 있다는 사실을 모르고 있었다. 그는 놀라더니 인찬에게 왜 싸우러 나가지 않았느냐며 힐난했다.

"나는 지금 참전 중일세. 성계 형을 만나러 쌍성에 온 길이었어."

김인찬의 자세한 이야기를 다 듣고 난 한충은 그렇다면 함주, 홍주, 북청을 다니며 모병을 하고 군사가 모이면 안변으로 쳐 내려가자 했다.

"그걸세. 그래서 온 거야."

두 사람은 동북면 도지휘사 정휘의 이름으로 군사를 모집했다. 보름이 안 되어 이천여 명의 장정들이 모였다. 김인찬이 상원수 강대성에게 보고했다.

"쌍성에서부터 북청까지 방을 붙이고 군사를 모집한 결과 이천여 명이 자원했습니다."

"큰일을 했네. 그들은 모두 우리 고려 장정들인가?"

"아닙니다. 과반수는 여진족 출신들이고 그 나머지가 우리 고려 장정들입니다."

"여진족이 많이 사는 곳이니 당연히 그렇겠지. 박 중랑장中郞將!"

그는 곁에 있던 중랑장 박정군을 불렀다.

"예."

"지금 쌍성에 있는 우리 군사의 수가 얼마지?"

"천오백입니다."

"모집한 신병까지 합하면 삼천오백! 그 정도면 우리도 홍건적을 쳐부술 만한 병력이 되었네. 중랑장이 신병들의 조련을 맡게. 열흘 정도 훈련을 시키고 곧바로 출전할 수 있게 하라."

"알겠습니다."

이리되어 김인찬과 한충은 박정군 중랑장의 지시에 따라 신병들의 훈련을 맡았다. 진법陣法에 관한 조련은 생각할 수 없었고 다만 구령에 따라 진퇴를 하고 활을 쏘며 창검을 다루는 것 정도를 수련했다.

열흘이 지나자 조련을 끝내고 상원수 강대성 병마사는 모든 군사들을 거느리고 안변을 향해 출정했다.

"안변은 저의 집이 있는 곳이고 부친께서 목사로 계신 곳입니다. 그래서 안변 주변은 제 손바닥처럼 자세히 아는 곳입니다. 안변까지 침범한 적은 지금 한 달 가까이 먹고 마시며 뒹굴고 있습니다. 북쪽에서 고려군이 갑자기 내습해 오리라고는 꿈에도 생각지 못하고 있을 것입니다. 왜냐하면 놈들은 개경에서부터 파죽지세로 별다른 저항 없이 안변까지 치고 올라온 터라 방심하고 있을 것입니다. 그 틈을 이용하여 놈들이 깊이 잠든 새벽녘을 택하여 일제 공격을 퍼부으면 혼비백산, 궤멸될 것입니다."

이윽고 김인찬과 한충은 선봉에 서서 군사들의 진군을 인도해 갔다. 큰길을 피하고 산길을 택하여 적이 전혀 접근을 눈치채지 못하게 했다. 한밤중이 되자 안변성의 지척까지 다다르게 되었다. 모든 군사를 숲이 우거진 계곡 안에 숨겼다.

"화공火攻을 쓰는 게 좋겠습니다."

군막 회의가 열리자 새벽녘 성을 공격할 때는 화공을 쓰는 게 좋겠다고 한충이 계책을 내놓았다.

"화공이라면?"

"일단 나뭇가지들을 잘라서 단을 만들고 성의 북쪽은 높은 뒷산이니 그곳에서 불붙인 나뭇가지 단을 발차拔車로 쏘아 성안으로 넘기는 것입니다. 그리되면 성안은 불바다가 될 것이고, 적이 혼란에 휩싸일 때 일제 공격을 하시면 승리할 수 있습니다."

발차란 지렛대를 이용하여 바윗돌을 날리거나 불덩이를 날리는 공성攻城 무기였다. 한충의 계책이 받아들여져 군졸들은 수백 단의 나뭇가지 단을 만들어 석 대의 발차 옆에 쌓아두었다.

"먼저 발차를 쏘아 불바다를 만들겠다. 성안에서 혼란이 일어나면 전군은 일제히 북문을 깨부수고 공격해 들어간다. 부싯돌도 치지 말라. 불빛을 보이면 안 된다. 새벽이 올 때까지 기다려야 한다."

전군을 성의 북문 근처에 매복시키고 대기하라 했다. 드디어 새벽이 되었다. 병마사 강대성은 발차 옆에 지켜 서 있다가 명을 내렸다.

"지금이다! 불덩이를 날려 보내라!"

석 대의 발차가 타오르는 나뭇단을 쏘아 올렸다. 불덩이는 성안으로 곡선을 그으며 날아들어 갔다. 그 불덩이는 한두 개로 끝나지 않고 계속해서 날아갔다. 성안은 금방 불바다가 되었고 북문 다락도 불덩이를 맞아 성문이 불타오르기 시작했다.

"공격하라!"

공격령이 떨어졌다. 숨어 있던 삼천오백 군사가 벌 떼처럼 일어나 불에 타는 북문을 부수며 성안으로 밀려들었다. 깊은 잠에 빠졌다가 얼마나 혼비백산했는지 적병들은 약탈한 물건들은 손도 대지 못한 채 맨발로 도망치다가 저희끼리 밟혀 죽었다. 대승이었다. 적은 안변성을 내놓고 장마철에 거미 흩어지듯 철령을 향해 도망쳤다.

병마사 강대성은 안변성을 탈환하자 곧 군사들을 휘몰아 도망치는 적을 뒤쫓아 진멸시키겠다 서둘렀다. 김인찬이 만류했다.

"도망친 적은 불과 수백입니다. 놈들이 철령으로 들어가면 잡아내기 힘듭니다. 요새이기 때문이고 그쪽에는 또 다른 적병들이 있으니까요. 일단 여기서 군사를 정비하시고 철령 인근을 정탐하여 적정을 살핀 후 다시 군사를 움직이시는 게 좋을 듯합니다."

병마사 강대성은 김인찬의 판단이 옳다고 고개를 끄덕였다. 안변성은 홍건적의 침략을 받아 쑥대밭이 되었다. 인찬은 자기 집으로 가 청지기에게 피신해 있는 부모님과 형제 그리고 가족들을 돌아오게 하라고 당부했다.

한편 홍건적은 이름만 송나라의 군대이지 재물 약탈에만 관심이 있는 도적 집단이나 다름없었다. 그래서 그들은 잔인무도했다. 쳐들어온 그들은 처음에는 용맹했으나 시일이 흐름에 따라 사기가 떨어져 오합지졸이 되어갔다.

그들은 국가의 정규 군대가 아니어서 중국에서 개경에 이르기까지 보급로가 없었다. 보급로를 통하여 본국에서 군량과 물자를 받아야 함에도 그런 조직이 없으니 홍건적은 이를 모두 현지 조달로 해결하며 싸웠다. 그런데 문제는 거기에도 있었다.

가는 곳마다 콩 알갱이 한 알까지 다 약탈해 먹다 보니 아무리 찾아도 그 뒤부터는 먹을 게 없었다. 배가 고파지기 시작한 것이다. 게다가 그들은 약탈을 허용하기 때문에 개인적으로 군사들은 각기 약탈 물건을 바리바리 짊어지고 있었는데 그 물건을 짊어지고 싸워야 했던 것이다.

그 약점을 간파한 고려 장수는 정세운이었다. 정세운은 십만 대군으로 개경을 포위했다. 예성강 지류를 뒤로하고 개경의 가장 큰 남문이 나 있었다. 개경은 궁궐인 만월대가 있는 쪽에 내성을 쌓았고 그 밖은 외성을 쌓아 견고한 성곽이 이중으로 되어 있었다.

오색 군기를 수천 개 휘날리며 정세운의 고려 주력군은 남문 앞에 진을 치고 있었다. 다른 병력은 서문, 동문, 북문 등을 포위하고 대치 중이었다. 고각鼓角을 울리며 고려군은 계속해서 함성을 질러댔다. 그러자 성안의 홍건적도 주력군을 남문 안에 배치하고, 대장인 반성潘城과 관선생關先生, 주원수朱元帥 등 세 장수가 적정을 살피려고 남문의 다락으로 올라갔다. 그들 앞에는 방패 부대가 배치되어 혹시 날아올지 모를 화살에 대비하고 있었다.

그때 다시 한 번 함성이 일어나더니 오백여 명의 기병들이 남문 밑으로 동에서 서로 질주했다. 그 뒤쪽에 배설된 진에서는 응원하듯 그들이 달릴 때면 우레와 같은 함성을 질러대는 것이었다. 그들이 달려 지나가자 이번에는 서쪽에서 동쪽으로 또 다른 기병 천여 기가 전속력으로 달려 지나갔다.

각각 천여 명의 이 기병대는 잠시도 쉬지 않고 서로 방향을 교차

시키며 내달렸다. 바로 그때였다. 청색 전포에 은빛 투구를 쓴 젊은 장수 하나가 말을 달리며 마상재馬上才를 펼쳤다. 마상재란 달리는 말 위에서 갖가지 묘기를 보이는 교예를 말한다. 배 밑으로 달라붙어 달리는가 하면 물구나무를 서서 달리기도 하고 안장 위에 똑바로 서서 만세를 부르듯 두 팔을 하늘로 쳐들며 달리기도 했다.

아군은 물론이려니와 홍건적들은 처음 보는 묘기여서 그들 장수들까지 넋을 놓고 바라보고 있었다. 청년 장수는 안장 위에 똑바로 서서 달리고 있었다. 환호성이 일었다. 바로 그 순간 몸을 굽히는가 싶더니 그 청년 장수는 강궁을 채어 들고 말 위에 서서 달리며 시위를 당겼다.

"와! 적장이 맞았다!"

적장 반성이 이마에 화살을 맞고 앞으로 고꾸라졌다. 그뿐 아니었다. 그에 놀라서 벌떡 일어난 관선생과 주원수도 순식간에 날아든 화살에 가슴을 맞고 쓰러졌다. 가히 신궁의 솜씨였다. 방패로 앞을 가린 상황에서 장수 세 명을 명중시켜 즉사케 한 것이다.

그 젊은 청년 장수는 기병들을 지휘하며 동쪽으로 이동했다. 적진은 완전히 혼란에 빠지고 말았다. 오백여 명의 사다리 부대가 기다렸다는 듯이 달려 나가 성벽 위로 사다리를 걸쳤다. 그런 다음 거미처럼 달라붙어 모두 성벽을 기어올랐다. 적군은 변변히 대항하지도 못하고 우왕좌왕할 뿐이었다. 고려 병사들은 성벽을 넘어가 육박전을 벌이며 성안에서 성문을 여는 데 성공했다.

그렇게 되자 남문 밖에 있던 고려군의 주력 부대가 밀물처럼 성안으로 들어가며 적군을 짓밟았다. 가장 눈부시게 선봉에서 활약하는 장수는 신궁을 자랑하던 젊은 청년 장수였다. 적은 허겁지겁 서문과 북문을 열고 도망치는 데 급급했다.

이번에도 홍건적 십만 가운데 살아서 도망친 자는 채 이천도 못 되었다. 고려군의 대첩이었다. 왕성을 탈환하고 대승리를 거둔 고려 군은 보무도 당당하게 개경의 대로를 행군하며 입성했다. 숨어 있던 백성들이 몰려나와 길가에 서서 개선군을 맞이했다.

"정세운 장군 천세!"

"이방실 장군 천세!"

"안우 장군 천세!"

장군들 이름을 차례로 연호하다가 청색 전포를 입고 은빛 투구를 쓴 채 강궁을 어깨에 메고 군마 위에 늠름히 앉아서 들어오는 청년 장수를 보자 환호 소리가 우레처럼 더 커졌다.

"이성계 장군 천세!"

선봉에 서서 말을 달리며 강궁을 쏘아 세 명의 적장을 꺼꾸러뜨림 으로써 장수를 잃은 군사들이 혼란에 빠지게 하여 고려군의 입성을 이끈 전혀 새로운 인물이 등장한 것이다. 이성계는 강계에 가서 반란 군 박의의 잔당을 소탕하고 홍건적의 침입으로 왕성이 위태로워졌다 는 소식을 듣고 개경으로 달려왔던 것이다. 그를 도와 참전한 기병 천 명과 보졸 천 명은 그가 육성해 온 가병들이었다. 그리고 성벽을 넘어 성안에서 성문을 연 사다리 부대의 장수는 다름 아닌 퉁두란이었다.

그렇게 되어 두 번째로 침략해 와 나라 안을 소란스럽게 했던 홍 건적은 완전히 궤멸되어 압록강 북쪽으로 패잔병을 이끌고 도망쳐 버렸다. 그해는 1361년 공민왕 10년이었고, 이성계의 나이 스물일곱, 김인찬의 나이는 스물여섯 살 때였다. 홍건적 토벌전에서 김인찬은 이성계와 만나지 못했다.

적장 세 명을 연달아 강궁으로 쏘아 맞추어 거꾸러뜨림으로써 적의 사기를 완전히 꺾고 질풍처럼 기병들을 이끌고 성문을 부수며 돌진한 인물은 어디서 나타났는지 모를 낯선 청년이었다. 그리고 이 청년이 있었기에 빼앗겼던 왕성을 되찾을 수 있었다. 이는 이 영웅이 바로 이성계라는 것이 최초로 조정이나 백성들 사이에 널리 알려지게 된 계기가 되었다.

새로운 청년 영웅이 탄생한 순간이었다. 김인찬은 그 순간을 보지 못했다. 알지도 못했다. 삭방도의 홍건적은 안변 전투에서 대패하고 철령으로 퇴각했는데 어찌 된 셈인지 얼마 되지 않아 홍건적 전군은 압록강을 향해 도망치듯 달아났다는 정탐꾼들의 보고가 있었다. 이어서 아군은 개경을 수복했고 적은 모두 북으로 궤주했다는 소식이 안변에도 전해졌다.

"이제 전쟁은 끝이 난 것 같습니다. 병마 사또께 감사할 뿐입니다."

안변 목사 김존일이 도지휘사 정휘에게 치사했다.

"무슨 말씀을요. 김인찬 원외랑 같은 인재들이 있어 이긴 것입니다. 나는 이제 상경하여 삭방도 개선을 주상께 상주하려 합니다. 목 사또께서는 하루속히 초토화된 안변성을 재건하는 데 힘을 쓰십시오."

"고맙습니다."

정휘는 천오백의 군사를 안변에 남기고 나머지 천 명의 군사만 이끈 채 개경을 향해 떠났다. 김인찬은 도지휘사에게 한충과 함께 안변 재건을 위해 당분간 남았다가 상경하겠다고 청하여 승낙을 받았다.

후치령의 남장 여인

왕도인 개경도 완전히 파괴되고 궁궐은 불에 타 잿더미로 변해 있었다. 피난지인 복주에서 돌아온 임금은 정사를 볼 궁전이나 잠잘 침소도 없는 딱한 처지였다. 중신들은 불에 탄 대궐 만월대 남쪽 강가에 있던 홍국사興國寺를 행궁行宮으로 삼아 임시 대궐로 정했다.

김인찬은 파괴된 안변 목사의 관아를 다시 세우고 잿더미가 된 성내 거리도 깨끗이 정리하고 부민府民들의 집을 수리해 안전하게 생업에 종사할 수 있도록 힘을 썼다.

"그만하면 됐으니 어서 귀경하여 병부 일에 전념하도록 해라. 왕성에도 할 일이 태산일 게다. 어서 가보도록 해라. 여기는 너 말고도 여러 형제가 있잖느냐?"

아버지 김 목사의 말이었다. 김인찬은 비로소 왕성인 개경으로 돌아가기로 했다. 한충도 함께였다.

홍국사 전정前庭에 만조백관을 참예시키고 홍적난紅賊亂 진압에 관한 논공행상이 열렸다. 고려군 최고사령관인 정세운은 대총관大摠官 겸 문하시중門下侍中에 올랐고 부총관 이방실은 대호군大護軍 편장偏將 병부시랑 그리고 장군 안우는 안주만호安州萬戶 밀직부사가 되었고, 그 외 전공에 따라 차등 있게 상과 벼슬이 내려졌다.

전혀 뜻밖이었던 것은 혜성처럼 나타난 젊은 영웅 이성계가 안 보인다는 점이었다.

"이게 어떻게 된 거지? 우린 소문으로만 들었지 이성계는 왕성에 있을 줄 알았는데 없다니, 어디로 간 거지?"

한충이 이상하다는 듯 인찬에게 물었다.

"지금 강화에 출전 중이라네."

"강화에? 왜?"

"왜구 천여 명이 섬에 들어와 분탕질을 한다는 보고가 들어와 병부상서 유인우 대감의 천거로 임금의 명을 받고 강화로 출전했다는 거야."

"궐석이구먼. 그래도 상은 내리겠지?"

"물론일세."

이성계는 아버지 이자춘의 죽음으로 스물일곱 젊은 나이에 이자춘의 벼슬인 동북면 상만호를 이어받았다. 그런데 이번에 왕성 수복전에서 두각을 나타내고 인상적인 전공을 세움에 따라 좌우위左右衛 대장군大將軍으로 봉함을 받았다.

물론 김인찬도 삭방도에서 보여준 전공을 인정받아 병부 중랑장中郞將이 되었다. 한충은 쌍성 수복전 때 세운 전공과 이번 삭방도에서 세운 공이 인정되어 병부 도사都事가 되었다.

　"무장으로 공인이 되었으니 문과나 무과 과시는 그만두어도 되게 되었네. 잘된 일 아닌가?"

　김인찬의 말에 한충은 웃었다. 과거에 급제해도 그 정도의 직위에 오르려면 몇 년을 봉직해야 가능한 일이었다.

　파괴된 개경은 다시 복구가 되기 시작했다. 대궐인 수창궁의 중건을 서둘렀다. 임금은 상층부 장군들의 인사 이동을 단행했다. 병부 내의 각 부서에도 그에 따른 큰 폭의 자리 이동이 있었다. 김인찬은 인사 이동이 있기 전에 유인우 대감을 만나 고향으로 돌아가 북변을 지키게 해달라고 청했고, 그것은 받아들여졌다. 한충도 함께였다.

　김인찬은 한충과 함께 유인우 대감을 찾아 감사의 인사를 했다.

　"저희들 청을 들어주셔서 고맙습니다. 은혜 잊지 않겠습니다."

　"상감께서 아쉬움을 나타내셨네. 궐내에서 전하를 모시기를 바라고 계셨던 것 같은데 변방으로 가겠다 자원하니."

　"송구할 뿐입니다."

　"자네는 출세할 수 있는 좋은 기회를 왜 스스로 버리려 하는가?"

　"대궐에 남아 있으면 편하게 지내고 좋은 음식을 먹고 좋은 옷을 입고 호강하며 가만 있어도 출세를 할 수 있겠지만 그건 장부가 취할 길이 아닌 듯싶었습니다. 그 어느 때보다 나라가 안팎으로 어려움에 처해 있습니다. 원나라가 망해가고 중원에서는 명나라가 발흥하고 있습니다. 이런 때일수록 국방에 소홀해서는 안 될 듯합니다.

혼란기를 틈타 타 민족이 국경을 소란하게 할 수도 있기 때문입니다. 특히 북방 변경은 여진, 돌궐 등 많은 부족들이 있어 언제 머리를 들지 알 수 없습니다. 그래서 변경을 지켜야겠다는 마음을 굳힌 것입니다. 다행히 지난번 홍건적의 난 때 북변에서 모병한 병사 이천이 안변에 있습니다. 그들과 함께 변경을 지킬까 합니다."

"훌륭한 생각을 하고 있었구먼. 상감께 그대로 전해드리겠네."

"고맙습니다."

"고향에 가거든 아버님께 안부 전하게."

"예."

마침내 김인찬은 개경 생활을 청산하게 되었다. 두 번째였다. 쌍성 수복전 후 왕성 근무를 명 받았지만 고향으로 돌아가고 싶다 해서 갔었는데 이번에도 그리되었던 것이다.

"형님, 안변으로 돌아갑니다."

인찬은 둘째 형에게 고했다. 그동안 인찬은 둘째 형네와 개경 집에서 함께 살아왔었다.

"부모님 모시지 못하는 내 불효까지 생각해 잘 모시도록 하게."

"예, 형님."

이삿짐을 소달구지에 싣고 김인찬은 가족과 그리고 한충과 함께 안변을 향해 떠나갔다.

"인찬이, 역시 우리는 아무리 생각해도 개경 사람 체질은 못되나 봐."

"역시 우리는 촌놈이라고 하려구?"

"그거 어떻게 알았나? 비탈진 논에는 벼 이삭이 황금물결을 이루고 콩밭에는 장끼가 푸드득거리며 날아오르고 거름 냄새 고소한데 이 산, 저 산 뻐꾸기가 운다. 시리도록 맑은 시냇물에는 열목어가 노닐고……"

"혼자 시 쓰나? 흐음. 고향으로 가니 좋긴 좋다."

인찬은 아이들을 보며 행복하게 웃었다.

고향 안변으로 돌아온 김인찬은 한충과 함께 쌍성에 있던 동북면 고려군 사령부로 도지휘사 정휘를 찾아가 신고했다.

"상서병부 원외랑 김인찬, 동북면 고려군 봉직을 명 받아 왔기에 신고합니다."

"왕성 용호군龍虎軍 총기총 한충, 동북변 고려군 봉직을 명 받아 왔기에 신고합니다."

도지휘사 정휘는 이미 두 사람을 잘 알고 있었다. 지난번 홍건적의 난 때 삭방도에 와 군사를 모집하고 그들을 거느리고 싸운 것을 알고 있었던 것이다.

"잘 왔네. 누군들 이런 굴척진 변방 봉직을 자원하겠는가? 고맙게 생각하네. 쌍성은 본관에게 맡기고 그대들은 북청 쪽 수비를 맡기 바라네."

"알겠습니다."

김인찬은 자신들이 모병하여 참전했던 신병들이 아직 있다는 걸 알고 그들을 모아 북청 수비군을 조직했다. 병력은 이천이었다. 원외랑 김인찬은 동북 고려군 중랑장이 되었고 한충은 부장部將이 되었다. 중랑장은 간부 장수들 중에서도 우두머리 장수이고, 부장이란 그 밑에 속한 장수를 말한다.

중랑장은 이천의 군사를 거느릴 수 있는 자리였다. 그는 북청 수비군을 이끌고 북청으로 진군하여 성안으로 들어가 군막을 설치했다.

"한 부장! 자네가 다녀왔으면 싶은데?"

"어딜?"

"퉁두란 고향이 여기 아닌가?"

"퉁두란이라 말하면 모두 알까?"

"두란의 아버지 아라부카는 북청 천호라 했는데 천호 댁이 어딘지만 물으면 다 알려줄 거 아닌가."

"그건 그렇구먼."

"아직 퉁두란이 고향 집에 있다면 즉시 모셔 오게. 오랜만에 회포의 술잔을 나누어야 하잖나?"

"당연하지. 다녀오겠네."

한충은 퉁두란을 찾으러 나갔다. 오래지 않아 한충이 돌아왔다.

"왜 혼자 오나?"

"집 떠난 지 오래되었더군. 이 년이나 됐다네."

"어디로 떠났을까?"

"만호萬戶 이성계를 따라 홍건적 타도를 위해 참전했는데 아직 고향 집에는 소식을 전해오지 않고 있다더군."

"흠, 역시 두 사람은 실과 바늘이구나."

김인찬은 그 두 사람을 만날 수 없다는 것에 서운함을 금치 못했다. 같은 전쟁에 참전하여 적과 싸웠으면서도 한 번도 전선에서는 만나지 못했던 것이다.

"충! 우리 직무에만 충실하세. 문제는 우리 군사야. 급조해서 모병한 신병들이라 엉망이지. 제대로 한 사람 한 사람 정예 병사가 될 수 있게 양육하세. 이천의 정예군으로 다시 태어난다면 이곳 북변의 수비는 염려할 필요 없을 테니까."

김인찬과 한충은 매일 군사 조련에 심혈을 기울이기 시작했다. 그로부터 다섯 달 후쯤 우려하던 사태가 벌어졌다. 어디서 나타났는지 모를 여진족 군사 수만 명이 압록강을 넘어 혜산으로 들어와 허천강을 따라 남하하면서 분탕질을 하고 있다는 것이었다.

"누구한테 들은 것이냐?"

김인찬이 당직한 군교에게 물었다.

"장터에서 들었다며 순라를 돌던 군졸이 보고한 것입니다."

"즉시 장터로 가서 누가 전한 것인지 알아보고 그자가 있으면 데려오도록 하라."

"예."

군교는 장터로 나갔다가 얼마 안 되어 허름한 머슴 차림의 사내 하나를 데리고 왔다.

"네가 난리가 났다고 전한 것이냐?"

"예."

"네 눈으로 보았느냐?"

"갑산에서 보고 도망쳤습니다."

"여진족 군대는 얼마나 되던가?"

"이만이라 하더이다."

"너는 뭘 하는 자냐?"

"소인은 높은 산을 타면서 산삼을 캐서 먹고사는 심메마니올시다요."

"음, 알려주어 고맙다."

김인찬은 전령병傳令兵을 쌍성 사령부로 급히 보내고 새로운 적의 침략 사실을 도지휘사에게 전했다. 지휘사指揮司 정휘는 즉시 군령을 내리고 적을 막아 싸워 격퇴하라며 김인찬을 선봉장에, 그의 군사를 선봉군에 명했다.

적의 병력이 어느 정도인지, 어디서 온 것인지 현재 어디까지 쳐들어온 것인지 전혀 알 길이 없었다. 그래서 김인찬은 한충을 정탐대장에 명하여 적의 사정을 알아오게 했다.

떠났던 정탐대장 한충이 반나절 만에 돌아왔다는 보고가 들어왔다.

"알아봤는가?"

"적장은 심양審陽 천호 나하치納哈出로, 그자는 여진족장으로 원에 붙어 천호 벼슬을 얻어 심양 부근의 여진족을 다스렸는데 고려군에게 원의 영토인 쌍성총관부를 빼앗겨 쌍성을 탈환키 위해 출정했다고 하네. 하지만 알고 보면 그건 핑계일 뿐 그쪽 지역이 흉년이 계속되는 바람에 먹고살 수가 없어 무리를 이끌고 고려 땅으로 쳐들어온 것일세."

"병력은?"

"호왈 이만이라 하는데 군사는 여진족이 대부분이고 돌궐족 출신들도 꽤 섞여 있는 듯했네. 그들이 휩쓸고 가는 데는 남아나는 것이 없다네."

"홍건적 이상이군? 그들이 어느 쪽으로 진출하리라 보나?"

"후치령 협곡을 통과할 공산이 크네."

"좋아. 그렇다면 좌우 협곡에 군사를 매복시켰다가 적이 통과하면 포위하고 일거에 두들겨 부숴버리세."

김인찬은 매복전을 하겠다 했다.

"연변성을 탈환할 때 썼던 화공도 다시 사용하는 게 어떻겠나?"

"그것도 좋네. 상대는 우리보다 열 배나 많은 대군이야. 후치령 협곡에서 치명적인 패배를 안겨주지 못하면 우린 당하게 돼 있어. 철저한 준비를 하도록."

인찬은 한충에게 화공 준비를 하도록 명했다. 천여 명의 군사들을 시켜 나뭇가지들을 쳐서 둥글게 단을 만들어 산 중턱 가파른 벼랑 위에 쌓아두도록 했다.

전방에 나갔던 정탐병들이 하나둘 돌아왔다.

"적정敵情은 어떻더냐?"

"예, 예상대로 후치령 협곡로로 진군해 오고 있었습니다."

"언제쯤 당도하리라 보느냐?"

"오정쯤이면 통과할 것 같습니다."

"오정? 음, 오후가 되면 금방 어두워지니까 일찍부터 서두른다?"

"예, 그렇게 보여집니다."

김인찬은 마지막 부장 회의를 열었다.

"머지 않아 적병들이 협곡으로 들어올 것이다. 매복전의 요체는 시기를 어떻게 잘 잡느냐에 따라 승패가 좌우된다는 걸 명심하라. 적의 행군 대열이 협곡의 절반 지점 이상을 통과할 때가 공격 적기이다. 선두가 절반을 통과하지 못한 상태에서 공격하면 오히려 되치기를 당할 수 있다. 퇴각을 해버리면 되기 때문이다. 이 점 명심하고 각 부장들은 자기가 맡은 지점에 군사들을 매복시키고 있다가 내가 명전鳴箭(신호를 위한 화살)을 쏘아 올리면 그걸 군호 삼아 나뭇단에 불을 붙여 협곡 밑으로 굴려 내려라. 알겠는가?”

“예!”

“적병들이 혼란에 빠져 불길 속에서 아우성치면 그냥 두고, 살아서 도망치는 자는 화살로 쏘아 맞히거나 투창投槍을 해서 전멸시킨다. 알았으면 각자 맡은 위치로 가라!”

부장들은 흩어져 산 중턱 여기저기에 숨어 있는 자기 부대로 갔다.

“선두가 보입니다.”

대장 군막에 보고가 들어왔다. 김인찬이 고지에 올라 협곡의 입구를 내려다보았다. 기병들이 군마를 탄 채 들어오고 있었다.

“이만 중에 기병은 천여 기가 될 듯한데요?”

“음.”

김인찬은 뚫어지게 내려다보고 있었다. 긴박한 순간이 이어지고 있었다. 선두와 병력의 절반이 계곡 중간 지점을 완전히 통과해야만 공격령을 내릴 수 있었다. 인찬의 손에는 강궁이 들려 있었다. 쏘아 올릴 화살은 명전이었다.

밤에 신호를 보내려면 화전을 쓴다. 불덩이를 매달아 쏘아 올리는 것이다. 하지만 낮에는 화전이 잘 보이지 않아 그 대신 쓰는 것이 명전이다. 명전은 쏘아 올리면 방울 소리 같은 것이 떨리며 허공에서 운다. 반경 오 리 안에서는 어디서든 들을 수가 있다.

적의 기병 선두는 이미 절반 지점을 통과하고 있었다. 주력 부대가 뒤미쳐 통과를 해야만 공격령을 내릴 수 있었다. 바로 그때였다.

“아니? 왜 멈추지?”

선두의 기병대가 전진을 멈추고 말머리를 세우는 게 보였다.

'이상한 낌새를 챈 게 아닐까?'

가슴이 덜컥 내려앉았다. 순간 쉭 하며 바람 가르는 소리가 들리더니 허공에서 명전이 울며 지나갔다. 저희들 대장군이 있는 중군의 나하치를 향해 선두에서 신호를 보내는 듯했다.

"앗! 이럴 수가! 아니야. 아니다!"

김인찬은 비명 소리를 삼켰다. 협곡의 산 중턱에서 불붙은 아군의 나뭇단이 아래로 굴러 내려오고 있었던 것이다. 그것이 무슨 신호나 된 듯 계곡 산 중턱 여기저기에 흩어져 매복하고 있던 아군들은 경쟁하듯 나뭇단에 불을 붙여 밑으로 굴려 내리기 시작했다. 당장 협곡 밑은 불바다로 변했다.

"아아."

김인찬은 안타까운 한숨만 내쉬다가 대북을 치게 했다. 공격령이었다. 적은 선두 쪽에만 피해를 입었을 뿐 급히 말머리를 돌려 퇴각하기 시작했다. 김인찬의 매복전이 완전히 실패하는 순간이었다. 적이 쏘아 올린 명전 소리를 아군 지휘부에서 쏜 것으로 착각하고 적의 주력이 아직 협곡 깊숙이 들어오지도 않았는데 화공을 쓴 바람에 실패를 하게 된 것이다.

김인찬은 전군을 협곡 밖으로 퇴각시켜 재정비했다. 실수한 부장을 처벌할 수도 없었다.

"역시 실전 경험이 없어 벌어진 실수일세."

한충이 위로했다.

"북청으로 돌아가세."

전군에 퇴군령을 내리고 북청으로 퇴각을 서둘렀다. 북청성 북문 쪽에 이른 선봉 부대가 놀라 행군을 멈췄다.

"왜 멈추느냐?"

중군에 있던 김인찬이 나무랐다.

"중랑장님! 성문 위에 이상한 깃발이 꽂혀 휘날리고 있습니다."

"뭣이? 이상한 깃발? 성문 앞으로 더 전진해서 살펴보도록 하자."

부장들의 호위를 받고 말을 달려 성문 밑으로 다가간 김인찬은 소스라치게 놀랐다. 아닌 게 아니라 성문 다락 위에는 원나라의 깃발과 전혀 생소한 깃발이 걸린 채 휘날리고 있었다.

"네놈들은 누구냐?"

김인찬이 몽고 말로 외쳤다.

"우린 나하치 장군의 부하들이다. 이곳 북청은 우리가 차지했다. 모두 전멸당하지 않으려면 어서 멀리 도망가는 게 좋을 게다!"

"네 이놈들! 나하치 낯짝을 보자. 그래야 믿겠다."

"엇! 위험합니다."

부장들이 방패를 들어 성문 위에서 날아오는 화살을 막았다. 김인찬을 향해 쏜 것이었다. 인찬이 말머리를 돌리자 갑자기 성문이 열리더니 적병들이 쏟아져 나왔다.

"등을 돌리지 말고 맞서 싸워라!"

김인찬이 다시 말머리를 돌리고 적병들의 목을 쳐 날리며 계속 외쳤다. 그런데 시간이 흐를수록 김인찬의 고려군은 패색이 짙어지기 시작했다.

성안에 있던 적은 대군이 되어 몰려나왔던 것이다. 너무 병력이 열세여서 중과부적이었다. 고려군은 짓밟히며 북쪽으로 쫓겼다. 정신 없이 쫓기다가 얼마를 퇴각해 보니 적병이 추격해 오지 않았다. 패잔 병들을 다시 모아 전열을 정비한 김인찬은 분루奮淚를 삼켰다. 이천 군사는 온데간데없고 자기를 따라온 자들은 불과 백여 명이었다.

"여기가 어디인가?"

"이원입니다."

"북청에서도 북으로 쫓겼단 말이냐?"

"예."

"이게 무슨 꼴인가? 전멸을 당하다니."

인찬은 말에서 내리지도 못하고 침통한 한숨을 내쉬었다. 전장에 나서서 이렇게 황당하고 어처구니없는 패전을 당하기는 처음이었 다. 산속에는 벌써 어둠이 깔리기 시작했다.

"단천으로 가자."

군령을 내리고 말머리를 돌리는데 뒤쪽으로 수백 개의 횃불들이 달려오는 게 보였다.

"적이다. 물러서지 말고 맞아 싸우자!"

김인찬은 여기서 눈을 감을지라도 마지막까지 싸우다가 죽겠다고 다짐하며 분전했다. 하지만 계속 쫓겨온 부하들은 또다시 겁을 먹고 싸우기도 전에 짓밟히며 천지 사방으로 도망쳤다. 수십 기騎의 적병 에게 둘러싸여 고군분투하던 김인찬도 결국에는 등을 돌려 어둠 속 으로 내달렸다.

적병들은 집요하게 쫓아오고 있었다. 산을 넘고 물을 건너 어디를 어떻게 달렸는지 알 수 없었다. 고산 준봉들이 버티고 선 이 산속은 곁에 누가 다가와 따귀를 갈겨도 모를 만큼 지척을 분간할 수 없었다. 어둠 속을 내달리던 김인찬이 문득 말머리를 세웠다.

뒤를 돌아보니 따라오는 말발굽 소리가 없었다. 추격하던 적병은 돌아간 듯했다. 문제는 적보다 부하 군졸이었다. 아무리 둘러보아도 단 한 명도 보이지 않았다. 그는 큰 소리로 부하들을 찾았다. 그러나 아무 응답이 없었다.

그는 말에서 내렸다. 쉴 새 없이 달린 탓에 말 잔등은 땀투성이였다.

"도대체 여기가 어디인지도 알 수가 없구나. 내 군사들은 다 어디로 갔단 말인가?"

말머리를 쓰다듬으며 김인찬은 눈물을 뿌렸다. 그제야 왼쪽 팔에 심한 통증을 느꼈다. 언제부터인지 계속 피가 흐르고 있는데도 모르고 있었다. 속옷 자락을 찢어 간신히 동여맸다. 그리고 얼마간 넋을 잃고 길가 바위너설에 기대어 쉰 후 인찬은 다시 말고삐를 잡고 걸었다. 칠흑 같은 어둠 속을 걷다 보니 먼 곳에 등불 하나가 가물가물거리는 게 보였다.

외딴 귀틀집이었다. 보자기만 한 마당으로 들어섰다. 마당가에 있는 감나무에 말을 매고 토방 앞으로 다가섰다.

"계십니까?"

아무런 응답이 없었다. 여러 번 불렀지만 기척이 없자 인찬은 툇마루에 올라가 방문을 지그시 열었다.

"허!"

방 안에는 피골이 상접한 노인 하나만 아랫목에 누워 있을 뿐이었다. 노인은 죽은 듯 눈을 감은 채 잠들어 있었다. 둘러보니 빈한하기

이를 데 없어 보였다. 산속에서 노숙하는 것보다는 하룻밤 이 집 윗목에서 자고 떠나는 게 좋을 듯했다. 인찬은 바람벽에 머리를 기대고 앉아 눈을 감았다.

얼마가 지났을까. 누군가 몸을 흔드는 바람에 눈을 떴다.

"정신이 좀 드십니까?"

이십여 세 되어 보이는 청년이 들여다보며 물었다.

"아, 이거 미안하오. 너무 고단하다 보니 쓰러져 잔 모양이오."

"차린 건 없지만 식사하시지요."

개다리 소반에는 산나물 두어 가지와 간장 그리고 강냉이 밥이 놓여 있었다. 인찬은 마파람에 게눈 감추듯 먹어치웠다.

"고맙소. 고려인이오?"

"예. 원래는 북청에 살았는데 할아버지 병이 깊어 모시고 이 산속에 들어와 살고 있습니다. 희귀한 약초가 있는데 그걸 캐서 달여드리면 낫는다 하여 그리하고 있는데 별 차도가 없어 근심이 큽니다."

"그거 안됐소. 으음."

다친 팔이 고통스러운지 인찬이 얼굴을 찡그리고 신음 소리를 넘겼다.

"주무실 때 상처를 살펴보았는데 창에 찔린 것 같은데 상처가 깊어 보였습니다."

인찬은 전투 중에 입은 부상이라고 대수롭지 않게 말했다. 그러자 청년은 상처에 좋은 약초가 있다며 그걸 찧어다가 붙이고 싸매주었다.

"오래지 않아 금방 아물 겁니다."

"고맙소. 한데 여기가 어디쯤이오?"

"단천 부근 산속입니다."

김인찬은 신세 진 것을 치사하며 떠나려 했다. 그런데 공교롭게도 병든 노인이 갑자기 눈을 감았다. 젊은이의 슬픔은 말도 아니었다. 인찬은 그와 함께 노인을 염습하고 거적에 말아서 양지바른 산자락 밑에 장사 지내었다.

노인이 죽자 젊은이도 떠난다 했다.

"삼우제 지내면 북청으로 갈까 합니다."

"그럼 나도 그때 떠나기로 하지."

김인찬도 젊은이가 떠날 때 떠나기로 하고 오두막 집에서 지내기로 했다. 삼우제가 있던 전날 밤이었다. 방 안에 앉아 거의 아물어가는 팔의 상처에 댄 헝겊을 풀어내고 있는데 마당 한켠에서 물소리가 들렸다.

마당 구석에는 계곡에서 흘러오는 계류가 지나고 있었다. 그 중간을 옹달샘처럼 막아서 샘물로 쓰고 있었다. 삼우제이니 몸을 정갈하게 하려는 목욕물 소리였다. 인찬은 어유등魚油燈을 끄고 자리에 누웠다. 몸을 씻고 나면 젊은이도 들어와 자리에 누울 거라 생각했다. 그런데 소피가 마려웠다.

마당 뒤쪽에 뒷간이 있었다. 뒷간을 가려고 툇마루로 나온 인찬은 숨이 막혀 멍하니 섰다. 보름이어서인지 보름달이 대낮처럼 밝은데 젊은이가 웃통을 벗고 목간을 하고 있었던 것이다. 인찬이 놀란 것은 벗은 젊은이의 몸 때문이었다. 백옥으로 빚은 듯한 하얀 살결이 매끄럽게 달빛에 윤기를 내고 있는데 아무리 보아도 그건 젊은 청년의 몸이 아니라 처녀의 몸이었던 것이다.

한쪽 팔을 들어 올려 겨드랑이를 씻는데 탐스런 젖가슴이 손을 놀리는 대로 춤을 추고 있었다. 결발(상투)하고 있던 긴 머리까지 풀어 어깨까지 내려뜨리니 그 모습은 천상에서 목욕을 하러 내려온 선녀였다.

너무도 숨이 막혀 인찬은 소피를 보러 가지도 못하고 들킬까 보아 방 안으로 들어왔다. 그리고 자는 듯이 누웠다. 달빛 아래 본 그 아름답던 나신만이 어른거릴 뿐이었다. 이윽고 목욕을 끝낸 젊은이가 방 안으로 들어왔다.

벗은 몸을 들켰다는 것을 전혀 알지 못하는 젊은이는 지금까지처럼 인찬의 발치에 조용히 누웠다. 인찬은 입을 열어 궁금한 것을 묻고 싶었지만 차마 입이 떨어지지 않았다. 혼자 벙어리 냉가슴만 앓고 있는데 새근거리는 숨소리가 들렸다.

젊은이는 잠이 든 듯했다. 그날 밤 인찬은 뜬눈으로 밤을 새웠다. 너무도 충격적이었던 것이다. 분명 남자 옷을 입고 있는 청년인데 벗은 몸은 여자였던 것이다. 이튿날은 삼우제가 있는 날이었다. 무덤 앞에 가 제사를 지내고 보니 벌써 점심때가 지나 있었다.

"오늘은 늦었으니 내일 아침 일찍 떠나기로 하시지요?"

젊은이의 말에 인찬은 고개를 끄덕였다. 산이 높고 골이 깊어 어물거리면 금방 날이 저물어 꼼짝할 수가 없기 때문이었다. 밤이 되자 두 사람은 여느 때처럼 불을 끄고 자리에 누웠다. 하지만 방 안은 비쳐 든 달빛으로 환하게 밝았다.

"발치에서 자지 말고 내 옆으로 오게나."

인찬의 권유에 젊은이는 마지 못해 곁으로 왔다. 인찬은 망설이다가 손을 잡았다. 부드럽기가 이를 데 없었다. 손을 잡히자 젊은이는 흠칫하며 빼내려다 가만 있었다. 뜨거운 숨만 내쉴 뿐이었다. 인찬은 좀 더 과감하게 그의 어깨를 잡아당겨 끌어안았다.

"이러지 마세요!"

"옷을 벗어라."

"이러시면 안 돼요."

일부러 내던 남자 목소리가 아니라 가녀린 여인의 농익은 목소리였다. 비록 혼인은 했지만 아직 인찬은 젊었다. 그날 밤 두 남녀는 구름 위를 날아다니는 듯한 행복감에 마음껏 취하고 젊음을 불태웠다.

이튿날 아침이 되었다. 아침상을 마주하고 앉았다. 그녀는 부끄러워서 고개조차 들지 못하고 있었다.

"어찌 된 일인지 말을 해보아라. 왜 남장男裝을 하고 남자처럼 사는 거지?"

"죄송해요. 원래는 쌍성에 살았는데 저는 형제도 없고 부모님도 호환虎患을 당하여 돌아가시어 홀로 계신 할아버지하고 살았습니다."

"외롭게 살았구나?"

"네. 절 키워주신 할아버지가 깊은 병이 드시어 시름시름 앓기 시작하여 제가 봉양하게 되었어요. 그런데 원나라로 뽑아가는 공녀를 강제로 징집하게 되어 저도 끌려가게 되었습니다. 제가 끌려가면 할아버지 병구완을 해줄 사람도 없어 저는 할아버지를 업고 야반도주하여 북청으로 도망쳤습니다. 그때부터 치마 저고리를 벗어버리고 남자 옷을 입은 채 남자 행세를 하기 시작했지요. 남자처럼 하고 다닌 지가 벌써 이 년째랍니다."

"내가 그걸 몰랐구나. 온갖 고생을 다했겠다. 지금부터는 사내 옷을 벗어던지고 여자 옷으로 갈아입어라. 날 따르면 더 이상 괴롭힘을 당하지 않을 게다. 날 따라가지 않겠니?"

"고맙습니다만."

처음에는 거절했지만 의지하고 살던 할아버지도 안 계시니 이 세상에 혼자 남게 된 그녀는 마침내 고개를 끄덕였다.

"때가 되면 남자 옷을 벗겠어요. 지금은 그냥 이대로가 좋겠어요."

이름을 물으니 여옥麗玉이라 했다. 김인찬은 여옥을 데리고 단천 쪽으로 길을 잡아 떠났다. 흩어진 군사들이 어딘가에 있다면 단천 쪽에 모여 있으리라 예상했다. 퇴각할 때 인찬은 부하들에게 목적지를 단천이라 했기 때문이다.

험한 산을 넘고 또 넘어 가까스로 단천에 도착했다. 역시 한충을 비롯한 부장들이 패전해 뿔뿔이 흩어져 도망치던 군사들을 수습하여 단천에 모여 있었다.

"김인찬 장군이 살아오셨다!"

그 소문이 퍼지자 전군이 환호했다. 남은 군사는 모두 천이백이었다. 팔백여 명이 희생된 것이었다. 그는 부하들 앞에서 정중하게 사죄했다.

"패전의 책임은 나에게 있다. 패군지장이 무슨 할 말이 있겠는가?"

"일차 패전 원인은 후치령 협곡에 매복해 있던 제3부대의 실수에 있었습니다. 적이 쏜 명전 소리를 아군이 쏜 명전인 줄 알고 때가 아닌데 미리 화공을 써서 대계大計를 그르친 겁니다."

한충의 지적을 받자 실수한 부대의 부장이 무릎을 꿇으며 용서를 빌었다.

"군율에 의거하시어 소장의 목을 베십시오."

"이제 와서 책임을 물은들 무슨 소용 있느냐? 다음 전투 때는 그 실수를 만회하여 꼭 승전할 수 있도록 각오를 다져라."

"황송합니다."

"두 번째의 실수는 후치령에서 시간을 허비하며 너무 늦게 북청성으로 돌아왔다는 것입니다. 적은 일단 후치령 입구에서 우리에게 당하고 재빨리 퇴각하여 다른 길을 택하여 한 발 먼저 북청으로 진격, 저희를 수중에 넣었던 것입니다."

"그것은 지휘관인 나의 중대 실수였다. 이제부터 군사 지휘권을 한충 부장에게 넘기고 나는 일반 군사로 종군從軍할 것이다. 훗날 군법 재판이 있게 되면 그때 처벌을 받을 작정이다. 한충 부장! 지휘를 맡게!"

김인찬은 한충에게 상석을 내주고 지휘봉인 등채를 자리 위에 놓았다. 그러자 한충이 인찬의 두 팔을 잡았다.

"패전은 병가지상사兵家之常事라 했거늘! 이러지 마시오. 전장에서 이기고 패하는 것은 늘 있는 일입니다. 패전을 거울 삼아 승전하면 되지 않습니까?"

그러자 모든 부장들이 눈물을 흘리며 만류하고 심기일전하여 승전하자고 다짐했다. 김인찬도 그 만류를 받아들이기로 했다.

"고맙네. 그렇다면 우리는 이곳에서 모병을 더 하고 숨을 죽인 채 때가 오기를 기다리기로 하세. 북청을 점령한 나하치군은 얻을 게 없는 북쪽은 제쳐두고 남쪽으로 홍주(홍원), 쌍성 등으로 쳐 내려갈 걸세. 삭방도의 우리 수비군이 막아 싸우겠지. 그때 우리가 저들의 배후에서 공격하여 괴롭히면 그들은 앞뒤로 적을 만나니 패할 수밖에 없을 걸세."

김인찬군은 적의 배후에서 실력을 기르기로 하고 군사의 정예화를 위한 훈련에 들어갔다.

해변의 연인

　북청만 해도 고려의 북방 영토 끝이라 할 만한데 거기서도 북으로 한참 올라가는 단천端川은 여진인들이 모여 사는 고장이었다. 원래는 원의 영토였지만 원의 세력이 약해져서 행정권이 미치지 않아 무주공산인 땅이었다.

　"여기서 당분간 실력을 기르는 건 좋은데 나하치군이 어디까지 침략하고 전황이 어떻게 변하는지 그건 우리가 그때그때 알고 대처를 해야 하지 않을까?"

　한충의 말이었다.

　"당연하네."

　"그래서 말인데 내가 정탐을 하고 오고 싶은데?"

"병사는?"

"나 혼자 다녀오겠네. 숨어서 다니는 데는 혼자 몸이 제일 아닌가?"

"그럼 바로 떠나게. 몸조심하고."

한충은 장사꾼처럼 변복을 하고 단천을 떠나 북청을 향했다. 정탐을 끝내고 한충이 단천으로 다시 돌아온 것은 사흘이 지나서였다.

"고생했네. 뭐 좀 알아낸 게 있나?"

"음, 나하치 군사의 주력은 북청에 있었네. 그들은 쌍성, 안변 쪽으로 진격을 하다가 강력한 고려군에 밀려 더 나아가지 못하고 북청에서 주춤거리고 있는 상태로 보이네."

"토벌군은 누구의 군대인가?"

"소문을 듣자 하니 이성계의 군사라 했네."

"이성계가 나하치를 토벌하기 위해 와 있다구?"

"음, 전투가 일진일퇴, 양쪽이 팽팽하게 접전 중인 듯해."

"그렇다면 우리는 나하치의 배후를 공격하여 적들을 혼란에 빠트려야겠군?"

"이성계군과 합동작전을 해야 할 것 같네."

"좋아. 그럼 일단 적이 모르게 북청 외곽까지 진군해 기회를 노리기로 하지."

김인찬은 전군을 거느리고 야간을 이용하여 바람처럼 신속하게, 숲처럼 조용하게 군사를 이동시켰다. 한충은 이성계 군영으로 잠입해 보겠다고 나섰다. 역시 그만큼 이 지역 지리를 잘 아는 사람이 없었다.

"저도 북청 함주(함흥) 부근의 지리는 아주 익숙합니다. 한충 장군과 함께 다녀오면 안 될까요?"

여옥이 자원했다.

"위험할 텐데?"

"감수하겠습니다."

김인찬은 내키지 않았지만 마지 못해 승낙했다. 여전히 남장을 하고 있던 여옥이 한충과 함께 떠났다. 그들은 험한 산길을 잡아 적이 모르는 길을 택하여 북청으로 우회하고 함주 쪽으로 갔다. 이성계군이 함주에 있다는 소문이 돌았다. 이틀 만에 두 사람은 함주 땅에 들어왔다.

"서라! 누구냐?"

숨어 있던 초병哨兵들이 나타나 창대로 막아섰다.

"나는 단청에서 이성계 장군을 만나러 온 밀사다."

"밀사? 누구의 밀사?"

"삭방도 중랑장 김인찬 장군이다. 안내하라."

군졸들이 두 사람을 군영 군막으로 데리고 갔다. 대장 군막에 기별이 들어가자 들라는 명이 내렸다. 두 사람이 군막 안으로 들어갔다.

"안녕하십니까? 김인찬 장군의 친구 한충입니다."

그러자 이성계는 깜짝 놀라며 몹시 반가워했다.

"한 장군, 오랜만이오. 김인찬 장군은 지금 어디 있소?"

"단천에 있다가 지금은 북청 북쪽 외곽으로 진군하여 공격할 기회를 엿보고 있습니다."

"병력은?"

"천칠백입니다."

"우리 군은 쌍성에서부터 날 따라다니는 가병 이천이 총 병력이지만 지금은 백전의 용사로 정예화되어 있소."

"하지만 적은 호왈 이만이라 합니다. 열 배가 넘는 대병을 상대해야 하는데 부담이 되지 않으십니까?"

"부담이 안 된다면 거짓말이겠지요. 하지만 걱정하지 않습니다."

이성계 곁에 있던 퉁두란이 자신 있게 한마디 했다.

"함주 평야가 주전장이 될 거요. 함주 평야로 적을 끌어내어 다양한 진법 싸움으로 승부를 낼 것이오."

그러자 이성계가 거들었다.

"퉁 장군 말대로 우린 전략을 수립했소. 적의 기병은 이천이고 우린 천이요. 송화강 북쪽에서 수천 리를 내려온 적은 피로에 지쳐 있습니다. 기동력에서 우리의 상대가 되지 못할 겁니다. 전광석화처럼 동에 번쩍, 서에 번쩍 공격할 겁니다. 그러기 위해서 먼저 퉁두란 장군이 결사병을 거느리고 적의 중군을 쳐서 나하치부터 목을 칠 거요. 나하치의 목이 달아나면 적은 혼란에 빠질 것이고 그때를 총공격의 신호로 삼으면 된다는 계획이오."

"훌륭한 군략이십니다. 그럼 저희 김인찬군은 어떻게 도와야 하지요?"

"적의 중군을 쳐서 혼란에 빠트리면 총공격이 단행될 겁니다. 그들이 뒤로 퇴각하게 되면 그때 김인찬군이 배후에 있다가 치고 나오면 적군은 궤멸될 것이오."

"그럼 신호는 뭘로 하시겠어요?"

잠자코 있던 여옥이 물었다.

"그대는 남잔가, 여잔가?"

이성계가 찬찬히 바라보며 물었다.

"남잡니다."

"남자치고는 얼굴이 너무 곱고 손을 보니 여자 손 같아 하는 말이오."

"그…… 그런 말씀 많이 듣습니다."

여옥이 얼굴을 붉히며 어쩔 줄 몰라 하자 이성계가 웃었다.

"좋소. 날이 완전히 새기 전이라면 화전을 쏘겠지만 날이 샜다면 공격 신호는 연막시煙幕矢로 하겠소. 세 번을 허공에 올리겠소."

"알겠습니다."

화살 끝에 불덩이를 매달면 화전이고 마른 쑥 등으로 만든 기름 덩이를 달아 쏘아 올리면 연기를 내뿜으며 날아가는 화살이 연막시였다. 임무를 마친 두 사람은 곧 김인찬의 군영으로 돌아왔다. 보고를 다 듣고 난 김인찬이 상기된 얼굴로 말했다.

"좋다! 전군을 매봉산 중턱에 전진 배치하고 군령을 기다리도록 하라."

김인찬은 이윽고 군사 배치가 끝났다는 보고를 받았다.

"교전은 언제 시작할까?"

"내일 이른 새벽, 적들이 아직 잠에서 깨어나지 않았을 때 이성계의 정예 기병 오백은 나하치가 있는 중군 대장 군막을 기습할 것일세. 나하치의 목을 따든 못 따든 기습을 받으면 혼란에 빠지겠지. 그럼 적병들이 일어나 병장기를 챙기기 전에 질풍처럼 유린하는 거야."

"그럼 나하치군은 계속 혼란 속에서 밀리기만 할까? 시간이 지나면 오히려 소수의 이성계 기병들의 전세가 불리해질 터인데?"

"세 불리하다, 그럴 때는 퇴각할 거야. 자기 진영으로 도망치는 게 아니라 나하치군 후방으로, 우리 진영으로 도망쳐 올 걸세. 그리되면 나하치군은 추격해 오겠지. 우리는 미리부터 매봉산 주변에 매복해 있다가 나하치 추격군이 당도하면 포위해서 섬멸해 달라는 게 이성계 장군의 부탁일세."

"음, 알았네."

김인찬은 군사들을 세 방향으로 나누어 매봉산 산 중턱에 배치하고 정찰병들을 선봉에 숨겨놓고 이튿날 새벽이 되기를 기다렸다.

"화전이 올라가고 있습니다!"

"뭣이?"

보고가 들어오자 김인찬은 남쪽 하늘을 바라보았다. 허공으로 세 번 화전이 불꽃을 그으며 솟아오르고 있었다.

"퉁두란의 정예 기병들이 나하치의 중군을 기습하고 있다는 군호이다. 자아, 좀 더 기다려보자."

먼 곳에서 함성이 들려왔다. 정찰병 하나가 뛰어왔다.

"나하치의 중군이 짓밟히고 있습니다. 아직 적은 혼란에서 헤어나지 못하고 있는 듯합니다."

정탐병들의 전황 소식은 먼 곳에 나가 있던 군졸의 순서대로, 가까운 곳에 숨어 있던 군사들에게로 빠르게 전달되고 있었다. 두 번째 보고가 들어왔다.

"적의 중군을 치던 이성계의 퉁두란군이 수적인 열세를 감당하지 못하고 이쪽 매봉산 밑으로 도망쳐오고 있습니다. 적은 천여 명의 기병이며 맹렬한 속도로 추격해 오고 있습니다!"

김인찬은 부장들에게 급히 군령을 내렸다.

"쫓겨오는 아군 기병들이 매봉산 허리를 돌아 빠져나가기를 기다렸다가 적의 추격군이 닥치면 일제 공격을 할 것이다. 대기하라!"

마침내 퉁두란의 기병들이 거짓으로 패한 척하며 매봉산 밑으로 달려와 뒤로 빠졌다. 뒤이어 적의 추격군이 나타났다. 김인찬이 북을 치며 외쳤다.

"지금이다. 공격하라!"

산 중턱에서 함성이 일어나더니 매복해 있던 김인찬군이 벌 떼처럼 쏟아져 내려오며 추격해 온 적병들을 짓밟았다. 적은 포위된 상태에서 뒤로 물러나려 했지만 여의치 않자 앞으로 달려 빠져나가려 했다.

그러자 도망치던 퉁두란군이 뒤돌아서서 적을 막으며 유린했다. 천여 명의 적병들은 전멸을 당하고 주인 잃은 말들이 울면서 계곡을 빠져 달아나고 있을 뿐이었다.

"퉁 장군!"

"이게 누구요? 김인찬 장군! 반갑소. 덕분에 우리가 이겼소."

"퉁 장군이 잘 싸워서 이긴 거요. 자아, 여세를 몰아 적의 후방을 들이칩시다."

퉁두란군과 합세한 김인찬군은 나하치군의 후방을 들이쳤다. 앞뒤에서 적을 맞은 나하치군은 전열이 흩어지고 혼란에 빠져 고려군에게 짓밟히기 시작했다. 함주 평야에 쌓이는 것은 나하치의 부하들인 여진 병사들의 시체들이었다.

마침내 전투는 끝이 났고 나하치의 이만 군사는 전멸을 당하고 몇백 기만 패장 나하치를 에워싼 채 개마고원 쪽으로 달아났다. 승전보를 올린 이성계군과 김인찬군은 북청으로 들어가 잔치를 베풀고 휴식을 취했다.

"적의 배후에 김인찬 장군이 계실 줄은 정말 몰랐소."

"죄송합니다. 패군지장이 무슨 할 말이 있겠습니까?"

김인찬은 일차 싸움터인 후치령에서 패했기 때문에 남쪽으로도 아니고 북쪽으로 쫓겨 고립무원이 된 일을 이야기했다.

"오히려 그게 전화위복이 된 거군요. 여하튼 배후에 김 공의 군대가 있었기에 난 자신 있게 적을 너른 평야로 끌어내어 승부를 결하겠다 생각한 거요."

"성계 형의 군략과 계책은 언제나 뛰어나서 나를 놀라게 한단 말야."

퉁두란이 칭찬했다.

"두란 같은 맹장이 내 옆에 있기에 마음 놓고 계책을 세워 싸움에 임하는 거야."

"날 치켜세울 때도 있구려. 하하하."

모처럼 네 사람은 취하도록 술을 마시며 회포를 풀었다.

거나해지자 이성계가 제의했다.

"난 고향 집이 있는 쌍성으로 돌아가 군사들을 휴식시키고 다시 정비하겠소. 내 부하들이 고향을 떠난 지가 이 년이 다 되어가고 있소. 그동안 날 따라 전쟁터만 돌아다녔으니 가족들은 만나보게 해야지요. 김 장군은 어떡하시겠소? 안변으로 돌아가시겠소?"

"아닙니다. 난 이곳 북청에 제 군사들과 함께 머물다가 조정의 하명下命에 따르겠습니다."

모처럼 뜻밖에 전쟁터에서 만나 함께 전투를 치른 이성계와 김인찬은 북청에서 서로 헤어지게 되었다.

"이 장군! 어디에 있든 몸조심하시고 무운장구武運長久하시길 빕니다."

"내가 드릴 말씀이오. 또 만납시다."

"퉁 장군도 잘 가시오. 퉁 장군 집은 이곳 북청에 있는데 집엔 들르지도 못하고 가는 것 같소."

"무장은 원래 그런 것 아니오? 잘 계시오."

이성계와 퉁두란은 군사를 이끌고 쌍성으로 떠나갔다. 북청에 남은 김인찬은 한충과 함께 군사들을 재정비하고 훈련에 힘쓰기로 했다. 그러던 어느 날 한충이 김인찬에게 권했다.

"오랜만에 휴식을 취하니 날아갈 듯 기분이 가볍네."

"나도 그렇구먼."

"오늘은 신천 바닷가에 나가 바다도 보고 모처럼 싱싱한 생선 맛이나 보고 오는 게 어떻겠나?"

"바다?"

"바다 본 지 오래됐지?"

"우린 내륙에서만 살아왔으니…… 십 년 전에 보고 못 본 것 같은데?"

"다녀오세. 여기선 가까우니까."

"그러지."

두 사람은 사복으로 갈아입고 말을 타고 북청성 인근에 있던 신천 포구를 향해 나들이를 갔다. 드넓은 동해 바다가 펼쳐진 어촌 마을이었다. 마치 자주 다닌 사람처럼 한충은 익숙하게 인찬을 데리고 주막을 찾아갔다.

"북청 하면 명태 아닌가? 명탯국에 약주 한사발이면 제격 아닌가?"

"암, 그러세."

두 사람은 명태를 시켰다. 거나하게 술잔을 나누었다. 그때 주모가 방문을 비긋이 열며 손님이 찾아왔다고 했다.

"뭐라구? 손님이? 우리가 여기 온 줄 아는 사람이 없는데 누가 알고 찾아온단 말야? 잘못 찾아왔겠지."

인찬이 귀찮은 듯 말하자 한충이 대신 들여보내라 했다.

"네, 알겠어요."

잠시 후 방문이 열리고 누군가 밖에서 들어왔다.

"접니다."

"접니다? 아니 넌!"

김인찬이 깜짝 놀라며 바라보았다. 그는 다름 아니라 여전히 남장을 하고 있는 여옥이었던 것이다.

"우리가 여기 있는 줄 네가 어찌 알고 여기까지 온 거냐?"

여옥은 대답 대신 얼굴을 붉히며 고개를 숙였다.

"들어오라 할 일이지 왜 나무라기부터 하나? 들어와!"

여옥은 엉거주춤하게 들어와 앉았다.

"내가 알려주었어. 찾아오라고."

한충의 말이었다.

"그럼 자넨 이 집을 잘 알고 있었나?"

"여기 오려고 저번에 한번 다녀갔다네. 그래서 알지."

북청 군영을 떠나면서 한충이 김인찬 모르게 여옥에게 따라오라
했다는 것이었다.

"그럼 이 사람아, 떠날 때 셋이 함께 가자면 될 일이잖나?"

"그럴 수도 있었지만 부하들 눈치가 보였네. 여옥이 남자가 아니
라 여자라는 사실을 알 만한 사람은 다 알고 있으니까."

"……"

한충은 술 한잔을 채워 여옥에게 건네면서 인찬에게 말을 이었다.

"앞으로의 두 사람 문제를 상론해 보자고 일부러 이 자리를 마련
했다네."

"두 사람 문제라니?"

"여옥이와 자네지 딴 사람 있나?"

"뭘 상의하자는 거야?"

"언제까지 남자 옷을 입혀 곁에 두고 있을 수는 없지 않나? 이쯤
에서 남장을 벗고 여자의 모습으로 자리를 지켰으면 해서 하는 말일
세."

한충은 남장한 여옥을 부대 안에 두지 말고 초가삼간이라도 마련
해 따로 나가 살게 하자는 것이었다.

"그렇게 하고 자넨 집에서 군영을 상근常勤하면 좋겠다 싶은 게 내

희망이야."

"집을 사서 살림을 차리라는 말이군?"

"음, 하하하! 간단한 말을 괜히 어렵게 했군."

"차차 생각 좀 해보고 결정할게. 쓸데없는 간섭하지 말고 술잔이나 비우게."

한동안 마시고 나자 주막 주인 남편이 들어와 한충을 찾았다.

"그래? 준비는 다 됐나?"

"예, 청소도 했고 군불도 때놔서 훈훈하고, 또 솔밭 속에 있는 곳이라 들리는 건 갈매기 소리에 파도 소리밖에는 없는 아주 조용한 곳입니다요."

"그럼 안내하게."

"예."

한충은 자리를 옮기자 했다. 이 주막 소유로 방 두 칸짜리 별채가 바닷가 솔밭 속에 있는데 그곳으로 옮겨 마시자는 것이었다. 그 별채는 방문만 열면 좁은 백사장이고 코앞에는 바다가 보이는 아름다운 곳이었다.

"저 파도 소리를 안주 삼아 모처럼 취해보세."

"고맙네. 이런 곳까지 올 수 있게 해주니."

여옥은 주모 대신 술상을 봐왔고 인찬과 한충은 즐겁게 마셨다.

"여옥이도 나다니지 말고 김 장군 옆에 앉아라. 그리고 한잔 따라봐."

한동안 세 사람은 술잔을 주거니 받거니 했다. 얼마 후 인찬이 이상하다는 듯 여옥에게 물었다.

"한 장군이 진작부터 안 보이니 웬일이냐?"

"소피를 보러 나간 듯한데 곧 오시겠지요."

그런데도 한충은 오지 않았다. 새 술병을 들고 주모가 오자 인찬이 물었다.

"함께 왔던 우리 일행 중 한 분 보지 못했느냐?"

"급한 일이 있으시다며 진즉 북청 성내로 돌아가셨습니다."

"왜 말도 없이 가버린 거지?"

이해가 되지 않는다는 듯 인찬은 고개를 갸웃거렸다.

"그런 친구가 아닌데 무슨 급한 일이기에 말도 없이 그냥 가는 거냐구?"

"그럴 만한 사정이 있었던 모양이에요."

여옥의 말에 인찬은 고개를 끄덕였다. 그러더니 여옥에게 말했다.

"그럼 우리도 돌아가야 하는 거 아니냐? 일어나거라. 가자."

인찬이 서두르며 자리에서 일어났다. 그러자 여옥이 그의 옷자락을 잡았다.

"지금 가셔서 뭘하시게요? 소첩은 가기 싫습니다."

"그래?"

"모처럼 오늘 밤은 낭군님과 함께 마음껏 취하고 쉬고 싶어요."

"그러자, 그럼."

못 이기는 체 인찬은 여옥이 곁에 앉았다. 여옥이 술을 가득 부은 술잔을 올렸다.

"너무 마시는 것 같다. 한충, 그 친구 이해할 수 없구나. 온다 간다 말 없이 사라져버리다니."

"아직도 한 장군 타령이세요? 전 그분이 미리 가실 줄 알았어요."

"그건 또 무슨 소리냐? 알고 있었다니?"

"낭군님과 제가 오붓이 하룻밤을 보내게 하려고 일부러 이곳으로 오도록 만들었고 저와 낭군님을 위해 자리를 피해주신 거랍니다."

"그 친구 참, 시키지 않은 짓은 잘하누만."

"낭군님, 밤바다가 보고 싶어요."

"그래 그럼, 바닷가로 산책이나 나가보자."

"먼저 나가서서 좀 기다리세요. 전 옷을 좀 갈아입고 나갈게요."

알았다며 인찬은 별채를 나왔다. 마당에 서서 밤바다를 보니 바닷물이 마당 근처에까지 들어올 만큼 가까운 곳에 있었다. 잠시 후 여옥이도 방에서 나왔다.

"기다리셨죠? 저어……"

인찬은 여옥이의 말소리를 듣자 고개를 돌렸다.

"아, 아니?"

인찬은 놀라는 표정을 지었다. 그의 뒤에는 전혀 다른 모습의 아름다운 여자가 서 있었던 것이다. 여옥은 이곳에 올 때 미리 가져온 듯 치마 저고리를 단정하게 입고 있었다. 머리까지도 상투를 풀어 낭자머리를 하고 있었다.

"놀라시게 해서 죄송해요."

"여자가 여자 옷을 입고 여자가 되었는데 놀랄 게 뭐가 있느냐?"

"하지만 제가 여인 옷을 입은 것은 처음 보시잖아요?"

"그건 그렇구나."

"예뻐 보이세요?"

"물론이다. 자, 걷자!"

인찬은 여옥의 보드라운 손을 잡은 채 백사장으로 걸어 나갔다. 달빛이 휘영청 밝은데 바다는 하얀 포말을 세우며 모래톱으로 밀려오고 있었다. 얼마를 걸었을까.

"다리가 아파요. 쉬어가면 좋겠어요."

여옥의 말에 인찬은 알았다는 듯이 입고 있던 단령을 벗어 모래 위에 깔고 함께 앉자고 했다.

"달빛에 춤추는 밤바다의 파도는 정말 아름답구나."

"여기서 그냥 밤을 새웠으면 좋겠어요."

여옥은 인찬의 품속에 얼굴을 기대며 소곤거렸다. 여인의 체취와 함께 전율이 전해오자 인찬은 뜨거운 숨을 내쉬며 여옥을 와락 껴안았다. 그날 밤 두 사람은 바닷가 모래사장에서 밤을 새우고 이튿날 새벽이 되어서야 그때까지도 행복감을 떨치지 못하고 일어나 주막 별채로 돌아왔다.

북청으로 돌아온 인찬은 성내에 작은 초가 하나를 구하여 그 집에서 여옥이 살도록 했다.

"잘 생각했네. 그랬으면 해서 신포 바닷가로 데려간 것일세."

한충이 의미 있는 웃음을 띠며 말했다.

"나도 언제까지 남자 옷을 입고 살아가게 할 수 없다고 생각하고 있었지. 바라고 있던 걸 자네가 먼저 알아서 해주었으니 고맙네."

"이젠 군막에서 지내지 말고 여옥이 집에서 상근하게."

김인찬은 북청에 주둔하면서 두 가지 업적을 쌓았다. 첫째로는 군사를 더 모집하여 이천오백여 명으로 증강하고 매일 훈련을 시켜 유사시에 대비했다는 점이었다.

이성계를 보고 김인찬도 느낀 바가 컸던 것이다. 이성계군이 싸움에 임하면 한 번도 패하지 않은 백전백승의 강군이 된 것은 쌍성에서부터 그가 모집한 이천의 사병들이 똘똘 뭉쳐 하나가 되고 호된 군사 조련을 다 겪고 실전에서 잔뼈가 굵었기 때문이었다.

그것이 이성계의 친위군이었다. 어느 곳이든, 어느 전장터이든 이성계는 그들을 데리고 다녔으며 병력이 더 필요할 때면 친위군을 근간으로 하여 증강시키는 것이 그의 용병 방법이었다.

"우리도 지금 데리고 있는 군사를 정예화하여 이성계의 친위군처럼 만들고 싶네. 최선을 다해주게."

인찬은 한충에게 부탁하고 함께 나섰다. 그리고 둘째 업적이라면 고려 주민이 성의 주인이 되도록 만든 것이었다. 북청은 작은 소읍이었고 인구라 해봐야 어린아이들까지 오천이 안 되었다. 주민의 구성을 보면 전체 인구의 육 할이 여진족이고 삼 할이 고려인들이고 일 할이 몽고인들이었다.

몽고는 삭방도를 점령하고 나서 식민지를 경영하기 위해 자국의 몽고 관리와 군사 들을 보내어 다스렸다. 일 할밖에 안 되는 몽고인 밑에서 고려인들은 오랑캐 취급을 받으며 차별 대우를 받고 살아야 했다. 김인찬은 몽고인을 내치고 고려인들이 주인이 되게 만들었다. 그리고 다수를 차지하는 여진인들을 회유하고 그들의 생활을 개선해주어 인심을 얻었다. 이 같은 업적은 훗날 김인찬이 북청 천호가 되어 성민을 다스리게 되었을 때 그 효과를 보았다. 주민들은 김인찬이 다시 왔을 때 모두 환영하며 그를 잘 따랐던 것이다.

김인찬은 그로부터 어느 날 동북면 군사령부가 있는 쌍성 본부로부터 소환령을 받았다.

"왜 소환령이 내린 거지요? 안 좋은 일이 생긴 게 아닐까요?"

여옥이 아침상을 들이며 근심스럽게 물었다.

"안 좋은 일이 생길 게 뭐 있나? 별일 아닐 게야."

"본부에 들어오라 하면 전령을 보내면 되는 걸 소환령을 내렸으니 하는 말 아니에요?"

"염려 말라니까."

김인찬은 곧 말에 올라 단신으로 쌍성 사령 본부로 향했다. 도지휘사 정휘가 기다리고 있었다.

"군무를 소홀히 할 수 없을 것 같아 장군만 부른 것이니 그리 알라. 조정에서 전공을 세운 그대들에게 상이 내려졌다. 주상 전하의 이름으로 대신 본관이 시상하는 바이다."

본부 내의 장군들이 늘어서고 지휘사 정휘는 두루마리로 된 상장을 내려주었다.

"병부 원외랑 김인찬은 지난번 나하치의 침략전을 격퇴하고 대승을 거둔 전공이 다대하여 김인찬에게 종4품으로 일급을 높여(가자加資), 좌우위군左右衛軍 정용위精勇衛 중랑장으로 도임을 명한다."

"성은이 망극하옵니다."

김인찬은 부복한 채 상장과 교지를 받들었다. 두 번의 싸움 결과로 전공이 인정되어 김인찬은 정5품의 원외랑에서 품계가 하나 올라간 종4품을 받고 동북면 소속에서 왕성 소속의 왕군으로 선발되는 영광까지 얻게 된 것이었다. 좌우위군이라면 왕궁의 궐내를 지키는 정예 부대이고 정용위 소속이라 함은 왕의 친위군을 말하였다.

이어서 한충과 다른 부장들도 차등에 따라 상이 내려졌다. 한충은 북청 수비군의 총기총이었으나 전공이 인정되어 종6품인 낭장郎將에 임명되어 북청 수비군의 부지휘관이 되었다. 김인찬은 상을 받고 북청 부대로 돌아왔다. 그 역시 임금을 대신하여 부하 장졸들에게 상을 전달했다. 모두들 좋아서 어쩔 줄 몰라 했다.

"정용위 중랑장이면 어떤 직책이지?"

한충이 물었다.

"왕성 외곽을 지키는 수비군은 응양군鷹揚軍이라 하고 왕성 안을 지키는 수비군은 용호군龍虎軍이라 하네. 대궐 밖과 대궐 안을 지키는 군사가 따로 있지. 궐 밖을 지키는 군사는 보승위保勝衛라 하여 오백 명이 지키며 궐내를 지키는 군영은 정용위라 하며 삼백의 군사가 지킨다네. 보승위와 정용위 두 위를 합하여 좌우위라 하네."

"임금의 신변을 호위하는 무사는 어디 소속인가?"

"운검위雲劍衛라 하며 백 명의 무사가 지킨다네. 그들은 정용위 소속이지만 특별히 선발된 용사들이지."

"그러니까 자네는 대궐 안을 지키는 정용위의 중랑장이 되었단 말 아닌가?"

"그렇다네."

"정용위는 삼백 명이라고? 그럼 그 군사를 자네가 다 거느리는가?"

"아니지. 중랑장은 세 명이고 각각 백 명씩 거느리네. 중랑장 위에는 세 명의 장군이 있고 장군 위에 대장군大將軍이 한 명 있지. 그분이 정용위 대장일세."

"자넨 벌써 위계와 군 조직을 훤히 들여다보고 있으니 놀랍네. 대
궐로 들어가게 될 줄 미리 알고 있었던 것 같네."

"에이, 이 사람. 난 왕성에 있을 때는 병부에 있었고 그 병부 원외
랑으로 복무하지 않았나? 그래서 잘 아는 거야."

"그러구 저러구 간에 자네와 난 헤어지게 됐네. 섭섭해서 어떡하
지? 자네가 개경으로 떠나고 나면 난 혼자가 되잖나?"

"기다리면 또 만나게 될 거야. 왕성 생활이 맞지 않아 이쪽 변방으
로 자원해 왔는데 다시 왕성으로 가니 좀 걱정일세. 잘 버틸 수 있을
지."

김인찬은 한충과 일단 헤어지기로 했다.

"어찌 됐든 우리가 만든 북청 수비군은 자네가 맡아 잘 관리하고
훈련시켜 놓게. 언젠가 또 내가 이곳으로 돌아올지 모르니."

"알았네."

낭장이 된 한충은 두 사람이 심혈을 기울여 만들어놓은 천오백의
군사를 맡아 북변을 지키게 되었다. 집으로 돌아온 김인찬은 표정이
무거웠다. 여옥은 주안상을 들고 방 안으로 들어왔다.

"왜 그렇게 어두운 얼굴이세요? 기쁜 날?"

"아니다."

"한잔하세요. 그리고 저도 한잔 주세요. 축하주는 들어야 하잖아
요?"

인찬은 고개를 끄덕이며 술잔을 비워내고 여옥에게도 따라주었다.

"너도 함께 개경으로 가자."

"전 여기 그냥 있을래요. 안변에 계신 식구들하고 개경으로 가서 사셔야지요."

부모가 있는 안변에는 처와 아이들이 살고 있었다. 인찬이 개경으로 부임한다면 식구들도 두문동 옛집으로 다시 이사를 해야 했다. 여옥은 본집 식구들이 있을 개경으로는 가기 싫다는 말을 하고 있는 것이었다.

"함께 살자는 것도 아닌데 왜 그러느냐?"

"전 장군님 말씀을 믿어요. 언젠가 저에게 말씀하셨지요. 무장武將은 두 종류가 있다. 야전野戰을 좋아하는 무장, 또 하나는 책상을 좋아하는 무장. 무장은 무장인데 칼보다는 군내정軍內政을 맡아 간섭하는 일을 좋아하는 무장이란 뜻이지요. 달리 말하면 야전 장군은 전장을 누비며 공을 세우지만 책상 장군은 대궐 안에만 관심이 있고 조정 정치에 민감하여 출세를 하고자 하는 정치 장군이지요. 한 손에 권세를 다 잡는 쪽은 정치 장군이지요."

"잊어버리지도 않았구나?"

"장군님은 이제 앞길이 활짝 열린 겁니다. 변방에서 야전으로만 돌면 야전에서 전사하거나 늙어 은퇴하지요. 수많은 무장들은 그래서 왕성 입성, 아니 대궐 입성을 꿈꾸지요. 그 꿈을 이루신 거 아니에요?"

"내가 원한 것도 아닌데 무슨 꿈을 이룬 거냐?"

"하지만 전부터 말씀하셨지요. '나는 야전 장수가 적성에 맞지, 대궐을 들락이며 출세의 기회를 노리는 정치 장수가 아니다. 적성에 맞지 않는단 말이다.' 아마 대궐에 가신다 해도 언젠가는 다시 이곳으로 오실 걸로 믿거든요. 그래서 저는 따라가지 않는다 한 겁니다."

여옥은 인찬을 따라 개경으로 가는 것을 고사했다.

"언젠가는 자네가 이곳으로 전근을 와야 할 것 같은 예감이 드는 군."

한충의 말이었다.

"여옥이 잘 부탁하네."

김인찬은 한충에게 여옥을 부탁하고 북청을 떠나 안변으로 갔다. 목사 관아로 가서 아버지를 만나 대궐로 들어가게 되었다는 소식을 전하고 임금이 내린 교지를 바쳤다.

"자랑스럽구나. 가문의 영광이다. 먼저 개경으로 가 부임하거라. 네 식구들은 곧 올려 보내마."

인찬은 오랜만에 부인과 아이들을 만나 회포를 풀고 곧 개경으로 떠났다. 개경 집에 도착한 다음 날 일찍이 대궐로 들어갔다. 정용위 위장衛將 집무소를 찾아가 부임 신고를 했다. 위장은 대장군 사문오史 文晤였다.

"잘 왔네. 우리 정용위에는 그대를 비롯하여 세 명의 중랑장이 있 다. 다른 중랑장과 만나 업무 파악을 하고 그대가 맡아야 할 소임이 무엇인지 확인하기 바란다. 국왕 전하께 충성을 다하도록!"

인찬은 등청을 일찍 끝내고 갈 곳이 따로 없어 잠시 망설였다. 두 문동 집에 가서 오랫동안 비워두어 먼지가 쌓인 빈 방의 청소나 깨 끗이 해놓을까 생각했다.

수미전의 비밀

　대궐을 나가려던 인찬이 멈춰 섰다. 먼저 인사를 해야 할 곳이 있었던 것이다. 그는 부산하게 병부를 찾아갔다. 병부상서 유인우 대감을 만나 인사를 해야 했던 것이다.

　"정용위 중랑장이 되어 대궐로 왔다고?"

　유인우는 깜짝 반가워했다.

　"대감마님 덕분이라 생각합니다."

　"내가 따로 힘쓴 게 없는데 뭘 내 덕이라 하는가? 자네 실력으로 된 일을."

　"그래도 뒤에서 언제나 든든히 제 아버님처럼 지원해 주셔서 이뤄진 일입니다."

그때 유인우 대감이 자리에서 일어났다.

"상감을 뵙고 상주 드릴 일이 있어 등청하네."

"바쁘실 때 뵈러 왔군요. 그럼 전 이만."

절을 하고 나가려 하자 유인우가 불렀다.

"중랑장."

"예."

"잘됐네. 나와 함께 전하를 알현하러 가지?"

"제가 갑자기 어떻게 전하를 뵙습니까? 예정도 없이 가서 전하께서 오히려 나무라시면? 전 아닙니다."

"아니야. 가보면 알 걸세. 자, 날 따라나서라구."

김인찬은 졸지에 병부상서 유인우를 따라 대궐 내전으로 들어갔다. 김인찬은 임금이 좌정하고 있는 내실에 들어가지 못하고 외실 바닥에 엎드려 부복했다. 유인우는 내실로 들어가 임금 앞에서 절을 하고 앉았다.

"유 대감이 누굴 달고 들어오신 것 같은데 누구지요?"

유인우에게 그렇게 물은 사람은 옆자리 보료 위에 황금색 가사 장삼을 입고 머리에 금색 두건을 쓴 중이었다. 그 중은 목탁을 어루만지며 유인우와 외실에 부복한 김인찬을 번갈아 바라보며 미소를 띠고 있었다.

그는 작년부터 공민왕 곁에서 정치 자문을 하고 있는 승려 신돈辛旽이었다. 공민왕은 작년에 그토록 사랑하던 왕비 노국대장공주를 잃고 슬픔에 빠져 있었다. 왕비는 아이를 낳다가 세상을 떠났다. 그때부터 임금은 정치에 뜻을 잃고 승려 신돈을 불러 자문 정치를 하고 있었던 것이다.

임금은 앞에 있는 주안상에서 술잔을 들어 단숨에 마시고 나서 거나한 목소리로 물었다.

"누굴 데려오시었소?"

"이번 대궐 정용위 중랑장으로 도임한 김인찬 무장입니다."

"김인찬?"

"삭방도 동북면 변경인 북청에만 있다가 새로 궐내의 호위명을 받아 왔기로 소신이 함께 왔나이다. 전하께서 가끔 말씀하시던 원외랑 김인찬입니다."

"으음, 그 이름 잊지 않고 있었지. 가까이 다가오라."

김인찬은 임금 앞에 다가와 엎드려 절을 했다.

"성은이 망극하옵니다."

"김인찬, 너는 과인과는 구면이렷다?"

"예, 마마. 신, 주상 전하를 오늘 이전에 한 번 알현한 적이 있나이다."

"한 번? 그게 언제지?"

"역도 기철 일당을 숙청하시고 난 뒤 전하께서 부르신다 하여 여기 계신 유인우 상서 대감을 따라 알현했나이다."

"비리 척결로 관리들의 기강을 바로 세워야 한다는 상소문을 올렸었지? 두 번씩이나? 상소문이 바로 비리의 온상이었던 기철 일당을 청소하는 데 결정적 역할을 했기에 과인이 그대를 불러 격려했던 것이고."

"황공하옵니다."

"중신들이 그리고 그토록 믿었던 장군들이 과인을 자꾸 배신하고 뒤통수를 쳐서 과인이 믿을 수 있는 장수가 없다. 과인의 생명을 지켜줄 내 팔 같은 무사가 필요한 것이다. 마침 지난번 홍건적의 난과 나하치 침략군을 이성계 장군과 함께 물리친 장수가 김인찬이라는 보고를 받고 궐내의 정용위로 끌어들인 것은 과인이었다. 목숨 바쳐 과인을 옹위할 수 있느냐?"

"예, 상감마마. 신, 신수이처身首異處가 된다 해도 신명을 다 바쳐 충성하겠나이다."

"장하다. 과인의 술잔을 받아라."

"성은이 망극하옵니다."

김인찬은 감격해서 눈물을 흘렸다. 궐에서 나오는 길에 유인우 대감은 문득 혼잣말처럼 말했다.

"강기剛氣를 가지셨던 주상께서 약해진 모습을 보이시는구나. 어서 속히 마음을 다잡으셔야 할 터인데……."

그러면서 유인우는 깊은 한숨을 내쉬었다. 김인찬은 그때의 그 한숨 소리에 숨은 탄식을 깨닫지 못했다. 그로부터 한 달 후 김인찬은 반가운 소식을 듣게 되었다. 서북면 군사령부에 나가 있는 대장군 이성계가 임금의 부름으로 왕성에 왔다는 말을 들은 것이다.

김인찬은 이성계가 임금을 알현하고 나오는 것을 알고 기다렸다가 시위 군교에게 전하게 했다.

"대장군 합하!"

"뭐냐?"

"김인찬 중랑장께서 합하를 기다리고 계십니다."

"김 장군이? 어디 계시느냐?"

"지금쯤 이곳으로 오고 계실 것입니다. 아, 저기 오십니다."

잰걸음으로 김인찬이 오고 있는 모습이 보였다. 이성계의 얼굴에 반가운 빛이 퍼졌다.

"여, 김 장군. 오랜만이오."

"대장군 합하, 정말 뵙고 싶었습니다."

두 사람은 서로 두 팔을 뻗어 어깨를 잡고 흔들었다.

"퉁두란 형은 함께 오지 않았습니까?"

"밖에서 기다리고 있소. 퇴청할 때가 되었으면 나와 함께 궐 밖으로 나갑시다. 예성강 쪽에 몇 번 가본 주루酒樓가 있소."

"저도 압니다. 먼저 가 계십시오. 일 마치고 곧장 나가겠습니다."

알았다며 이성계가 먼저 궐 밖으로 나갔다. 인찬은 집무소로 돌아와 잔무殘務를 처리하고 급히 주루를 찾아 나갔다. 이성계와 퉁두란은 벌써 고기 안주를 놓고 기분 좋게 술을 마시고 있었다.

"김인찬 형, 보고 싶었소."

인찬을 보자 퉁두란이 웃으며 손을 들었다. 그는 웃으면 눈이 보이지 않고 온통 고슴도치마냥 돋아난 창대 수염만 보이는 게 특징이었다.

"퉁 형! 잘 살아 있었구려."

"죽기라도 바라고 있던 사람 같군? 자, 후래자後來者 삼배三盃라 했소. 우선 석 잔부터 마시고 얘기합시다."

퉁두란이 커다란 대접에 독주를 가득 부었다.

"간만에 간담 상대할 만한 진짜 친구를 만났으니 우선 축배부터 듭시다."

"간담 상대가 아니라 간담상조肝膽相照랍니다."

"이지란李之蘭이 무식한 건 세상이 다 알고 있으니 그냥 넘어갑시
다."

이성계가 얼버무리며 웃었다.

"이지란? 퉁 형의 성씨가 언제 이씨로 바뀐 거요?"

그러자 퉁두란도 술잔을 비우고 호탕하게 웃었다.

"그럴 만한 사유가 있었소. 함께 다니는 이성계 장군이 저 쌍성에
있을 때만 해도 시골 무장이라 알려지지 않았으니 괜찮았는데 홍건
적을 격파하고 개선한 다음부터는 신궁이다, 명장이다 하고 소문이
나서 어디를 가나 시선이 모아지는데 옆에 따라다니는 장군 하나를
퉁두란, 퉁두란 하고 부르니 난 괜찮은데 이성계 장군 체면이 말이
아니었지요. 상대가 우릴 이상하게 본단 말이야? 그래서 이씨로 바
꾸었소."

"그럼 퉁 형도 전주 이씨인가?"

"아니야, 나는 내 이씨라오."

"내 이씨도 있나? 북청이 고향이니 북청 이씨든지, 아니면 북청은
청해라 하기도 하니 청해 이씨 시조가 되면 되겠구먼?"

"성계 형님이 이씨로 해라 한 것까지는 좋았는데 무슨 이씨로 해
라는 말씀까지는 안 했단 말이지. 한데 듣고 보니 기분 좋구먼. 청해
이씨 시조라? 하하하!"

이지란은 기뻐서 어찌할 줄 몰랐다. 그는 최근에 정식으로 여진인
에서 고려인으로 귀화했다. 세 사람은 새벽녘까지 술을 마시며 속

깊은 이야기를 많이 나누었다.

"조정이 그렇게 바람 잘 날 없었단 말이오?"

"임금께서는 젊고 하시고자 하는 일이 많은 분이셨소. 왕세자의 인질이 풀려 고국으로 새 임금이 되어 돌아오고 나자 맨 먼저 하신 일이 몽고식의 두발頭髮인 변발부터 잘라버리셨지. 전통적인 우리 고유의 상투를 틀겠다는 것이었소. 그러면서 원나라의 세력이 쇠약해진 틈을 타서 그동안 원에게 빼앗겼던 동북면(함경도)과 서북면(평안도) 지역의 실지를 모두 회복하시겠다 했는데 실제로 그렇게 했지. 그런데 조정 대신들과 임금의 손발이 따로 놀았소. 수구 친원파의 기득권 세력들은 기득권을 잃지 않으려고 사사건건 임금이 하는 일에 반대를 했지. 기황후의 동생 기철의 국권 농단은 말로 다할 수 없을 정도였지요. 기철의 그 세력을 결국엔 처단하고 모조리 숙청하는 데 성공했는데 그 이후에도 반대 세력은 새끼뱀처럼 숨어 있다가 다시 머리를 들곤 했고, 급기야 간신 김용의 광란으로 홍건적을 쳐 이긴 용장 세 명을 간계奸計를 꾸며 죽이고 임금마저 몰아내고 제 세상을 만들기 위해 모반을 일으켰지요. 그러다 잡혀 죽었소."

"조정 대궐이라는 데는 하루도 편할 날이 없는 곳이로구먼?"

혀를 차면서 이지란이 탄식했다.

"왜 그렇게 조정이 불안하다고 보시오?"

이성계가 물었다.

"난 두 가지 이유로 생각하오. 첫째, 우리 고려는 백 년 동안 몽고의 지배를 받았고, 국왕은 왕자 때부터 몽고의 수도에 인질로 잡혀가 생활을 해야 했고 몽고 황제의 명이 있어야 고려 왕으로 봉함을 받아 개경으로 들어왔지요. 하지만 작금년에 이르러 몽고 제국은 쇠약해져 망해가고 있지요. 그 틈을 이용하여 우리 임금께선 자주독립을 외치고 몽고에 빼앗겼던 모든 영토를 되찾았소. 하지만 기득권 세력의 도전으로 혼란의 연속이 된 겁니다. 지금이야말로 나라 안팎이 난세라 국왕의 영이 바로 서질 못하고 있다 봅니다."

"그렇게 나라가 어지러울 때는 어떻게 처신하는 게 좋다고 보시오?"

"그거요. 그래서 난 장황하게 시국 얘기를 한 거요. 이성계 장군은 지금 황혼 빛이 젖어드는 이 나라에 혜성처럼 나타난 젊은 명장입니다. 그 이름이 이제 드높아지고 있어요. 위치가 불안해진 임금은 이 장군 같은 명장을 곁에 두고 싶어 하겠지요. 하지만 거기에 응하면 안 됩니다."

"왜 안 된다는 게요?"

이지란이 물었다.

"이 장군이 실세로 부상할 것을 예상한 많은 문신과 무신 들의 표적이 될 수 있기 때문이오. 나무 위에 올라가라 해놓고 모두 달라붙어 흔들어대지. 파당 싸움이 벌어지지요. 그리되면 원하든 원치 않든 피를 보게 됩니다. 모략과 모함 속에 휘말리게 되는 거지요. 비록 권력 싸움에서 이긴다 해도 명성에 상처를 입게 되지. 대기만성이란 말 들어보았소?"

"대기하고 있으면 늦게라도 이루어진다, 뭐 그런 말 아니오?"

이지란의 말에 김인찬이 웃었다.

"틀린 해석은 아니나 정확한 뜻은 아니오. 작은 그릇은 금방 채울 수 있지만 큰 그릇은 금방 채우지 못하잖소? 한참을 부어야 차지요? 퉁두란, 아니 이지란 장군! 이 형이나 나는 작은 그릇이지만 이성계 장군은 대기, 아주 큰 그릇이란 말이오. 채워지려면 어찌해야 하겠소? 기다려야지. 꽉 채워질 때까지."

"대체 무슨 말을 하려는지 알 수가 없군."

"다르게 비유한다면? 이 형과 나는 참새에 불과하지만 이성계 장군은 대붕大鵬이라 그런 말이오. 하루에 구만 리를 나는 새가 대붕. 참새의 뜻과 대붕의 뜻은 다른 거요. 뜻뿐만 아니라 포부도 다르고 꿈도 다르지요."

"김 공! 어지럽게 하지 마시오. 구만 리는커녕 구십 리도 못 나르는 범조凡鳥더러 대붕이라니?"

"몸과 뜻을 굳건히 세우고 아끼셔야 합니다. 지금은 앞에 나설 때도 아니고 누가 내세운다 해도 나서서는 아니 됩니다. 이 장군은 보통 인물이 아닌 대기이며 대붕이기 때문이오. 지금 같은 아수라장 혼란기에 휩쓸릴 재목이 아니오. 훗날을 기다리고 먼 훗날 큰일을 도모해야 할 분입니다."

김인찬은 한 번 더 이성계의 미래에 대하여 충고했다.

"지금은 나설 때가 아니니 임금 혹은 권신들과도 불가원불가근不可遠不可近의 원칙을 지키는 게 현명한 처신이라 봅니다. 너무 가깝게 해서도 안 되고 너무 멀리해서도 안 된단 말이지요. 내직內職을 제의해도 응하지 말고 외직만 원하고 묵묵히 싸움터만 찾아다니며 전공을 세우는 데 집중하시오. 그래야만 조정 상하 모든 백성들에게 참신하고 때 묻지 않은 청년 명장의 모습을 각인시켜줄 수 있으니까. 그러다 보면 언젠가는 나라가 원하는 큰 인물이 될 수 있을 겁니다."

"고맙소. 그 말 새기겠소."

이성계는 진심으로 고마워했다. 아버지 이자춘을 따라 전장에 나선 이래 삼 년 전에 아버지가 병사하고 아버지의 관작을 그대로 이어받아 상만호 장군이 되었지만 장차 무엇이 되어보겠다는 확고한 목표는 없었다. 그런데 김인찬이 잠자던 그의 의식을 일깨워준 것이다. 세 사람은 밤을 새워 술을 마시고 시국을 논하고 우의友誼를 다졌다.

공민왕은 김인찬처럼 이성계를 측근에 두기를 원했다. 여러 번의 모반 사건을 겪고 목숨까지 위태로웠던 왕으로서는 당연한 바람이었다. 그런 사건이 거듭되자 왕권은 약화되었고 언제 또 누가 자신의 뒷목에 모반의 칼을 겨눌지 모른다는 불안감이 있었던 것이다.

게다가 임금은 그의 일생을 좌우하는 불행도 경험했다. 공민왕은 세자일 때 원의 수도인 연경에 볼모로 가서 연금 생활을 했다. 사랑하는 아내 노국대장공주를 만난 것은 그 시절이었다.

두 사람은 궁중 연회에서 만나 서로 첫눈에 반하였다. 우여곡절이 있었지만 왕세자의 열정으로 그녀를 아내로 맞는 데 성공했다. 충정왕 대신 신왕이 된 공민왕은 공주를 왕비로 삼았다. 부부의 사랑은 누구도 따라가지 못할 정도였다. 한쌍의 원앙이었다. 그런데 그 왕비가 아이를 낳다 잘못되어 세상을 떠난 것이다.

공민왕의 슬픔과 낙담은 이루 말할 수 없었다. 왕비가 죽고 나자 의지할 데가 없어진 그는 술로 세월을 허비하기 시작했다. 누구보다 명석하고 줏대 있던 군주였다. 고려가 원의 굴레에서 완전히 벗어나

자주 강국이 되어야 한다며 과감하게 북진정책을 추진했다. 그러나 추진력의 근원이었던 사랑하던 왕비가 죽자 그 패기와 과단성이 시들어가기 시작했던 것이다.

임금은 날마다 수심에 차서 죽은 왕비만 부르고 있었다. 공민왕은 천부적으로 그림을 잘 그렸다. 북송화北宋畵 계통의 채색화를 잘 그렸고 뛰어난 화가이기도 했다. 왕비인 노국공주가 죽자 생전의 그녀 모습을 비단에 그렸다. 얼마나 잘 그렸던지 노국공주가 살아서 돌아온 듯했다.

임금은 그 초상화를 왕비의 영전에 붙여놓고 아침 저녁으로 찾아 명복을 빌며 초상을 보고 왕비를 그리워하는 게 일이었다. 그리고 일주일에 한 번은 영전에서 공주의 극락왕생을 비는 천도제를 지냈다. 그때 불러들이기 시작한 스님이 편조扁照 대사였다.

편조는 왕비인 노국공주가 소개한 스님이었다. 왕실의 원찰願刹에서 불공을 드리다 만났는데 순수하고 고매한 인품에 존경심이 생겼다고 소개했다. 아닌 게 아니라 편조 스님(나중 환속하여 신돈으로 개명했음)은 잘생긴 외모에 키도 훤칠하고 인품이 정돈되어 보였고 게다가 정직해서 공민왕의 마음에 들었다.

"속성俗姓은 무엇이오?"

임금이 묻자 편조는 한 치의 망설임도 없이 말했다.

"신辛 가입니다."

"이름은?"

"돈旽입니다."

"양갓집 자제였소?"

"아닙니다. 저희 부모는 절간의 노비였습니다. 소승은 노비의 자식으로 태어나 열다섯에 출가했습니다."

편조는 망설이거나 주저하지 않고 자신의 천한 출신을 털어놓았다. 공민왕은 그의 정직함이 마음에 들었다.

"그럼 속세의 인연은 모두 끊고 살아온 거군요?"

"그래서 중 아니겠습니까? 열다섯에 출가한 후 한 번도 혈육이라는 인연들은 만나본 적도 없고 생각해 본 적도 없습니다."

공민왕은 고개를 깊이 끄덕였다. 왕가의 두통거리는 언제나 척족戚族 세력의 발호였다. 왕비가 되거나, 하다못해 후궁이 되어도 그 일가 친척이 조정 내외의 요직을 차지하고 득세하여 부정 축재는 물론 권세를 부려 그 화가 말할 수 없을 때가 많았다.

대표적인 척족세도가 기황후의 동생인 기철이었다. 고려 조정의 왕후는 아니었지만, 상국인 원나라 황제의 황후라는 위세를 이용하여 척족세도를 부려 공민왕을 허수아비로 만들었던 것이다. 다행히 기철의 세력을 내모는 데 성공했지만 아직도 또 다른 싹은 완전히 자르지 못하고 있었다.

공민왕은 왕비 사후, 정치에 뜻을 잃고 누군가 자기를 대신하여 정사를 보살피고 나라를 다스려주기를 원했다. 나라의 원로이거나 국상國相에게 대리청정을 위임할 수도 있었다. 하지만 그리되면 또 바로 척족 세력들이 생겨나게 되어 있었다. 그들의 뒤에는 번성한 가문이 있기 때문이다.

대리청정을 맡길 대신은 고아처럼 주변에 부모 형제도, 친인척도 없는 사고무친의 그런 사람이 적임자였다. 편조 스님이 바로 그 적임자가 아닌가. 그래서 공민왕은 편조 대사를 사부師父로 모시겠다 하고 청한거사淸閑居士로 명했다.

"소승은 자격이 없습니다. 거두어주십시오."

사양했다. 그래도 공민왕은 강권했다.

"사부께서는 부디 과인의 청을 거절하지 마십시오. 사부께서는 언제나 과인 곁에서 정사政事에 관여해 자문해 주시고 과인을 가르쳐주시면 됩니다."

임금의 제안이 너무나도 파격적이어서 편조는 어찌할 바를 몰라 했다. 하지만 임금의 간곡한 청인데 거절만 할 수는 없어서 승낙을 하게 되었다. 그때부터 편조는 공민왕 곁에 앉아서 잠잘 때만 빼고 온종일 언제 어디에나 함께했다. 그런데 승복을 입은 채로 임금 곁에 앉아 정사를 논하는 게 대신들 보기에도 좋지 않다고 생각했던지 임금이 편조에게 말했다.

"승복을 벗으시지요."

"중이 중옷을 벗고 중신들이 입는 조복朝服을 입을 수는 없지 않습니까?"

"딱두 하십니다. 중옷을 아주 벗으시면 되지 않습니까?"

"환속을 하란 명이십니까?"

"그렇습니다. 환속하시어 과인을 받들어주시면 누구도 이상하게 생각하지 않을 것입니다."

편조는 곧바로 환속을 하고 본명인 신돈으로 불리게 되었다. 공민왕은 그에게 영도첨의사사領導僉議司事라는 공신호까지 하사했다.

사람은 언제나 초심初心이 중요한 법이다. 그 초심을 마지막까지 지키고 살아간다는 것은 정말 쉬우면서도 어려운 것이다. 지키겠다 해서 지키면 쉽지만 그게 안 되니 대부분의 모든 사람들은 그 초심을 잃어버리는 것이 예사다.

신돈이 그랬다. 왕의 부름을 받고 정사를 위임받을 때 그는 망국의 길로 가는 고려왕조를 다시 붙잡아 중흥시키려면 썩어빠진 현실을 개혁하는 수밖에 없다고 다짐했다. 개혁과 자강自彊은 공민왕의 초심이었고 결심이었다.

그런데 왕비의 죽음으로 그의 결심은 흔들리고 비 맞은 토담처럼 무너지려 하고 있었다. 신돈도 그 사실을 알고 있었다. 그래서 자기도 다짐했던 것이다. 비틀거리는 왕을 바로 세우고 초심을 잃지 않도록 보필을 잘 해나가겠다고.

신돈은 가장 부패한 부문이 토지 문제라고 보았다. 국가의 토지 대부분을 명문세가들이 각종 명목으로 국가에서 하사받고 힘 없는 백성들로부터 빼앗아 대지주가 되어 백성들은 자기 토지를 갖지 못한 채 비참한 농노農奴 생활을 하고 있었다. 그 폐단을 개혁하겠다며 전민변정도감田民辨整都監이라는 관청을 설치하고 신돈은 직접 판결사判決使가 되어 칼자루를 빼들고 포고문을 발했다.

근래 가장 부패한 국정은 전정田政의 문란이라 하겠다. 국토의 과반을 권세가들과 사전寺田 그리고 녹전祿田, 공수전公須田과 세업전世業田 등등이 차지하고 있으며 그 나머지 과반은 산지山地이며 백성이 가지고 있는 전답은 미미한 면적일 뿐이다. 이 모든 그릇된 전정을 철저히 조사하여 토지 소유에 있어 불법성이 있거나 다른 잘못이 있다면 그 토지를 국유화

하거나 원주인인 백성들에게 돌려줄 것이다. 이 명을 어기는 자는 중죄를 물을 것이다. 이 포고를 시행하기에 앞서 전비를 뉘우치거나 불법을 자복하는 자는 전비를 묻지 않겠다. 개경에 사는 자는 십오 일 이내에, 각 도 거주자는 사십 일 이내에 신고해야만 혜택을 볼 수 있다.

전민변정도감 판결사 신돈

이 포고문이 공표되자 나라 안은 벌집을 쑤신 듯 소란해졌다. 이른바 지배 계층인 대지주들이 반발하고 나선 것이다. 이름도, 성도 모르는 천비 소생의 중놈이 하늘 높은 줄 모르고 도전하다니 신돈을 탄핵하여 궁에서 쫓아내야 한다 했다.

그러나 일반 백성들은 쌍수를 들어 환영하며 신돈을 구세주마냥 칭송했다.

"국초 이래 신돈처럼 어질고 현명한 정승이 나온 적이 없었다. 신돈은 우리 가난한 백성들을 구해주고 우리 전답을 다시 찾아줄 구세주이시다!"

신돈은 흔들리지 않았다.

'겁날 것 없다. 노비의 자식 신돈이라고? 나야말로 가진 것 없는 천의무봉天衣無縫의 밑바닥 중일 뿐이다. 내가 누구를, 무엇이 두려워서 하고자 하는 일을 못 한단 말인가?'

신돈은 과감하게 전정 개혁을 밀고 나갔다.

"너무 강하면 부러집니다. 부드럽게 나가시는 게 좋을 듯하오만."

임금도 은근히 걱정이 되는지 신돈에게 속도와 강약 조절을 당부했다.

"쇠뿔은 단김에 빼야 합니다. 시간 지나면 굳어져서 안 빠집니다. 전하! 지금 개경은 물론 각 도에서 착착 개혁이 진척되고 있습니다. 자신의 잘못과 실수로 전정의 비리를 저질렀으니 그에 상당한 전답을 원주인에게 돌려주겠다는 신고 건수가 오백여 건이 넘습니다. 그것만으로도 대성공입니다. 전정 문란의 책임자요 주인공들인 권신權臣, 공신功臣, 사찰 그리고 대지주 등은 하나같이 들고일어나 소신을 욕하고 반발했지만, 강하게 탄압을 가하자 점차 머리를 숙이고 시책을 따르고 있습니다. 이참에 봄 논갈이처럼 밑바닥부터 확 뒤집어 갈아놓고 싶지만 웬만큼 일이 진척되면 강도를 낮추고 회유책懷柔策을 써서 마무리하겠나이다."

임금도 신돈의 말을 듣자 그렇다면 안심이라 말했다.

김인찬도 처음에는 신돈의 등장에 부정적이었고 의심의 눈초리를 보냈었다.

"정사에 뜻을 잃어버리고 주상께서는 혼미해져 가고 있는데 그때를 이용하여 요승 하나가 들어왔으니 정말 큰일일세."

인찬은 평소 가깝게 지내던 낭장 임춘원任春原에게 근심스러움을 털어놓았다. 임춘원은 공녀를 뽑는 추고도감에 있을 때부터 잘 알고 지내던 부하였다. 그는 관원 중에 유일하게 김인찬을 두둔해 주던 정의로운 인물이었다. 그를 이곳 정용위에서 다시 만나 함께 봉직하게 되었던 것이다.

그러나 신돈이 뜻밖에도 개혁의 칼을 드니 한편 놀라고, 그를 다시 평가하게 되었다. 날이 지나 신돈의 전정 개혁은 성과를 거두었고 하루아침에 그의 권세는 하늘을 찌르게 되었다. 무엇이든 그가 마음먹어서 안 되는 일이 없었다.

그리되자 숨을 죽이고 있던 수구파는 정추鄭樞와 이존오李存吾를 시켜 신돈을 탄핵하는 상소를 올리게 했다.

"지난번 문수회文殊會 연회가 열렸을 때 신돈은 재상의 자리에 앉지 아니하고 감히 상감의 옆자리에 앉아 거드름을 피워, 보는 이들의 눈살을 찌푸리게 했나이다. 이는 신돈이 국은을 과하게 입어 임금을 우습게 보고 무시하는 교만에서 비롯된 것으로 봅니다. 뿐만 아니라 신돈은 궁을 출입할 때도 고개를 숙이지 아니하며 하마석下馬石이 있는 곳에서 말을 내리지 않고 말을 타고 홍문 안까지 들어오고 있습니다. 그자가 무슨 좌리공신佐理功臣이나 됩니까? 원컨대 죄를 물으시고 중이니 멀리 한사寒寺로 귀양 보내심이 마땅하다 보옵니다."

그러나 임금은 신돈 편이었다. 오히려 상소를 올린 그 두 사람을 좌천시켜 지방 관리로 내쫓아버렸다. 그러자 두 번 다시 신돈의 권위에 도전하는 자가 없었다. 그러던 어느 날이었다. 낭장 임춘원이 급히 들어와 김인찬에게 고했다.

"소식 들으셨습니까?"

"무슨?"

"한월정사開月精舍 근무자로 다섯 명을 선출했는데 우리 정용위에서는 김 중랑장님과 제가 뽑히었다 합니다."

"한월정사? 신돈 사사司事의 처소 말함인가?"

"그렇습니다."

"갑자기 왜 한월정사의 경호를 강화시키는 걸까?"

"주상께서 자주 그곳으로 거둥하시고 때로는 주무시므로 그런 조치를 내린 것 같습니다."

"그렇다면 주상의 신변을 보호하고 있는 운검위雲劍衛에서 맡아야
지 왜 딴 부서에서 차출하지?"

"그것까지는 모르겠습니다."

한월정사는 대궐에서 좀 떨어진 동쪽 울창한 숲속에 있었다. 겉으
로 보기에 한월정사는 나무껍질로 덮은 지붕에 통나무를 많이 쓴 너
와집이어서 아주 소박하고 단출했다. 방은 세 개가 있었고 서재와
참선방, 쉼방 등이 있었다. 그 주변을 지키는 것이 경호대의 일이었
다. 들락이는 사람은 신돈과 그 외 서기 두 명 정도이고 궁녀 십여
명이 출입하고 있었다.

한번 집 안으로 들어간 궁녀는 나오지 않았는데 집 안에는 있을
만한 곳이 없었다.

"귀신이 사는 집 같습니다. 궁녀들이 한 번 들어가면 어디로 증발
하는지 보이질 않으니 말이죠."

임춘원이 궁금증을 견디다 못해 김인찬에게 소곤거렸다.

"우리가 모르고 있는 게 있지 않을까?"

"그건 또 무슨 말입니까?"

"상감께서 오시면 정사 안에 계셔야 할 터인데 항상 계시지 않고
가실 때 보면 집 안 깊숙한 곳에서 나오시는 것 같단 말이야."

"정사 속에 또 다른 비밀 전각이 있을 거란 말씀이군요? 저도 그
렇게 생각하고 있었습니다만 우린 외부만 지키니 알 수가 없지 않습
니까?"

외부에서는 모르는 비밀 방이 정사 안 깊숙한 곳에 있으리라 한

것이다. 그건 사실이었다. 신돈은 가족이 없다는 핑계로 대궐 안에서 기거하겠다 하였다. 임금이 윤허하자 그는 대궐 뒤편 조용한 후원 숲속에 한월정사라는 선방을 만들고 시간 날 때마다 들어가 독경을 하거나 명상을 했다.

그처럼 한가롭고 평화로운 모습이 부러웠던지 의지할 데 없던 임금도 그 선방에 들러 명상을 하곤 했다. 그렇게 하면 잠시나마 죽은 왕비에 대한 그리움도 잊을 수 있었다. 그러다 밤이 되면 신돈의 인도로 수미전秀眉殿으로 들어가 밤새도록 술을 마시고 놀았다.

수미전은 선방의 뒷방에 나 있는 감추어진 비밀 전각의 이름이었다. 뒷방 문 앞에는 거대한 바위가 서 있었고 그 바위를 돌아가면 비좁은 동굴로 이어졌다. 동굴을 조금 벗어나면 온갖 화초와 나무 그리고 기암괴석으로 이루어진 전각이 나타난다.

전각은 다섯 개의 방과 연회장으로 만들어져 있어서 그 안에서 술을 마시면 누구도 모르는 구조였다. 공민왕은 원래부터 여색을 가까이하고 즐기는 군주는 아니었다. 오직 왕비 하나만을 사랑할 뿐이었다. 왕비가 죽은 다음 주변에서는 새로운 궁녀를 들여보내보기도 하고 계비繼妃를 들이기도 했지만 임금은 전혀 관심을 주지 않았다.

그러던 임금이 노국공주가 다시 살아온 듯한 환각을 갖게 한 한 여인을 다시 사랑하게 되었는데, 바로 신돈의 처소인 수미전에서였다. 그 여인은 반야般若였다. 임금이 반야에게 넘어가게 된 것은 평소 신돈이 임금을 위해 정교하게 연출한 각본이 있었기 때문이다.

수미전은 마치 극락 세계의 어느 정원처럼 꾸며져 있는 데다가 그 방에 들어가 향기로운 술에 취하면 눈앞의 여인은 절세미인처럼 보이는 것이다. 신돈은 일부러 신비감이 깨질까 봐 반야를 밖으로 나오지 못하게 하였다.

다른 궁녀들처럼 궁 안에 내놓으면 안 될 듯했던 것이다. 그래서 임금도 그녀를 잊지 못하면 일부러 수미궁을 찾아오게 만들었다. 얼마 후 반야는 태기가 있었다. 임금은 기뻐서 어쩔 줄을 몰라 했다.

"그게 정말이냐?"

"그렇습니다, 상감마마."

"이게 몇 년 만에 들어보는 기쁜 소식인가?"

임금은 눈물을 흘렸다. 노국공주가 아이를 낳다가 난산 끝에 죽은 것은 그녀의 나이 서른두 살 때였다. 임금과 왕비는 십 년 넘게 혈육을 보지 못했었다. 그런데 반야의 몸에 자신의 혈육이 생겼다 하니 꿈만 같았다.

요 승 신 돈 의 최 후

어느 날 임춘원이 김인찬에게 심각한 표정으로 걱정스럽게 말했다.

"수미전 귀빈(반야)에게 태기가 있다고 임금께서 기뻐하고 계신다는 소문 들었습니까?"

"진작에 듣지 않았나? 한데 무슨 일이라도 있나?"

"여기서 이럴 게 아니라 번교대番交代하면 대궐 밖에서 술 한잔 하십시다. 급히 상론할 말도 있으니."

"그러세."

퇴청한 후 두 사람은 보정문 쪽으로 나갔다.

"아니, 술집으로 가자는 게 아니었나? 지금 어딜 가는 건가?"

김인찬이 이상하다는 듯 주변을 둘러보며 임춘원을 바라보았다.

"죄송합니다. 말씀을 드리지요. 실은 중랑장님을 모시고 갈 데가 있었습니다."

"어딜 말인가?"

"문하성에 다니는 최정찬 낭중郎中이 있습니다. 김 장군을 꼭 한번 뵙고 싶다 해서 소개를 드릴까 하여 가려는 길입니다만 내키지 않으시면 그냥 주막으로 가시지요."

"최 낭중? 소문은 좀 들었지. 젊은 유학자이고 신진 사류士類를 대표할 만한 똑똑한 인물이라고 말야."

"그 댁 사랑에는 왕래하는 지사志士들이 많습니다. 서로 수인사나 해두시지요."

"그럴까?"

김인찬이 고개를 끄덕였다. 최정찬의 집은 남촌에 있었다. 그 집 사랑에는 임춘원의 말대로 대여섯 명의 젊은이들이 모여 집주인인 최정찬과 술상을 앞에 두고 환담을 나누고 있었다.

"어서 오시게, 임 낭장. 오늘은 새 손님을 모시고 왔군?"

"예, 낭중께서 만나보고 싶다 하신 분을 모시고 왔습니다. 김인찬 정용위 중랑장이십니다."

"야, 반갑습니다. 최정찬입니다."

"고명만 익히 들었을 뿐 처음 뵙습니다. 김인찬입니다."

"역시 무인답게 늠름하시군요. 자, 이쪽으로 앉으십시오. 여기 있는 동지들과 서로 수인사하십시오."

김인찬은 다른 사람들과도 인사를 나누었다.

"기철 일당을 몰아내는 원인을 제공한 사건은 공녀 차출 비리를 고발한 상소문 두 통이었소. 정의감에 불타서 누구도 용기를 내지 못하는 상황인데도 두려워하지 않고 문제를 제기하고 나선 그 상소문의 주인공이 바로 여기 계신 김인찬 장군입니다."

최정찬이 좀 더 자세하게 김인찬을 소개했다.

"존경스럽습니다. 앞으로 많이 가르쳐주십시오."

다른 선비들이 인찬을 선망하는 표정으로 말했다.

"과찬이십니다."

그러자 임춘원이 최정찬에게 물었다.

"낭중께서는 어찌 그리 김 장군에 대해 소상하게 잘 아십니까?"

"지금의 내 자리가 뭐요? 문하성 낭중이오. 낭중은 관리들을 검증하고 적재적소에 등용되도록 천거하는 자리입니다. 한데 내가 김 장군에 대해 몰라서야 말이 됩니까?"

"그렇군요."

"자, 술이나 듭시다."

몇 순배 술잔이 돌아가고 거나하게 취하자 밤이 깊어져 손님들이 자리에서 일어났다. 모두 집으로 돌아가려는데 집주인인 최정찬이 김인찬에게 잠시 자기를 따로 만나고 갔으면 한다 했다. 김인찬은 임춘원과 함께 남았다. 최정찬은 술상을 다시 봐오게 하고 두 사람과 무릎을 맞대었다.

"초면에 이런 심각한 이야기를 드려도 결례가 안 될지 모르겠습니다."

최정찬이 운을 떼었다. 김인찬은 긴장했다.

"지금부터 제가 드리는 말, 더 이상 들을 필요가 없으시다면 당장

잊어주십시오. 위험한 얘기라는 거 잘 압니다만 김 장군을 믿기에
드리는 말입니다. 괜찮으십니까?"

"말씀해 보시지요."

"지금의 조정을 어떻게 보시오?"

"막연한 물음이시군요."

"주상께서 등극하신 지 십육 년이 됐습니다. 자주와 독립을 찾기
위해 즉위 초부터 새바람을 불러일으키셨지요. 원에게 빼앗긴 실지
회복을 다 하셨으니 누구도 그 공을 무시하지 못할 것입니다. 그런
분이 왕비를 여의시고부터 정사를 손에서 놓으시고 술로 외로움을
달래고 계십니다. 그 공백을 메우기 위해 신돈에게 정사를 위임하셨
습니다. 정권, 교권(종교권) 등 모든 국권을 한 손에 쥔 신돈은 처음
에는 개혁의 깃발을 내걸고 과감히 문란한 전정을 근본부터 뜯어고
치려 했습니다. 하지만 기득권을 가진 수구파의 반발이 너무 커서
소기의 성과를 거두지 못하고 개혁은 벽에 부딪혔습니다. 이에 신돈
은 포기해 버렸습니다. 그 대신 그는 임금을 능가하는 권력을 휘두
르며 황음무도한 요승이 되었소. 비밀 선방을 차려놓고 정신을 놓고
사시는 상감을 유혹하여 술에 미약媚藥까지 섞어 비몽사몽 황홀경에
빠지게 하여 밤마다 계집에게 시달림을 받게 하였소."

"그곳을 경비하는 나보다 그 안의 사정을 더 잘 아시는군요."

"비밀은 없는 법입니다. 미색으로 소문이 난 반야라는 계집을 붙여
준 것도 신돈입니다. 반야는 신돈과 내연內緣 관계에 있는 계집입니다.
한데 상감은 반야가 자신의 혈육을 잉태한 줄 알고 기뻐하고 계시다
합니다. 반야의 뱃속에서 자라고 있는 아이는 신돈의 아이입니다. 만

약 반야의 소생이 나중 왕세자로 책봉을 받고 보위를 물려받는 날엔 왕씨 고려는 망하고 신돈 고려왕조가 생기게 되는 것입니다."

김인찬은 난감한 얼굴이 되었다.

"말씀하는 요점은 뭐지요?"

"우리가 가만 있어서는 안 되겠다는 것입니다. 그 때문에 문하시 중 경천홍이 신돈을 처단하고 조정을 바로 세우려고 반정을 꾀했다가 그 모의가 새어나가 그는 신돈에게 잡혀 주살을 당했습니다. 그 때부터 신돈은 자신의 권좌를 지키기 위해 이상한 기미만 보이면 누구를 막론하고 잡아 가두고 처단을 했습니다. 반정을 꾀하다가 죽어간 유숙柳淑, 김달상金達祥, 김정金精, 김원명金元明 등 대신들이 부지기수였습니다. 이제 요승 신돈을 조정에서 몰아내고, 비틀거리시는 상감을 부축하여 초심으로 돌아가시어 건강을 완전히 회복하시도록 만들어야 할 책임이 우리에게 있다는 것입니다. 어떻소? 함께 나서 주시지 않겠소? 더 이상 두고 볼 수만은 없다고 생각되는데 어떻소?"

"……"

"우리 사랑에 모이는 동지만 해도 삼십여 명이 넘습니다. 모두 한마음이며 같은 뜻을 가지고 있습니다. 우리와 손을 잡으시겠소?"

"좋습니다. 나 역시 불의를 보고 그냥 앉아 있지는 못하는 성미입니다. 그럼 난 무얼 어떻게 도와드려야 하지요?"

"열흘만 있으면 사월 초파일 부처님 오신 날 연등회가 흥국사에서 열리게 됩니다. 그곳에 상감과 신돈이 참예합니다. 그날을 거사일로 잡았소이다."

"장소는 흥국사?"

"그렇소. 최근 들어 신돈은 아시다시피 자신의 경호군 숫자를 늘려달라 하여 그가 행차할 때는 친위병 백 명이 앞뒤를 호위합니다. 하지만 임금의 행차시엔 운검위 무사 스무 명이 따를 뿐입니다. 백 대 이십. 우세한 군사의 힘을 빌려 흥국사 현장에서 신돈이 임금을 시해하고 정변을 일으키려 한다며 신돈의 친위병들을 체포하고 신돈을 잡아 한월정사에 연금을 시키고 나중 반역죄로 처단하면 끝이 아니겠습니까?"

"좋습니다. 그럼?"

"어쨌든 장군과 임 낭장은 한월정사 소속이니 신돈의 행차에 뒤따를 거 아니오?"

"물론입니다."

"현장에서 접전이 일어나면 신돈의 친위병들을 제압하시고 정용위 부하들을 미리 외곽에 동원해 두었다가 합세를 시키면 될 것입니다."

"알았습니다."

두 사람은 최정찬의 집에서 나왔다.

"죄송합니다. 본의 아니게 연루되게 해서요."

임춘원이 미안한 듯 말했다.

"아니야, 나도 신돈이 처음에 개혁의 칼을 빼 들었을 때는 박수를 보냈네. 장차 기울어가는 이 나라를 바로 세울 영웅이 탄생했다고 기대했지. 제발 초심을 잃지 않게 해달라고 빌었네. 한데 그게 아니었어. 수구파의 반발에 기가 꺾이자 포기해 버리고 임금과 함께 술로 세월하며 여색에 빠져버렸지. 누군가는 신돈을 내쳐야 한다고 생각은 하고 있었네. 우리도 계획을 세우기로 하지. 초파일까지는 며칠 안 남았지 않나?"

그 후 계획은 착착 진행되었다.

정용위 낭장 중에서 믿을 만한 동지 세 명을 포섭했다. 그들에게는 거사 내용을 알려주고 동의를 받아냈다.

"흥국사는 안 좋은 일이 일어났던 사찰이다. 김용의 난 때 상감께서는 흥국사 경내에서 구사일생하셨었다. 그런 흉사가 일어나지 말란 법은 없다. 이번 초파일 행사를 맞아 정용위 군사 이백은 미리 이동하여 흥국사 주변을 철저히 지키기로 하면 된다. 그 책임은 임춘원 낭장이 맡기로 한다."

정용위 군사는 미리 움직여 감춰 두었다가 경내에서 접전이 일어나면 쳐들어가 신돈의 친위병들을 제압하라고 김인찬이 밀명을 내렸다.

마침내 사월 초파일 이른 아침이 되었다. 정용위 군사를 움직이려면 대장군의 승인이 있어야 한다. 승인은 김인찬이 이미 받아놓았다. 군사 이동 이유는 초파일 행사에 흥국사 외곽 경비를 하기 위함이라 했다. 임춘원은 이백의 군사를 소리 없이 대궐에서 빼내어 흥국사 외곽으로 향했다.

"만일 경내에서 소란이 벌어지면 내 신호에 따라 지체 없이 쳐들어가 상감을 호위해야 할 것이다. 알았느냐?"

임춘원의 지시에 군사들이 응답했다. 한편 김인찬은 신돈의 행차를 따라 연등회 행사장인 흥국사로 향했다. 앞서 와야 할 임금의 행차가 보이지 않고 웬일인지 신돈이 탄 호화로운 대연이 꽃 장막을 휘날리며 먼저 오고 있었다.

사월 초파일이 되면 고려에서는 전국적으로 팔관회八關會가 열렸다. 팔관회는 부처님 오신 날을 경축하는 행사로서 연등 매달기와 자선법회慈善法會, 각종 민속예술 공연 등이 벌어졌다.

그중에서도 중요한 행사는 자선법회였다. 초파일 때만은 외롭게 사는 노인들과 병자들 그리고 가난한 사람들을 모두 초청하여 음식을 대접하고 생필품과 양식 등을 나누어주는 나눔의 행사였다. 오전에는 연등행사가 있고 자선법회는 오후에 있다.

홍국사 너른 마당에는 임시 누대가 만들어지고 임금이 좌정할 보좌가 놓여 있었다. 백관과 함께 신돈이 누대에 올랐다. 그는 거만하게 좌우를 둘러보았다. 백 명의 친위병들이 군례를 올리고 누대 밑에 도열하고 섰다.

신돈보다 먼저 도착해야 할 임금의 행차가 보이지 않으니 행사장에서는 여기저기에서 수군거리는 소리가 들렸다.

김인찬은 긴장했다. 먼저 출발했다는 임금의 행차가 아직도 도착하지 못하고 있다면 분명 무슨 사고가 일어난 것이 틀림없어 보였던 것이다. 긴장된 순간이 지나갔다. 그때였다. 홍국사 뒤편에서 화약통이 폭발하는 소리가 일어나 지축을 흔들었다.

화약은 최무선이 최근에 발명한 신 무기였다. 그게 무슨 군호이기나 한 것처럼 일단의 군사들이 쏟아져 들어오며 외쳤다.

"신돈이 상감을 해치고 혼자 이 자리에 나왔다. 역적 신돈을 잡아라!"

홍국사 마당 안은 아수라장으로 변했다. 임춘원의 정용위 병사들까지 몰려들어 신돈의 친위병들을 주살하고 있었던 것이다. 김인찬도 신돈의 친위병들을 맞아 칼을 휘두르고 있었다.

친위병은 그 수가 백 명이었고 최정찬이 동원한 군사는 정용위와 용호군 병사까지 합하여 오백이 넘었다. 그러니 상대가 되지 못하고 짓밟혔다.

"신돈이 도망친다. 잡아라!"

누대를 뛰어 내려간 신돈은 단신으로 도망치기 시작했다. 그때 천여 명의 군사들이 닥쳐들어 신돈을 구해내고 홍국사 마당으로 쳐들어왔다. 이들은 왕성 수비군 소속의 최사원崔思遠 장군의 군사들이었다. 비교적 가까운 곳에 군영이 있어 신돈이 위험에 처해 있다는 소식을 듣자 구원하러 왔던 것이다.

판세는 역전되어 신돈을 지지하는 군사들이 완전히 사태를 진압하게 되었다. 최정찬군은 많은 희생자를 내고 퇴각했고 김인찬과 임춘원은 생포당해 감옥에 들어가게 되었다. 신돈은 이번 암살 미수 사건을 트집 잡아 사건을 키우려 했다. 이를 빌미로 삼아 조정 내의 신돈 반대파들을 모조리 숙청하려고 작정했다.

홍국사 석탄일 행사에 임금이 나섰다가 가지 못한 것은 급체로 인한 토사곽란으로 부득이하게 그리된 것이었다. 그것을 뒤늦게 최정찬 쪽에서도 알았지만 나중에라도 군사 동원의 이유 등 모든 것을 따지면 거사 계획이 드러날 위험이 있다는 판단이 섰다. 그래서 최정찬은 위기를 호기로 생각하고 신돈을 아예 처치해 버리려고 일을 벌였으나 신돈파였던 왕성 수비군의 부사령관인 최사원에 의해 되치기당할 것을 전혀 예상치 못했다.

당황한 것은 임금이었다. 신돈은 임금을 만나자 거의 협박조로 나왔다.

"소신이 주상을 끌어내리고 감히 보위를 넘보고 있으니 잡아 죽여야 한다고 수구파들이 정변을 일으켰다가 미수에 그쳤습니다. 그 여당 무리들을 모조리 잡아 처단하겠나이다. 주상께서는 한월정사에 가 계시며 보체를 다스리고 계십시오."

신돈은 임금을 제 처소인 한월정사 안에 유폐시키려 작정했다. 임금은 정신이 번쩍 들었다. 그래서 최영과 유인우를 비롯한 믿고 있던 측근들을 신돈 몰래 만나 물어보았다.

"장차 어찌해야 하오? 겁이 나는구려."

"신돈을 그냥 두시면 큰일 납니다. 보좌를 넘보고 있다는 소문은 사실로 보입니다. 무서운 게 없습니다. 안하무인이잖습니까? 이렇게 하십시오."

최영과 유인우가 귀엣말을 했다. 임금은 고개를 끄덕였다. 그날 밤 임금은 신돈에게 한월정사로 가서 술을 마시고 싶다 했다.

"그렇게 하시옵소서."

밤이 이슥해서 임금은 아무도 거느리지 않고 정사로 갔다. 가끔 있는 일이었다. 신돈은 반야를 시켜 주안상을 차리게 하고 임금을 맞았다.

"어서 오십시오, 상감마마."

둘이 마주 앉았다. 몇 순배 잔이 오고 가자 신돈은 반야에게 임금을 위해 춤을 보여달라 했다. 반야가 춤을 추기 시작했다. 임금은 술에 취하고 반야의 아름다움에 취한 듯 반쯤 눈을 감은 채 앉아 있었다.

그때였다. 밖이 소란스럽더니 십여 명의 군사들이 들이닥쳤다.

"요승 신돈은 결박을 받아라!"

"아니 네놈들은 누구냐?"

군사들이 신돈을 순식간에 잡아 묶었다. 그런 다음 임금 앞에 모두 부복하였다.

"저희의 죄를 용서하여 주옵소서. 워낙 사태가 급박하여 전하 면전에서 병장기를 휘두르고 죄인을 포박했나이다."

"너희는 누구이며 신돈 국사는 왜 결박했느냐?"

"저희는 정용위 군사들이옵고 최영, 유인우 대감 등 원로 중신들이 긴급 회의 끝에 신돈을 그냥 두면 종사가 위험하다고 생각하고, 정용위군 결사대로 하여금 즉시 신돈을 체포하고 투옥한 후 상감을 능멸하고 보위를 넘보았다는 죄를 자복할 때까지 문초해 마땅하다 했나이다."

"원로 대신들의 중지衆志라?"

"예."

"그렇다면 역신 신돈을 투옥하라."

임금의 명이 떨어졌다. 신돈은 손쓸 겨를도 없이 중신들의 계책에 말려들었다. 임금도 뒤늦게 신돈의 해악이 커지고 있다는 사실을 깨닫고 이쯤에서 그를 제거해야 후환이 없을 것이라 판단했다.

"신돈을 수주성水州城(수원)에 유배하라."

유배령을 내렸다. 신돈은 수주성으로 압송되었다. 그러자 신돈의 수족이었던 왕성 수비군 장군 최사원과 기철의 친척인 기현 등이 삼백여 명의 군사를 거느리고, 함정을 파고 계획적으로 아무런 죄 없는 신돈을 잡아 가둔 최영과 유인우를 징벌하겠다며 반란을 일으켰다. 이 사실을 보고 받은 최영은 왕궁 친위군을 동원하여 대궐로 쳐들어오려고 서문을 돌파하던 반란군을 일시에 포위하여 섬멸하고 최사원과 기현을 사로잡았다.

대신들이 가만 있지 않았다. 최사원과 기현을 참수하고 신돈도 죽여야 한다는 것이었다.

"신돈을 사사賜死케 하옵소서. 그래야만 후환이 없나이다."

상소가 빗발쳤다. 신돈은 사약을 받고 마침내 피를 토하고 죽었다. 김인찬과 임춘원이 석방되었음은 말할 나위 없었다. 며칠 동안 휴가를 받아 인찬은 집에서 쉬게 되었다. 그런데 마침 북청에서 한충이 찾아왔다.

"반갑네. 오랜만이군? 서울 나들이를 한다고?"

"병부에 공무가 있어 왔네. 자네 보름 동안 고생했다면서? 옥방에서."

"파리 목숨처럼 왔다 갔다 했었지. 다행히 이번에도 하늘이 살려 주셨네."

"불은 가까이하지 않는 게 좋다고 했지. 따뜻해서 좋긴 하지만 너무 가까이하면 데고 화상을 입으니 멀리 떨어져서 얼어 죽지 않을 만큼만 쬐는 게 좋다고 선인들이 말씀했네."

"자네가 왜 그런 말을 하는지 잘 알겠네. 이성계와 퉁두란 아니, 이지란과 만났을 때 내가 한 말일세. 난세에는 조정과 대궐 가까운 곳에 있으면 득될 게 없다. 훗날을 도모하는 영웅이라면 피하고 훗날을 위해 자신을 보전해야 한다. 충이!"

"왜 그러나?"

"난 주상께 고하고 북청으로 다시 돌아갈까 하네."

"북청으로 오면 속은 편하겠지. 누가 우리를 건드리겠나? 하지만 주상께서 놓아주실까?"

"이번 정란靖亂에 세운 작은 공으로 아마도 상이 내려질 걸세. 상을 받으면 주상께 북변을 지키게 해달라고 청원을 하겠네."

"그러게."

김인찬은 상을 내리기 전에 삭방도 동북면 변방을 지키기 위해 북청으로 가고 싶으니 윤허해 달라고 청원했다. 임금은 윤허를 내리고 김인찬을 북청 천호장에 명한다는 교지를 내렸다.

김인찬은 북청을 다스리는 천호장이 되어 금의환향하였다. 누구보다 기뻐한 사람은 한충과, 인찬의 연인 여옥이었다. 김인찬은 도임해 낭장 한충이 그동안 정예병으로 조련해 온 친군親軍 천삼백 명의 환영 분열分列과 행군을 직접 보자 감개무량했다.

"고맙다. 너희가 보고 싶어 다시 돌아온 것이다. 한가하게 조정에만 있을 수는 없었다. 북변에는 나하치, 고가노高家奴 등 오랑캐들이 호시탐탐하며 약탈을 일삼고 있고, 그런가 하면 동해, 서해, 남해 해안마다 왜구들의 노략질이 끊이지 않아 백성들은 도탄에 빠져 있다. 이런 때일수록 정신 바짝 차리고 외적의 침략을 막아내야만 한다. 영용英勇한 그대들이 있어 걱정하지 않는다."

그러자 군사들이 발을 구르며 환호성으로 답했다. 인찬은 한충의 손을 잡고 고마워했다.

"역시 친구밖에는 없네. 진흙 속에 묻혀 있던 옥을 다듬어 저렇게 강병들로 만들어놓다니, 고맙네."

"너무 띄우지 말게. 이제 어서 부인에게 가보게. 얼마나 기뻐하겠는가?"

"함께 가서 축하주나 나누기로 하지?"

"여옥 부인한테 미움받기는 싫으이."

"그게 무슨 말이야?"

"알면서 뭘 그러나? 자, 어여 가보게."

"이거야 원."

인찬은 미안해 하면서 자기가 오기를 기다리고 있는 여옥을 만나기 위해 집으로 향했다.

"나야, 나 왔소."

만나자마자 인찬의 정겨운 말을 듣자 여옥은 부엌문 앞에 서서 말을 못 하고 눈물만 흘리고 있었다.

"잘 있었소?"

그때 여옥의 치마꼬리를 잡고 옆에 서 있던 칠팔 세쯤 된 아이가 부끄러운지 제 어미 뒤로 숨었다.

"장군님!"

인찬은 그녀를 와락 껴안았다.

"보고 싶었어요."

"그래서 왔잖느냐? 뒤에 숨은 녀석은 운해雲海(아명. 이름은 종남從南) 아니냐?"

그러자 여옥이 아이의 손목을 끌어 앞으로 세우고 낮은 소리로 나무랐다.

"아버님이야. 아버님께 인사 올려야지?"

"안녕하세요?"

아이는 꾸벅 인사를 올렸다. 인찬은 아들을 들어 안았다.

"몰라보게 자랐구나. 길거리에서 만났으면 모르고 지나쳤을 것 같다. 허허허."

"방 안으로 들어가세요."

"그래야지."

인찬은 아들을 데리고 방 안으로 들어갔다. 보고 싶던 연인을 만난 것도 기뻤지만 아들을 보게 된 것 또한 행복했다. 그의 나이 이제 서른두 살이었다. 안변에서 부모님을 모시고 사는 큰부인은 두 살 터울로 아들만 셋을 낳아 기르고 있었다.

큰아들은 귀룡으로 열네 살이었고 그 밑 둘째 아들 기룡이 열두 살, 셋째 아들 검룡이 열 살, 넷째인 종남이 여덟 살이었다. 일찍부터 아들을 여럿 둔 셈이었다.

이튿날부터 김인찬은 천호 공좌公座(집무처)에 나가 북청 백성들을 다스렸다. 아직 미개한 지역이라 할 일이 많았다. 그는 정확한 인구 조사부터 실시하기로 했다.

"주민들의 원성이 있습니다."

"그게 무슨 말인가?"

"몽고가 점령하고 맨 먼저 한 것이 사람 머릿수 조사였답니다. 인두세人頭稅를 비롯하여 각종 세금을 물리고 아무 곳에도 가지 못하도록 주민들을 가두기 위해 그랬다는 것입니다. 그런데 다시 인구조사를 한다 하니 반대를 하는 것이었습니다."

"이부吏部에서는 당장 거리 곳곳에 방을 써 붙여 모든 주민들이 잘 보도록 하라."

"무어라 쓸까요?"

"내 나라의 새 지방관인 천호장이 다시 취임하여 이 일을 하고자 하는 것은 세금 거두려고 하는 게 아니다. 북청은 여진, 말갈 인들을 비롯하여 고려인, 몽고 인들이 섞여 살고 있다. 서로 화목하게 살기 위해서는 서로를 상세히 알 필요가 있다. 여진인은 몇 명인지, 말갈, 고려 인은 몇 명이나 되는지 그 인구와 가구를 잘 알아야 어느 집이 잘살며 어느 집이 못사는지, 살아가는 데 어떤 애로 사항이 있는지 치자治者인 내가 알아야 모두 골고루 잘살 수 있는 북청을 만들 수 있다는 생각에 인구조사를 하려는 것이니 모든 백성들은 의심하지 말고 협조하기 바란다고 써라."

"알겠습니다."

"그리고 관리들은 가가호호 백성들 집을 방문하여 나의 참된 뜻을 전하도록 하라. 흉년이 들어 굶주리는 백성 집이 많아지면 상세하게 파악을 하고 있어야 구휼에 나설 게 아닌가."

성내는 아연 활기를 띠었다.

"주먹구구로 셈하여 잘사는 집은 없는 법이다. 하루의 계획, 한 해의 계획-日之計 -年之計을 잘 세우고 실천해 나가는 자만이 잘살 수 있는 것이다. 계획을 세우자면 정확한 각종 통계가 있어야 한다. 그래야만 규모 있는 살림을 할 수 있다. 조사를 잘해야 정확한 통계를 예측할 수 있다."

김인찬은 의욕적으로 주민 생활 개선과 향상을 위해 발벗고 나섰다.

"좀 쉬어가면서 일을 하시게. 잘못하면 건강 상하시네."

한충이 걱정된다는 듯 말했다.

"걱정하지 말게. 자네나 나는 건강은 타고나지 않았나? 부탁한 건 진척이 잘되고 있겠지?"

"구휼청救恤廳 만드는 것 말인가?"

"음."

구휼청은 흉년이 들거나 혹은 천재지변으로 성내의 백성들이 어려움을 겪게 될 때를 대비하여 구호에 나설 수 있는 관청을 만들자는 김인찬의 생각에 따른 것이다. 한충은 지금 구휼청을 새로 만들고 부서를 짜고 사업에 대한 계획을 세우는 일을 하고 있었다.

"문제는 곡식 확보일세. 흉년을 대비하여 평년 수확 곡식을 사들이거나 아니면 국가 세미歲米 중 일부를 모아두어야 하는데 자네도 알고 있듯이 북청은 소읍小邑인 데다 가난한 변경인데 무슨 돈이 있어 곡식을 사서 미리 저축해 두겠나? 그게 문제일세."

"잠시만 기다려보게."

무슨 생각이 들었는지 인찬은 한충을 앉혀 두고 잠시 나갔다가 뭔가 묵직해 보이는 가죽 주머니를 들고 돌아왔다.

"그게 뭔가?"

"열어보게."

한충은 받아 든 가죽 주머니 주둥이를 열었다.

"아니? 이게 뭔가? 백금 은화 아닌가?"

한충이 놀라서 외쳤다.

"쏟아보게. 얼마나 되는지."

인찬의 말에 주머니를 거꾸로 들고 그 속에 든 백금 은화를 쏟아냈다.

"백금 쉰 냥일세. 그 정도면 곡식 사들이는 데 충분할 거야."

"정말 놀라운 일이군. 쉰 냥이면 어림잡아 쌀 칠백 섬 값일세. 도대체 이 많은 돈을 언제 모았나?"

"엄밀히 따지자면 내 돈이 아닐세."

"나랏돈이란 말인가?"

"홍건적 도적놈들의 돈일세. 얼마나 다급했으면 전장에서 섬멸당하자 그때까지 돌아다니며 약탈한 물건들을 다 팽개치고 목숨 부지하려고 맨몸으로 도망쳤겠나?"

홍건적은 일차, 이차 두 번에 걸쳐 쳐들어왔었다. 그들은 정규 군대가 아니라 분탕질하고 점령지 약탈을 일삼는 도적 떼였다. 그들은 개개인 모두 약탈한 물건들을 싸서 어깨에 짊어지고 싸우러 다녔다.

백금이 든 가죽 주머니도 누군가 짊어지고 다니던 약탈품이었다. 그걸 전장에서 주워온 것은 인찬의 부하들이었고, 인찬은 그것을 간직하고 있었던 것이다.

"벼뿐 아니라 조, 콩, 수수, 보리 등등 곡식을 사서 모아두게. 백성들을 위해 쓸 때가 반드시 올 터이니."

"그러겠네."

인찬은 돈을 한충에게 맡겼다. 그리고 자신은 북청성의 내정內政 완비에 힘을 기울였다.

굶주린 백성들의 영웅

북청으로 돌아온 김인찬은 무너진 성을 대대적으로 보수하여 북청이 북방의 요새로서 구실을 철저히 할 수 있도록 했다. 그런 다음 백성들이 마음 놓고 생업에 종사하고 편안하게 살아가도록 여러 가지 유익한 시책들을 실행에 옮겼다.

그러는 사이 조정에서는 흉변이 일어났다. 공민왕이 피살당한 것이다. 직접적인 망국의 징조이기도 했다. 공민왕 자신은 여색을 좋아하지 않았지만 왕 때문에 궁중의 성 윤리가 무너져 음탕한 기운이 가득 찼다.

그토록 사랑하던 왕비를 잃은 다음부터 공민왕은 왕비를 그리워하며 술에 취해 사는 바람에 폐인처럼 되어갔다. 비극은 임금 주변에 자제위子弟衛를 설치하면서부터였다. 후궁들에게는 별 흥미도 못 느낀 임금은 그녀들을 가까이하지도 않았고 술만 취하면 왕비의 영전에 나가 자기가 그린 왕비의 초상을 바라보며 눈물로 세월을 보내는 게 하루 일과였다.

그렇게 되자 임금을 측근에서 모시고 다니는 위사衛士가 필요하게 되었다. 양반가의 자제들 중 연소하고 잘생긴 청년 열 명을 뽑아 자제위를 삼기로 했다. 그들은 임금을 언제나 가장 가까운 곳에서 모시고 때로는 침전에 들 때도 모든 수발을 다 했다.

그러자 어느 결엔가 자제위 위사들의 위상이 높아지고 이들이 권세를 부리게 되었다. 임금을 측근에서 모시기 때문이었다. 후궁들은 자제위 위사에게 접근하여 잘 보여야 임금을 자기 처소에 끌어들일 수 있기 때문에 은근히 경쟁하였다.

이쯤 되자 자제위 위사 중에는 은밀하게 궁녀들을 유혹하여 아무도 모르는 곳에서 놀아나기도 했다. 그중에서도 홍윤洪倫이란 자가 건드린 궁녀는 여러 명이었고 아이까지 임신한 궁녀도 있었다. 밤낮 취해 사는 임금의 묵인하에 자기 대신 자제위의 청년들이 왕자를 낳아오기를 바라고 있다는 괴소문까지 돌 정도였다.

임금을 모시는 내시 최만생崔萬生도 자제위들에게 잘 소개해 주겠다며 궁녀들로부터 뇌물을 받아 챙기곤 했다. 임금의 성총을 받아보려고 자제위들을 움직이고자 궁녀들이 내시를 통하여 손을 쓴 것이다. 그런데 문제가 발생했다. 자제위 홍윤이 건드린 후궁이 임신을 하여 그 소문이 파다하게 퍼졌던 것이다.

임금의 귀에 들어가는 것은 시간 문제였다. 그리되면 홍윤이 처단

되는 것은 물론 내시 최만생도 공범으로 처벌을 면할 수 없게 된다. 최만생은 어느 날 취한 임금이 침전으로 들어갈 때 부축하고 따르다가 귀엣말을 했다.

"상감마마, 자제위 홍윤을 잡아 죽이시옵소서."

"무슨 소리냐?"

"홍윤이 계비이신 익비益妃에게 임신을 시키고 그것이 탄로 날까 두려워하다가 살기 위해 역모를 꾀하고 있다 하옵니다."

"아니, 비빈과 간통을 하고도 모자라 역모를 꾸몄다고? 저런 괘씸한 놈을 보았나? 당장 잡아 가두어라!"

임금의 명이 떨어지자 운검위 위사들이 홍윤을 잡으려고 이곳저곳을 뒤졌다. 위기감을 느낀 홍윤은 내시 최만생의 방으로 들어와 다락에 숨었다. 밖에서는 홍윤을 잡으려고 위사들이 뛰어다니고 있었다.

최만생은 자기 방으로 들어왔다. 그때 홍윤이 다락에서 내려와 칼을 빼어 최만생의 목을 겨누며 병풍 뒤로 몰아넣었다.

"왜, 왜 이러시오?"

"공범자 처지에 당신 혼자 살겠다고 날 역모로 몰아? 죽어도 함께 죽고 살아도 함께 살 테니 그렇게 알아!"

그렇게 되자 사색이 된 최만생은 자기 방 병풍 뒤에 홍윤을 숨겼다. 홍윤의 아이를 임신했다는 익비가 잡혀 투옥되었고, 궁궐 안팎으로 홍윤을 잡기 위해 혈안이 되었다. 그렇게 밤이 되었다. 임금은 한월정사 비밀방에서 반야와 함께 술을 마시고 대취하여 침전으로 가겠다며 내시 최만생을 불렀다.

"소신 여기 있나이다. 자, 가시지요."

"홍윤이 그놈은 잡혔느냐?"

"아직 안 잡혔사오나 뛰어야 벼룩 신세입니다. 곧 잡힐 것입니다."

임금은 침전에 이르자 곧바로 쓰러져 잠이 들었다. 최만생은 이윽고 자기 방으로 돌아왔다. 거기에는 홍관, 노선 등 내시들이 홍윤과 함께 있었다. 그들도 최만생과 함께 뇌물을 나누어 챙기곤 했기에 자유로울 수가 없었다.

"어떡하면 좋겠소?"

"상감은 어디 계시오?"

"침전에 드시었소. 코를 고는 걸 보고 왔으니 깊이 잠이 드셨을 거요."

"이판사판입니다."

"무슨 말이오?"

"이래도 저래도 죽음을 면할 수 없소. 그렇다면 방도는 단 한 가지뿐이오."

홍윤은 장검을 빼어 들었다. 시퍼런 섬광이 번뜩였다.

"금상이 타락하여 암우한 군주로 전락하여 나라를 다스릴 수 없게 되었다는 것은 조정 내외 모든 사람들이 하는 말이오. 이번 기회에 금상을 내치고 왕자인 강녕대군江寧大君을 신왕으로 모십시다. 반정만 성공하면 나를 비롯하여 여러분은 정란공신이 되는 것이오. 자, 상감이 어디 계신지 최 내시께서 앞장서 인도하시오."

최만생은 떨고만 있을 뿐 움직이지 않았다.

"내 칼에 먼저 죽겠소?"

"아, 아닙니다. 알았소. 날 따라오시오."

최만생이 앞장서서 침전으로 인도했다. 임금은 술과 잠에 취하여 세상 모르고 잠이 들어 있었다.

"지금이오."

"에잇!"

홍윤은 기합 소리와 함께 장검을 내리쳤다. 임금은 자리에서 벌떡 일어났다가 피를 내뿜으며 쓰러져 운명했다. 홍윤과 최만생은 그 길로 태후전으로 가 임금이 승하했다는 소식을 전했다. 임금의 어머니인 명덕태후明德太后는 놀라서 열 살 된 어린 세자를 데리고 급히 침전으로 왔다.

방 안은 피바다였다. 참혹하게 죽은 임금의 시체를 보자 태후는 실신하여 정신을 잃었다. 홍윤 등이 재빨리 반정을 꾀하려고 서두르자 자제위장 김흥경과 문하시중 경복흥慶復興, 중신들이 달려왔다.

홍윤이 밖으로 나가려 하자 자제위장 김흥경이 불러 세웠다.

"어딜 가느냐?"

"어의를 부르러 가려고 합니다."

"잠깐! 이게 무슨 핏자국이냐?"

그는 홍윤의 옷자락에 묻은 피를 발견했다. 내시 최만생의 조복 끝에도 피가 묻어 있었다.

"네 이놈 홍윤, 범인은 너였구나. 오라를 받아라!"

그렇게 되어 최만생과 홍윤 일당은 모두 붙잡혔다. 국왕 시해범들은 모두 참형에 처해졌다. 이후 신왕으로 누가 보위를 승계하게 하느냐는 문제로 조정이 시끄러웠다.

"세자가 있는데 무슨 걱정입니까? 세자 강녕대군을 보위에 앉힙시다."

그렇게 주장하는 측이 있는가 하면 의혹을 제기하고 반대하는 중신들이 있었다.

"강녕대군 무니노牟尼奴는 신돈의 애첩이었던 반야의 몸에서 출생한 아이입니다. 그렇다면 신돈의 자식이지 어찌 선왕의 왕자입니까? 아니 됩니다."

"그건 어디까지나 추측 아닙니까? 생전의 선왕께서도 자신의 왕자로 생각하여 기르셨고 세자까지 책봉했소이다. 의심이 갔다면 그러했겠소? 강녕대군으로 후사를 이으십시다."

문하시중 경복흥의 강력한 주장으로 열 살 된 강녕대군이 수창궁에서 즉위하게 되었다. 이 임금이 우왕禑王이었다.

"소나기는 피하는 게 상책이라더니 자네가 선견지명이 있군?"

조정 소식을 들은 한충이 김인찬에게 말했다.

"무슨 말을 하려고 그러나?"

"궁중에서 떠나 변방으로 온 것이 선견지명이라는 거야. 대궐에 그냥 있었으면 아마 피 흘리는 싸움에 말려 목숨을 부지할 수 없을지도 몰랐을 게 아닌가?"

"그러게."

"이성계 장군에게 충고를 한 것도 바로 그런 게 아니었나? 까마귀 싸움 하는 곳에 백학이 가면 안 된다!"

"나는 백학이 아니야. 그러구 저러구 간에 정말 큰일이군? 이렇게 가물어서야 올해 농사도 또 다 망치는 게 아닐까?"

인찬은 한숨을 내쉬었다. 작년부터 비가 오지 않고 있었다. 가뭄이 계속되다 보니 농사를 지을 수가 없었다. 밭은 마른 먼지만 푸석거리고 논은 거북이 등처럼 쩍쩍 갈라지고 있었다.

"조정이 그 모양이니 하늘이 이 나라를 봐줄 리가 있나? 가뭄 때문에 농사가 결딴나면 임금은 갈라진 논바닥에 차일을 치고 행재소行在所를 차려 거기서 정무를 보았네. 자기 죄가 많아 하늘이 비를 내리지 않으니 용서를 비는 거야. 그런 다음에는 정성을 다하여 기우제를 지냈네. 그래도 비가 내릴 둥 말 둥 했는데 조정이 저러니 하늘인들 봐주시겠나?"

"큰일일세. 이 달에도 모내기, 파종을 못하면 모두 굶어죽을 수밖에 없네."

"더 이상 마른 하늘만 바라보고 있을 수는 없지. 대책을 세우세."

김인찬은 성민들에게 삽이나 곡괭이를 들고 모두 관아 앞에 모이게 했다. 무슨 일인가 하고 백성들이 삼삼오오 모여들었다. 이천 명쯤 되어 보였다.

"우리 북청 천호장이신 김인찬 장군께서 하실 말씀이 있어 불러 모은 것이오. 모두 잘 들으시오."

한충이 소개했다. 김인찬이 조금 높은 단 위에 올라섰다.

"이렇게 가뭄이 계속되면 우리 백성들은 모두 굶어죽습니다. 앉아서 죽을 수는 없지 않소? 농사지을 물을 만들어봅시다. 물을 어떻게 만드느냐. 깊은 산골짜기에는 물이 있습니다. 계곡물이 다 마른 것 같지만 파면 밑에 있습니다. 수로를 만들어 북청 성내까지 끌고 오는 것입니다. 다행히 우리 천호부 창고에는 곡식들이 좀 쌓여 있습니다. 당장 입에 풀칠할 만큼은 나누어드릴 테니 염려하지 말고 모두 산속으로 가서 수로 만드는 작업을 합시다."

김인찬은 깊은 산골짜기 개천을 파서 수로를 만들어 물을 끌어오기로 했다. 이십여 리 들어가면 첩첩산중이었다. 첩첩 산은 언제나 비가 오면 나무들이 이를 저장한다. 그래서 아무리 가물어도 물이 있다. 그 수원을 찾아내어 끌어내자는 것이다.

이런 가뭄을 대비해 구휼청을 만들었고 곡식을 사들여 비축해 놓았지만 곶감 빼먹듯 한없이 백성들에게 나누어줄 수는 없었다. 물길을 만드는 부역을 시키고, 가서 일을 하고 오는 자들에게만 곡식을 나누어주기로 했다.

"물이, 물이 나옵니다!"

지하에 있던 수맥을 건드렸던지 계곡 밑 개천 바닥에 넓게 파놓은 큰 웅덩이에 연못처럼 물이 고였다.

"물길을 내고 수로를 만들어나가라."

다행히 근처의 높은 산정에는 가물어도 흰 눈이 쌓여 있었다. 거대한 산들이 들어찬 계곡이니 지하로 흐르는 물의 수량이 많을 수밖에 없었다. 이 작업은 한 달 동안 계속되었다. 성민 이천여 명과 군사 천오백 명, 합하여 삼천오백여 명이 일치단결하여 수로 작업을 했다. 그 결과 마침내 좁은 수로이기는 했지만 북청 인근까지 물을 끌어오는 데 성공했다.

"한 낭장! 수고했네. 이젠 종묘광種苗壙을 열고 곡식 종자들을 풀 때가 되었네."

"당연한 말씀이오."

구휼청 뒤에 있던 큰 광에는 각종 종자 곡식들이 준비되어 있었다. 흉년이 들면 씨 나락, 종자 옥수수까지 다 먹어버리기 때문에 이를 대비하여 곡식 종자들을 미리 마련하여 광 속에 넣어두었던 것이다.

"때가 늦어 모판을 만들고 모내기는 못 하겠지만 밭농사는 할 만한 것이 많이 있으니 밭곡식 종자들을 가져가기 바란다."

성민들은 극심한 가뭄에도 불구하고 모두 활기에 차서 물을 대고 밭을 갈며 씨를 뿌리기 시작했다. 가뭄은 삼 년 동안이나 계속되어 다른 지방 백성들은 산속에 들어가 나뭇껍질까지 벗겨 먹으며 부황이 나서 모두 죽거나 자리보전을 했지만 북청 성민은 예외였다.

배부르게 먹지는 못했지만 밭에 나가 일을 했기 때문에 끼니는 거르지 않았다. 그 모든 것은 천호장 김인찬의 철저히 준비된 구민정책救民政策 덕분이었다. 드디어 삼 년 동안의 가뭄이 풀리고 단비가 내리자 백성들은 논밭으로 나가 감사의 눈물을 흘렸다.

"안변 목에서 보발꾼이 왔습니다."

심부름꾼이 왔다는 것이었다. 아버지 김존일 목사가 인편으로 편지를 보내온 것이다. 김인찬은 부친의 편지를 읽었다.

"뭐라 써 있는가?"

한충이 물었다.

"고맙다는 아버님 인사일세. 지난번 가뭄 때 쌀을 백 섬이나 보내주어서 그런대로 백성들의 굶주림을 면하게 해주었으니 고맙다는 말씀이야."

인찬은 아버지가 보낸 서찰을 한충에게 건네주었다. 가뭄은 북청

뿐 아니라 안변에도 마찬가지 피해를 안겨주었다. 그것이 안타까워 인찬은 쌀 백 섬을 소 수레에 실어 안변으로 보냈던 것이다.

"제때에 도와드린 것 같구먼."

"그게 다 한 장군 덕택으로 알고 있네. 모든 건 자네가 진두지휘해서 이루어낸 일 아닌가?"

"천만에 말씀일세. 그러구 저러구 간에 이번 구휼 사업 결과에 대한 장계를 조정에 올리려 하네."

"당연히 할 일을 했을 뿐인데 뭘 임금께 알린단 말인가."

"지방관의 치리治理 보고이니 당연히 기록해 올려야 하는 걸세."

한충은 그동안 주민 구민 사업의 경과와 결과에 대하여 자세히 기록한 장계를 만들어 조정에 올리기로 했다. 바로 그때 일단의 백성들이 천호부로 김인찬을 찾아왔다.

"어인 일인가?"

"저희와 저희 식구들 목숨을 구해주신 천호장 어른께 바칠 선물이 있어 가져왔습니다."

"선물?"

그들은 네모난 새 집을 삼끈으로 망을 씌워 들고 있었는데 그 집 속에는 보라매 한 마리가 들어 있었다.

"매 아닌가?"

"예. 매 중에 매인 해동청海東靑입니다. 저희가 잡았습니다. 은혜에 대한 작은 보답이오니 받아주십시오."

"고맙네."

인찬은 그 보라매를 받았다. 보라매는 인기 있는 맹금猛禽이었다.

매사냥에 꼭 필요했기 때문이다. 매사냥은 몽고인들이 전통적으로 즐기고 좋아하는 사냥 방식이었다. 몽고는 고려에 해마다 몇 백마리씩 보라매를 잡아 바치라 강요해 왔었다. 그래서 조정에 응방鷹坊이 설치되기까지 했던 것이다.

"장계를 올릴 때 이 보라매도 임금께 올리기로 하세."

인찬의 말에 한충은 찬성했다. 드디어 장계와 보라매 한 마리가 조정에 전해졌다. 김인찬의 장계는 조정 안에서 큰 화젯거리가 되었다. 묘의가 열리자 문하시중 경복흥이 김인찬의 장계 내용을 어린 임금 대신 모든 중신들 앞에서 알렸다.

"천재지변이나 가뭄으로 인하여 백성들이 굶주림을 당하는 것을 예상하고 구휼청을 만들어 사전에 곡식을 사모아 비축해 두었다가 기민饑民을 구호했다는 것은 중앙 조정에서도 하지 못한 일을 변방의 성주가 해냈다는 점에서 칭찬받아 마땅한 일이옵니다. 마땅히 상을 내리시옵소서."

예부상서禮部尚書 최인기가 나서서 임금께 고했다. 백관이 모두 최인기의 상주가 옳다 하였다. 임금은 구민 자금으로 김인찬이 사용한 돈 백금 쉰 냥을 하사하고 따로 상을 내렸다.

"무릇 백성을 사랑함에 있어 비록 지방관이지만 기민 구휼의 모범을 보이며 천재를 미리 대비하고 실천한 김인찬 북청 천호의 공을 높이 현창하며 앞으로도 백성들을 위해 선정善政을 베풀라는 뜻에서 백금 쉰 냥을 하사하노라."

때마침 각급 최고 지휘사 장군들 회의에 참석하고 있던 이성계도 회의가 끝났을 때 김인찬의 장계 내용을 듣게 되었다. 그런 일을 한 김인찬이 대체 누구냐고 장군들이 물었다. 그 자리에서 이성계가 흐뭇한 얼굴로 미소를 지으며 말했다.

"그 사람이라면 하고도 남을 사람입니다."

"병마사께서 잘 아시는 사람입니까?"

"잘 알고 말고요. 김인찬 북청 천호는 안변 목사 김존일 공의 아들입니다. 김존일 목사는 청백리이며 백성들의 존경을 한몸에 받고 있는 바람직한 목민관牧民官입니다. 부친을 닮은 김인찬 천호 또한 청렴 강직한 성품에 문무를 겸전한 인재입니다. 누구나 한 번쯤 평생을 두고 사귀어볼 만한 그런 인물입니다."

이성계의 인물평을 듣자 모두 감동한 듯 고개를 끄덕였다.

북청 천호장 김인찬은 빈민 구휼의 공으로 임금으로부터 표창은 물론 상급으로 백금 쉰 냥을 하사받았다.

"봉축하네. 우리가 쓴 만큼 다시 돌려주니 얼마나 고마운 일인가?"

"나도 다시 백금 은화 쉰 냥을 하사하실 줄 몰랐네. 지난번 한재旱災 때 비축했던 모든 곡식이 바닥이 나서 앞으로 어찌해야 하나 하고 걱정했더니 주상께서 그 고민을 해결해 주셨네. 그 돈은 다시 곡식 사서 모아두는 데 모두 사용하게. 자네에게 맡길 테니."

"그렇게 하지. 성안 백성들을 불러 자축 잔치를 하는 게 어떨까?"

"좋은 생각이야. 우리가 상을 받은 건 북청민北青民의 영광인데 잔치라도 해서 백성들을 위로해 주어야지."

백성들을 위한 잔치가 벌어졌다. 남녀노소 모두 나와 즐거워하며 잔치 음식을 들었다. 노인들은 하나같이 김인찬 천호를 칭송하고 떠받들었다.

"나랏님도 못 하는 일을 하신 분이야. 저런 분이 정승이 되면 우리나라는 얼마나 잘사는 나라가 될까."

김인찬은 뿌듯함을 느꼈다. 백성들의 칭송을 듣기 위해 최선을 다한 것은 아니지만 모두들 행복해하니 그 보람이 남달랐다.

북청은 고려 북쪽 변경의 작은 성이어서인지 가뭄에 따른 흉년을 겪은 것 말고는 전국을 떠들썩하게 하고 있는 왜구들의 침략은 받지 않고 있었다.

왜구는 일본의 해적을 말함이다. 왜구들이 우리나라 해안에 나타나 약탈하기 시작한 것은 1355년(공민왕 4년)부터였다. 일본은 통일기였던 가마쿠라 막부鎌倉幕府가 망하면서 남북조 시대로 갈라지게 되었다. 요시노 왕조吉野王朝와 아시카가 막부足利幕府로 분열된 것이다. 내전이 계속됨에 따라 백성들은 헐벗고 굶주리게 되었으며, 그래서 해안가에 살던 어민들은 배를 타고 바다로 나가 해적질을 하게 되었다.

처음에는 한두 척이 돌아다니며 중국 해안이나 고려 해안에 들어와 어민들의 재산을 빼앗고 살인을 일삼다가 점점 그 규모가 늘어나 열 척, 스무 척의 배로 떼지어 다니며 약탈을 했다. 왜구들은 어느 때는 몇 백 명, 어느 때는 몇 천 명으로 작당하여 쳐들어와 지방을 지키는 군대를 무력화시키고 날뛰었기에 조정은 정규 군사를 동원하여 소탕전을 벌였다.

조정에서는 왜국 조정에 사신을 파견하여 강력히 항의하고 단속을 촉구했으나 왜국 국내가 분열되어 조정이 힘을 쓰지 못해 관리를 하지 못한다고 했다. 벌써 이십여 년간 고려 각처의 해안 지방은 왜구들의 침략으로 황폐해져 가고 있었다.

처음에는 주로 해안 마을이 약탈 대상이었으나 이제는 내륙 깊숙한 곳까지 쳐들어와 분탕질을 일삼았다. 오죽하면 조정에서는 개경 대궐까지 위협을 느끼고 수도를 딴 곳으로 옮겨야 한다는 주장까지 대두될 지경이었다.

왜구 토벌에 가장 혁혁한 전공을 세운 장수는 신예新銳인 이성계 장군이었다. 그는 단 한 번도 패한 적이 없었다. 왜구들이 수만 대군으로 쳐들어왔다면 단 한 번의 결전으로 승부를 내고 전멸을 시켜버리면 다시는 재침을 해오지 못할 터인데 수십, 수백으로 여기저기 나뉘어 침범하니 그에 따라 전장을 바꿔가며 싸워야 했다.

그런 중에 통영만으로 상륙한 오천여 명의 왜구들은 지리산 부근에 웅거하여 기세를 올리고 있었다. 충남 서천에 상륙하여 약탈을 일삼던 왜구 오백여 척과 남해안에서 활동 중이던 삼백 척 등 팔백 척의 배에 나눠 탄 왜구 오천여 명이 통영에 상륙, 지리산으로 방향을 잡으며 상주尚州, 선주善州(선산) 등을 불사르고 지리산으로 들어왔다.

해도도통사海道都統使 최영이 초전에 승리했지만 왜구는 주춤하다가 운봉(남원) 쪽으로 오며 다시 기세등등했다.

"이성계 장군 아니면 어렵겠습니다. 속전속결해야지 장기전長期戰이 되면 백성들의 피해가 눈덩이처럼 불어날 것입니다."

병부상서 유인우의 주청에 임금은 이성계를 양광삼도도순찰사楊廣三道都巡察使로 삼아 지리산 왜구 토벌을 명했다. 이성계는 휘하에 있던 역전의 용사, 친위군 이천 명을 이끌고 남원으로 향했다. 그는 처음으로 화통대火筒隊를 참전시켰다.

최무선이 발명한 화약을 대나무 통에 재고 심지를 뽑아내어 거기에 불을 붙여 내던지면 강력한 폭발음과 함께 터졌다. 대량 살상용으로 최무선은 화포火砲를 만들었다. 화통대는 화포대였다.

남원에 도착한 이성계 부대는 먼저 진군해 있던 배극렴裵克廉 부대와 만났다. 배극렴의 군사는 천 명가량 되었다. 잠시 쉬면서 운봉雲峰에 웅거하고 있는 왜구들의 동정을 살폈다. 운봉으로 들어가자면 '올라 시오리요 내려 시오리'라는 밤티고개가 있었다. 운봉은 드높은 산들로 둘러싸인 분지였다. 그 대접 안 같은 곳에 왜구들이 웅거하고 있는 것이었다. 정탐병들이 돌아왔다.

"어떻더냐?"

"왜구들은 황산荒山 밑에 진을 치고 있었습니다. 병력은 오천 정도 되었습니다."

이성계는 곧 막료 회의를 열었다.

"산을 의지하고 싸우는 적은 섬멸하기가 까다롭습니다. 적을 평지로 끌어내야 합니다. 운봉은 대접 안 같은 모양의 지형이라 적을 이곳으로 끌어들인다면 전후 사방에 화포대를 설치하고 화포를 쏘아 불바다를 만든 다음 포위 공격하면 전멸시킬 수 있다고 봅니다만 배 장군의 의견은 어떠신지요?"

배극렴에게 물었다.

"좋은 계책이오만 적이 과연 끌려 나올까요?"

"끌려 나오도록 해야지요. 이지란 장군!"

"예."

"그대에게 병 천 명을 줄 터이니 적의 진영을 급습하라. 적은 오천이다. 군사의 수가 적다는 것을 가벼이 여기면 적은 일제히 공격해 나올 것이다. 분지 안으로 끌려 나올 때까지 분전하라. 할 수 있겠는 가?"

"염려 마십시오."

그런 다음 이성계는 부서별로 전투 임무를 내렸다.

"배극렴 장군은 천 명 군사를 이끌고 운봉의 서쪽을 지키십시오. 남원으로 나가는 관문입니다. 패색이 짙어지면 왜구들은 틀림없이 그쪽으로 도망치려 할 것입니다. 기다리고 있다가 짓밟으십시오."

"그러겠습니다."

화통대를 나누어 화포 이십 문을 병풍처럼 둘러선 산 계곡 위에 분산 배치했다. 이성계는 중군을 이끌고 가 북쪽 산 중턱에 매복시켰다. 이튿날 새벽, 천여 명의 기병을 이끈 이지란이 왜구들의 본진을 급습했다.

아침 식사를 하려다가 갑자기 들이닥친 이지란군에 의해 왜구들은 무기도 못 잡고 목이 달아나기 시작했다. 한동안 무인지경을 헤집듯 좌충우돌하던 이지란군도 멈칫하고 주춤거렸다.

"왜 저러지요?"

산 중턱 높은 곳에서 싸움판을 내려다보고 있던 이성계에게 부장이 물었다.

"적들이 정신을 차린 거다. 다섯 배가 넘는 군사가 있는데 당하고만 있겠느냐?"

"저기 달려 나오는 적장은 아직 젖내도 가시지 않은 어린애 같습니다."

적장은 아직 이십도 안 돼 보이는 소년 장수였다. 말을 타고 장검을 빼어 들고 있는데 그의 칼 앞에 아군의 머리가 추풍낙엽처럼 떨어지고 있었다.

"대단한 왜놈인데요? 아, 이지란 장군과 붙었습니다."

소년 장수는 이지란과 마상에서 격돌하게 되었다. 십합, 이십합 두 사람이 검은 불꽃을 일으키며 부딪쳤지만 승부가 나지 않았다. 이지란이 누구인가. 일기당천—騎當千의 맹장이었다. 평소 이성계마저도 고려군에서는 그의 무예와 용맹을 따라갈 장수가 없다고 생각하고 있었다.

"아니, 왜놈 해적 떼에 저런 미소년 맹장이 있다니 놀랍구나."

이성계마저 그 소년 장수에 대한 찬탄을 아끼지 않았다. 한편 승부를 내지 못하던 이지란이 도저히 이길 수 없다는 듯이 등을 돌렸다. 그러자 소년 장수가 뭐라 외치더니 이지란의 등 뒤로 바싹 추격하기 시작했다. 왜구의 주력군이 추격을 시작했다. 분지 안으로 들어온 적의 숫자가 절반 이상이 되었음을 알아차린 이성계는 화포수에게 발사 명령을 내렸다.

"쾅!"

화포가 불을 토하며 발사되자 왜구들의 등 뒤에서 지축을 흔들며 폭발했다. 그것이 신호였다. 분산 배치되었던 화포들이 왜구를 향하여 일시에 폭발했다. 혼란에 빠진 왜구들은 어쩔 줄 몰라 했다.

"지금이다. 날 따르라!"

이성계가 군마에 올라 나는 듯이 왜구의 적진으로 향했다. 천여 명의 군사가 그의 뒤를 따라 질풍처럼 내달렸다. 거짓으로 패하여 도망치던 이지란군도 뒤돌아서며 역공逆攻을 펼쳤다.

왜구들은 제대로 싸워보지도 못하고 짓밟혔다. 오직 분전하고 있는 적장은 소년 장수뿐이었다. 그는 조금도 지치지 않고 장검을 휘두르고 있었다.

"저 어린 적장을 죽이지 말고 사로잡아라!"

이성계가 마상에서 외쳤다. 이지란의 칼 앞에 목이 떨어질 뻔한 소년 장수는 이지란이 봐주는 바람에 뒤돌아섰다.

"사로잡아라! 이지란!"

이성계는 죽이기에는 너무 아깝다고 생각했다. 그러나 어디선가 날아온 화살을 가슴에 맞고 그 소년 장수는 벌떡 몸을 일으키더니 마상에서 굴러떨어지고 말았다. 이 황산 싸움에서 이성계는 대승을 거두었다. 살아서 도망간 왜구는 오천 가운데 불과 몇 백 명 정도였다.

화살을 맞고 말에서 굴러떨어진 소년 장수는 급소를 맞았던지 얼마 지나지 않아 숨을 거두었다. 소년 장수의 이름은 아지발도阿只拔都였다. 천 리 준마는 명장만이 알아본다고 한다. 알아볼 뿐 아니라 알면 갖고 싶어 한다. 비록 적장이지만 생포하여 자기 밑에 두고 싶을 만큼 탐나는 장수였다.

"그를 귀화시켜 내가 데리고 있게 되면 정말 훌륭한 무장으로 키울 수 있었을 텐데. 아까운 일이다. 양지바른 곳에 후히 장사 지내주어라."

이성계는 아쉬운 듯 혀를 찼다. 지리산 황산에서 전멸을 당한 뒤부터 왜구는 그 세력이 현저하게 약화되었다. 황산전투가 큰 고비였던 셈이다.

태조 이성계의 우정

황산에서 대첩을 거둔 이성계가 개선하자 임금은 곧바로 이성계를 동북면 지휘사로 명하고 북방 방어에 만전을 기하게 하였다. 북방이 소란했던 것이다. 원나라가 쇠약해지자 1368년 중원에서는 주원장이 한족 부흥을 외치며 명나라를 개국했다.

그렇게 되자 원나라가 북으로 밀려나 만주 남부와 압록강 유역, 두만강 유역 등이 공백 상태가 되어 원의 행정력이 미치지 못했다. 이 틈을 이용하여 초적草賊이라 불리는 도적 떼가 창궐하였고 원군元軍에서 빠져나온 돌궐 장수나 여진 장수 들이 군사를 모아 고려의 북방을 침범해 왔다.

그중에 유명한 자가 나하치였으며, 그는 이미 몇 차례에 걸쳐 고려를 침략했다가 김인찬군과 이성계군에게 타도되어 도망친 바 있었다. 하지만 여전히 잔존 세력을 모아 호시탐탐 기회를 노리고 있었다. 나하치보다 더 위험한 인물은 돌궐계 원나라 장수였던 호발도 胡拔都였다.

호발도는 요동에서 군사를 모아 천 명, 어느 때는 삼천 명을 이끌고 압록강을 넘어와 의주를 불태우고 약탈을 일삼다가 물러가기도 했는데 이번에는 혜산 쪽으로 대군을 이끌고 남하하면서 약탈을 일삼고 있었다. 이성계는 호발도군을 격퇴하기 위해 쌍성으로 진군해 왔다.

"이지란 장군 댁이라면서 사람을 보내왔는데요?"

부장이 김인찬에게 전해주었다.

"이지란? 들라 하라."

이지란의 집은 이곳 북청에 있었다. 그런데 그 집에서 사람이 왔다는 것이었다.

"무슨 일이냐?"

"이 장군께서 지금 댁에 와 계십니다. 아버님이신 아라부카 천호께서 작고하셨기 때문입니다."

"언제 돌아가셨느냐?"

"닷새 전에 돌아가셨는데 아드님이 오시는 길이 멀어 출상出喪을 못 하고 있었습니다. 이 장군께서는 어젯밤에 오셨습니다."

"알았다. 당장 가겠다고 전하여라."

김인찬은 한충 등 수하의 관원들을 데리고 문상을 갔다.

"이 장군! 얼마나 애통하시오?"

인찬은 이지란의 손을 잡았다.

"고맙소. 와주어서."

"노환으로 누워 계신다기에 한 달 전쯤 뵈러 왔을 때는 건강하셨는데 돌아가셨군요."

"잊지 않고 가끔 우리 집을 챙겨준 걸 알고 있소. 고맙소."

"무슨 소리요! 초상은 우리 천호부에서 다 감당할 테니 염려하지 마시오."

김인찬은 이지란의 부친 장례 일체를 맡아 하기로 했다. 여진인이었던 이지란의 가족도 대가족이었지만 격식을 차려 장례를 치를 만한 사람이 없었다. 장례가 있던 날엔 백성들도 장지까지 따라와 애곡하기도 하며 고인을 기렸다.

"김 장군, 고마웠소. 도와주지 않았으면 당황하기만 했을 거요."

"할 일을 했을 뿐이오. 언제까지 집에 계실 예정입니까?"

"우리 여진 습속으로는 석 달 동안 복伏을 입어야 하오. 석 달은 있어야겠지요."

"그동안 숨가쁘게 전장터만 누볐으니 푹 쉬다 가시지요."

"그래야겠소."

그의 말이 떨어지기 무섭게 마당 안으로 들어오는 말발굽 소리가 들렸다.

"이성계 장군님의 급보입니다."

이지란과 김인찬이 방문을 열고 나갔다. 마당에는 말에서 내린 전령병이 있었다.

"급보라니? 뭐냐?"

"부친상을 당했으니 그 슬픔 얼마나 클지 잘 알고 조의를 표하지만 나라 사정은 그대의 효도보다 더 급하다, 그러니 즉시 쌍성으로 돌아오라, 그렇게 전해드리라 했습니다."

"급한 사정이 뭔지 알고 있느냐?"

김인찬이 물었다.

"호발도 오랑캐군이 쳐들어오고 있다 합니다."

"알았다."

이지란은 그 한마디를 던지고 방 안으로 들어가더니 상복 위에 갑옷을 차려입고 은빛 투구를 찾아 쓴 채 밖으로 나왔다. 식구들이 놀라 마당으로 모여들었다. 이지란은 마구간에서 군마를 끌어내고 식구들에게 고했다.

"나라가 위급하다는 이성계 장군의 전갈이다. 어찌 사사로운 효도에 매달릴 수 있겠느냐? 내 대신 여기 계신 김인찬 천호께서 우리 집안은 돌보아주실 것이다. 김 장군! 부탁하오."

"염려 마시고 어서 떠나시오. 그리고 이 장군! 만약 배후에서나 측면에서 공격군이 필요하면 곧바로 연락하시오. 우리도 출전할 테니."

"알았소. 이성계 장군께 그렇게 전하리다."

이지란은 군마에 올라 전령과 함께 쌍성을 향해 나는 듯이 달려나갔다.

"이지란이 저렇게 마음 놓고 전장으로 달려나가는 건 역시 자네가 자기 집을 지켜주리란 믿음 때문이겠지?"

한충의 말에 인찬은 빙그레 웃었다.

"무슨 소릴 하나? 내가 이지란의 경우처럼 되었을 때 그럼 자넨 난 모르겠다며 팔짱을 낄 셈인가?"

"그건 아니지. 하하하! 괜시리 얘기했다가 본전도 못 찾았군. 자, 돌아가세."

두 사람은 천호부로 돌아왔다. 그로부터 열흘쯤 지나자 한충이 김인찬을 찾았다.

"왜 그러나?"

"닷새 후면 내 아버님 희수년喜壽年 생신일세."

"뭐야? 희수? 벌써 일흔일곱 살이 되셨다구? 건강하시겠지?"

"원래부터 건강은 타고나신 분이라 건강하실 걸세."

"그럼 희수연을 열어드려야겠군?"

"아우들이 채비를 했을 걸세."

"그럼 우리도 가야지. 서두르게."

"두 사람이 자리를 비울 수는 없잖나? 나만 다녀옴세."

"아니야. 그런 말도 있잖나? 누운 김에 자고 간다고. 자네 부친 희수연도 보고 모처럼 안변 집도 다녀오고 싶네."

"그럼 가세."

김인찬은 천호부의 일을 부사副司에게 맡기고 한충과 함께 열흘 말미를 내어 북청을 떠났다. 한충의 집은 안변에서 머지 않은 곳에 있었다. 그의 고향은 백암산을 지나 북쪽으로 약간 떨어진 마천이란 곳이었다.

"이런 두메산골 산밖에 안 보이는 벽촌에서 정말 용났네. 출세했어."

가도 가도 끝이 없는 깊은 산골짜기를 지나면서 김인찬이 농을
했다.

　"피차 일반이면서 뭘 으스대나? 거의 다 왔네. 저 산굽이만 돌면
내 고향 마천일세."

　한충의 집에서는 잔치 준비가 한창이었다. 아들과 아들 친구가 찾
아오자 집안에서는 기뻐서 난리법석이었다. 삼 년 만에 찾아온 고향
집이었다.

　희수연은 성대하게 잘 치러졌다. 두 사람은 이틀쯤 그곳에 머물다
가 안변으로 떠났다.

　"기별도 없이 오다니 웬일이냐?"

　아들 인찬을 본 아버지는 깜짝 반가워하며 맞았다.

　"그동안 기체후 일향 만강하십니까?"

　한충도 큰절을 올리자 김 목사는 흐뭇하게 고개를 끄덕였다.

　"충이도 함께 왔구나? 혼자도 아니고 둘이 함께 오다니 무슨 일이
냐?"

　"모처럼 휴가를 받아 왔습니다. 며칠 쉬었다 가려구요. 마침 한충
군의 부친께서 희수를 맞아 희수연을 하셨기에 그곳도 다녀왔습니
다."

　"그래? 인생칠십고래희라 해서 사람이 칠십을 산다는 것은 아주
드문 일이라 했는데 일흔일곱까지 건강하게 사셨다니 정말 축하할
일이다. 또 비록 작은 소읍이지만 네가 사재를 털어 흉년에 신음하
는 백성들을 구휼하는 일에 앞장서서 국가 관리의 모범이 되었다는
것은 가문의 영광이다. 전장에 나가면 병사들을 먼저 생각하고, 지

방을 다스릴 때는 백성부터 늘 생각하는 그 마음 잊지 마라."

"명심하겠습니다."

"안집으로 가보아라. 식구들이 반가워할 게다."

"예."

누구보다 반가워한 건 인찬의 아내였다.

"얼마나 고생하셨어요? 흉년을 이기느라 온갖 고생 다 하셨다는 소식을 전해 듣고 많이 울었답니다."

"울 것까지야. 미리미리 대비를 해서 큰 고생은 안 했소."

"좀 쉬었다 가실 거지요?"

"보름쯤 쉬었다 갈 거요."

"그러셔야죠. 그동안 얼마나 심신을 혹사시키셨는데…… 좀 쉬셔야 해요."

아내의 말대로 오래 떨어져 있던 아들들에게 못 했던 아버지 노릇도 하며 이삼 일 쉬던 인찬은 한충에게 말했다.

"집에 오면 모든 피곤이 싸악 풀릴 줄 알았는데 그게 아니니 웬일일까?"

"신경 쓸 일이 많아서 그럴 거야. 하는 수 없잖은가?"

"점심 먹고 나하고 가세."

"벌써 북청으로 돌아가자는 말은 아니겠지?"

"날 따라오면 알게 되네. 묻지 말고 나서게."

식사를 한 뒤 인찬은 부인에게 행선지를 알린 뒤 한충과 함께 집을 나섰다.

"어딜 가는데 산비탈로 가나?"

"조금만 가면 되네. 저기 너른 밭 보이지? 저게 모두 우리 밭일세. 콩하고 수수 그리고 옥수수를 주로 심어 먹네."

"그런데?"

"저 위 산 중턱에 오두막 같은 너와집이 보이지? 그게 우리 산막 일세. 산지기가 사는 집이지. 북청으로 돌아갈 때까지 저 너와집에 서 자네와 지낼 걸세."

"무슨 소리야? 쉬러 왔는데 귀양살이라니?"

"얼마나 편하고 조용한지 모를 거야. 그뿐인가? 지금이 몇 월인 가? 팔월 초순일세. 여기야말로 무더위를 날리고 피서하기엔 딱 알 맞은 곳일세. 그리고 식사 수발은 산지기 내외가 알아서 해줄 테고. 먹는 거 너무 기대하진 말게. 염반소찬鹽飯素饌이란 말 들어보았겠지? 염반이 뭔가? 소금 밥이란 말이지. 소찬은? 푸성귀 반찬이란 말이 지. 소금 조밥에 푸성귀 반찬이 고작이다, 그런 말일세."

그날부터 두 사람은 산막 너와집에서 지내게 되었다.

"노느니 염불한다고 땀 흘려 일이나 하세."

"무슨 일을 하자는 거야?"

"콩밭을 매주어야지?"

"힘든 일 중에 힘든 일만 시키는구면."

"여름에 '콩밭 맬래 아니면 애 볼래' 하면? 누구든지 '콩밭 매러 갈래요' 한다잖아? 애 보기보다는 쉬운 게 콩밭 매는 건데 뭘 힘들 다 하는가?"

두 사람은 호미를 들고 콩밭에 난 잡초를 캐고 뽑는 일을 시작했 다. 워낙 밭이 넓어서 며칠은 매야지 김매기가 끝날 것 같았다.

그로부터 사흘 뒤 두 사람이 밭고랑에 엎드려 열심히 잡초를 매는데 갑자기 머리 위에서 뭔가 바람을 가르며 날아가는 듯한 소리가 들려 흠칫했다. 김인찬과 한충 두 사람은 무장이라 바람 가르는 소리에는 민감했던 것이다.

"화살 나는 소리 아냐?"

"아니?"

두 사람은 순간적으로 고개를 돌렸다가 경악에 가까운 신음 소리를 목뒤로 삼켰다. 밭 귀퉁이에는 삼십여 년 된 뽕나무 두 그루가 서 있었는데 그 뽕나무 하나의 높은 가지 위에 앉아 있던 산비둘기가 날아든 화살을 맞고 땅으로 떨어졌던 것이다.

"두 마리가?"

더 놀라운 것은 화살 한 대에 나란히 앉아 있던 두 마리 산비둘기가 맞아서 두 마리 모두 땅으로 떨어졌다는 것이다. 도대체 누가, 어디서 화살을 쏘았나 알아보기 위해 두 사람은 벌떡 일어났다. 자신들이 있는 곳에서 한참 떨어진 쪽 길가에 두 사람의 무장이 서 있는데 그중 한 무장이 시위를 당겼던 활을 내리고 있는 모습이 보였다. 인찬의 두 눈이 휘둥그레졌다. 화살을 쏜 무장은 다름 아닌 이성계였고 그 옆에 서 있는 무장은 이지란이었다.

반가운 마음에 김인찬이 큰 소리로 외쳤다.

"도령님, 활도 잘 쏘십니다!"

"하하하, 나는 이미 도령 나이는 지났소."

"어떻게 이런 산속까지 찾아오셨습니까?"

"군사를 이끌고 개선하는 길에 안변을 지나게 되어 일부러 찾았더니 김 장군은 밭에 가 계시다 하여 찾아온 겁니다."

"정말 반갑고 영광스럽습니다. 일부러 오시다니요."

그러자 이성계가 이지란에게 명했다.

"뭐하는가? 떨어진 산비둘기 두 마리 챙겨 오지 못하고? 오늘 저녁 술안주로 삼아야 할 거 아냐?"

"그렇군요. 기다리십시오."

이지란이 뛰어가 산비둘기를 주워 왔다.

"안변 저희 집에 가시지요. 잘 모시겠습니다."

"아닙니다. 듣자 하니 산막이 있다던데?"

"저 위에 보이는 저 너와집이 산막입니다."

"두 분은 거기서 거처하신다지요? 오늘 밤은 우리도 거기서 유할까 합니다."

"너무 누추하고 비좁습니다. 어떻게 그런 곳에 장군님을 모실 수 있습니까? 산막에는 좁쌀밥밖엔 없고 반찬은 푸성귀가 전부입니다."

"우리가 그런 거 가리고 타박한 적 있습니까? 좁쌀밥이라도 먹읍시다. 두 분이 거처하시면 술은 좀 남아 있겠지요?"

"예. 안변 앉은뱅이술이 한 독 남아 있습니다."

한충이 대답했다.

"앉은뱅이술이라니? 앉은뱅이들이 먹는 술을 말하는 거요?"

"아, 아닙니다. 땅에 묻은 술독에 술이 익었는지 안 익었는지는 쪼그리고 앉아서 떠먹어봐야 알지 않겠습니까?"

"그렇지요."

"조롱박으로 한 번, 두 번 맛을 보다가 너무 맛이 좋아 계속 떠 마시다 보니 취해서 앉은 채 앉은뱅이가 되어 일어나지 못했다는 데서 나온 말이지요."

"그거 참, 우리도 앉은뱅이 한번 되어봅시다. 하하하."

입맛을 다셔가며 이지란이 껄껄거렸다.

"그럼 산막으로 모시겠습니다. 가시지요."

김인찬이 말했다.

조선왕실 족보인 〈선원실록璿源實錄〉에는 태조 이성계와 김인찬이 밭에서 만나는 광경을 이렇게 기록하였다.

太祖 征胡拔都 環至安邊(태조 정호발도 환지안변)

有二鵠集于田中 桑樹 太祖射之一發(유이합집우전중 상수 태조사지일발)

二鵠俱落 路邊有二人耘(이합구락 로변유이인운)

一韓忠 一金仁贊 見之嘆曰(일한충 일김인찬 견지탄왈)

善哉都領之射 太祖笑曰(선재도령지사 태조소왈)

我己過都領矣因 命二人 取食之(이기과도령의인 명이인 취식지)

於是二人 備粟飯以進(어시이인 비속반이진)

太祖爲之下箸 二人遂從(태조위지하저 이인수종)

不去皆與 開國功臣之列(불거개여 개국공신지열)

태조가 호발도군을 평정하고 안변에 이르렀을 때에

산비둘기 두 마리가 밭 가운데 있는 뽕나무 위에 앉아 있는데

태조가 활로 한 발을 쏘니

한 번에 산비둘기 두 마리가 떨어졌다. 이때 두 사람이 길가 밭에서

김을 매고 있었는데

한 사람은 한충이요 한 사람은 김인찬인데 그 광경을 보고 감탄하여

말하기를

도령께서 활도 잘 쏘십니다. 하자 그 말을 듣고 태조가 웃으며 하는 말이

나는 이미 도령은 지난 나이요. 하며 잡아놓은 비둘기를 두 사람에게

가져다 먹게 하였다.

이때에 두 사람은 조밥을 준비하여 태조께 바쳤다.

태조가 성의를 보아 먹었다. 두 사람은 태조를 좇아 따르며

곁을 떠나지 않고 함께하여 개국공신의 반열에 올랐다.

그날 밤 이성계는 이지란과 함께 김인찬의 밭 산막에서 간소한 식
사를 하게 되었다.

"이밥이 아니고 조밥이어서 송구스럽습니다."

"무슨 말씀. 맛있게 먹겠소. 진수성찬이다 생각하며 듭시다."

이성계는 미안해하는 김인찬을 보고 아무렇지 않은 듯 맛있게 먹
었다.

"자, 이게 앉은뱅이 안변 술이로군? 한잔씩 합시다."

술잔이 오고 갔다.

"호발도군은 어디서 대파하셨습니까?"

한충이 물었다. 그러자 이지란이 신이 나서 말해주었다.

"개마고원 쪽에서 만나 일전을 벌였지요. 숫자는 호왈 오천인데

정규 군사들이 아니고 급조된 오합지졸이라 훈련이 안 돼 있었소. 초전에 천여 명 군사를 잃고 북쪽으로 퇴각하더니 길주로 가서 전열을 정비했소. 오합지졸을 쳐부수려면 산악전보다는 평지전으로 승부를 내야 한다고 이성계 도원수께서 군령을 내리셨지요. 길주 평야로 끌어냈습니다. 호발도도 좁은 길주성 성안에 갇혀 싸운다는 건 승산이 없다는 것을 판단하고 평야지로 나왔습니다. 정면전으로 맞섰지요."

"호발도의 무용이 출중하다고 소문이 나 있던데?"

"아시는구먼? 처음엔 나하고 맞붙었지요. 이지란 하면 고려군에서는 일기당천의 맹장으로 자타가 인정하는 장수 아니오? 감히 내 상대가 되랴 하고 마상에서 붙었는데 일합, 이합, 이십여 합을 겨루는데도 승부가 나지 않고 이놈이 지치지도 않는 거야."

"무승부로 끝나셨군요?"

김인찬이 한마디 하자 자존심이 상한 듯 이지란은 버럭 소리를 질렀다.

"이성계 장군이 자기한테 놈을 넘기라 하셔서 내가 뒤로 빠진 것뿐이라오."

"그래 어찌하셨습니까?"

이성계에게 물었다.

"아시다시피 맹장이 있는 군대는 장수끼리 붙어 승부를 가리는 걸 즐겨 하지요. 장수끼리 붙어서 패하면 퇴각하는 겁니다. 호발도가 그걸 요구한 겁니다. 이번엔 나하고 붙었지요. 정말 대단한 맹장이었소. 이지란과 싸워 지칠 대로 지친 상태에서 나와 겨루게 되었으니. 그런데도 겨룰수록 새 힘이 솟구치는 것 같더라구? 마상에서 격검술擊劍術로는 승패가 안 날 것 같아 싸우다가 못 이기는 체 순간적으로 내가 등을 돌렸소. 그랬더니 바싹 따라붙는 거야. 이때다 싶어 등 뒤의 전통에서 화살을 뽑아 한 대를 날렸지. 분명 가슴에 맞았는데 멀쩡하게 덤비는 거야."

"호발도는 기름을 먹인 세 겹으로 된 두터운 베옷 전포를 입고 있어 화살이 뚫고 들어가지 못한 것이오."

"그럼 어찌 됐지요?"

"어디 내 화살이 뚫고 들어갈 틈이 없어 보였소. 그런데 들고 있던 장검을 장창으로 바꿔보려고 말머리를 돌리는 거요. 고삐를 채느라 몸이 들썩 하는 순간 놈의 엉덩이에 화살을 박았지. 엉치뼈를 뚫고 말 잔등까지 강궁 화살이 날아가 박히자 말도, 사람도 비명을 지르며 한꺼번에 자빠지는 거야. 땅에 떨어진 호발도가 자리에서 일어났지만 중상을 입은 엉덩이 때문에 움직임이 자유롭지 못하더군. 비명을 지르는 그의 벌어진 입을 노렸지. 그 안에 화살 한 대를 박으려는 순간 놈의 부장 십여 명이 몰려들어 호발도를 저희들 말 위로 끌어올리고 도망쳤네."

"놓치고 말았군요."

"궁적은 쫓지 마라, 다 죽어가는 적은 쫓지 말고 도망가게 하라, 이성계 장군이 평소 내게 하신 말씀이오. 그게 전장의 예절이라나? 아무튼 호발도군은 길주 평야 접전에서 거의 전멸당하고 호발도는 간신히 목숨을 부지하여 요동으로 도망쳤지요."

이지란의 길주대첩吉州大捷에 대한 마무리였다.

228   용의 형제들

"대첩을 이루고 개경으로 개선하시는 길에 여길 들르신 거군요? 군사들은 어디 있지요?"

"안변 성안에서 기다리고 있소."

"길주대첩을 다시 축하하는 의미에서 축배를 올립시다."

김인찬이 제의했다. 밤이 깊어갈수록 술독은 비어갔고 격의 없는 우정이 허름한 산막의 방 안에 훈훈하게 잠겼다.

"날 찾아 벽지까지 와주신 은혜 잊지 않겠습니다."

김인찬이 새삼스럽게 이성계에게 머리를 숙였다.

"회포나 풀자고 왔는데 너무 그러지 마시오."

"잘 오셨습니다. 그러지 않아도 저는 진작부터 이 장군님을 뵈오면 흉중에 가지고 있는 제 포부를 밝혀 보이고 싶었습니다."

"포부라구요? 들어보십시다."

"전번에 뵈었을 때 저는 수선론修繕論에 대한 말씀을 드린 적이 있습니다."

"수선론이라? 헌 물건을 고쳐 써야 하느냐, 버리고 새 것으로 갈아야 하느냐 그런 말씀 아니었소?"

"기억하시는군요. 저는 그냥 드린 말씀이 아니었습니다. 여기에서 헌 물건은 고려왕조를 말함이니까요. 그 물건을 고쳐 써야 하느냐, 버리고 새 것으로 만들어 써야 하느냐 그 선택에 대한 비유였습니다."

"뭘 고치고 버리자는 건지 난 이해가 안 가는데요?"

이지란이 불평했으나 이성계는 말뜻을 알아듣고 심각한 표정이 되었다.

"김 장군은 어느 쪽이지요? 고쳐 써야 한다, 아니면 버리고 새 것으로 바꿔야 한다."

"저는 후자입니다. 새는 항아리는 버려야 합니다. 테를 두르고 석회로 땜질을 해서 당분간은 쓸 수 있겠지만 곧 또 샙니다. 열흘 피는 꽃이 없고 달도 차면 기운다 했습니다. 몽고의 원 제국을 보십시오. 몇 천 년 군림할 것처럼 위세를 부렸지만 이백 년도 못 되어 망해가고 있습니다. 신흥 세력인 명나라가 일어나 승승장구하는 건 당연지사입니다. 우리 고려조도 망해가고 있습니다. 몽고의 지배를 백 년 동안이나 받으며 나라가 쇠약해질 대로 쇠약해졌고 친원파 대신들이나 권력자만 잘 먹고 잘살아왔으며 무능과 부패만 만연해 백성들은 희망 없이 도탄에 빠져 있습니다. 게다가 국력이 쇠잔해지니 주변의 외적들이 침략하는데 막아낼 힘조차 부족합니다. 게다가 이제 고려왕조는 가장 중요한 왕조의 정통성에 문제가 생겼습니다."

"그게 무슨 말이오?"

"몽고에게 주권을 빼앗기고 백여 년간 우리는 속국으로 살아야 했으며 그때부터 임금은 몽고인의 피가 흐르는 반 몽고인, 반 고려인이 되었습니다. 게다가 몽고 여자를 왕비로 삼아 혼혈이 가속화된 겁니다. 이래서야 어떻게 우리 고유한 고려의 임금이라 할 수 있습니까? 그뿐만 아니지요. 금상은 요승 신돈의 자식이라고들 합니다. 틀린 말이 아닙니다. 고려 임금은 왕씨가 아니라 신씨가 된 것입니다. 게다가 공민왕은 계비였던 익비가 자제위의 홍윤이란 청년과 관계하여 임신한 사실을 알게 되자, 그게 문제가 될까 봐 환관 최만생과 짜고 들이닥친 홍윤 일당에게 암살을 당했습니다. 그게 고려 조정입니다. 만백성을 다스리는 임금이요 조정입니다."

김인찬의 말이 끝나자 이성계를 비롯한 모든 사람은 탄식의 한숨만 내쉬며 화를 참지 못하고 술만 들이켰다.

"지금 그 말을 하는 연유는 뭔가?"

한충이 물었다.

"뒤집어엎어야 한다는 생각이 안 드나?"

"뒤집어엎다니?"

"그걸세. 나라와 백성을 걱정하는 우국의 지사라면 지금쯤 어디선가, 누군가 더 이상은 안 된다며 반정을 계획하고 있을 것으로 보네. 참을 수 없는 것을 참는 걸 인내라 하지만 인내에도 한계가 있는 법 아닌가?"

그러자 한충이 조금은 떨리는 소리로 되물었다.

"그럼 역성혁명易姓革命을 해야 된단 말인가?"

"음."

"우리가?"

"난 그래서 이성계 장군을 다시 만나길 기다리고 있었네. 이 장군! 나는 오랫동안 흉중에 고려는 끝났다, 새 왕조가 서야 한다는 결심을 가지고 구체적인 계획도 가지고 있었습니다. 그 같은 반정의 중심인물이 되어야 할 분은 전혀 새롭고 깨끗하고 출중한 지도자의 능력을 갖춘, 백성들이 추앙하는 영웅이어야 한다고 생각했습니다."

이성계가 고개를 숙였다. 뭔가 생각에 잠기는 표정이었다.

"그 영웅이 바로 이성계 장군이십니다."

김인찬은 그렇게 단정하듯 말하고 남은 술잔을 들이켰다.

"왜 말이 없으시오? 뭐라 해보시오."

이지란이 답답하다는 듯 침묵을 지키고 있던 이성계를 재촉했다.

"내가 무슨 말을 하겠는가? 난 김 장군의 충고대로 외직만 자원해서 전장터로만 돌아다녔소. 그래서 나라 조정 돌아가는 건 전혀 모르오. 지금 말씀은 반정의 낌새가 있어서 하는 말씀이오?"

이성계가 김인찬에게 물었다.

"그건 아무도 모릅니다. 하지만 말만 않을 뿐 모든 조정 상하 그리고 백성들에 이르기까지 이대로는 안 된다는 분위기가 팽배해 있는 건 사실입니다."

"그럼 누군가 일어나기를 기다리고 있단 말 아니오?"

"그렇습니다."

"그걸 알면 왜 안 일어나지?"

"치자인 임금이 실정을 거듭했거나 무도無道하면 종친宗親 중의 왕손을 내세워 임금을 갈아 치우고 조정을 혁파하는 것을 반정이라 하지만 왕조를 바꾸는 것은 역성혁명입니다. 반정이나 혁명을 하려면 그 주동 인물이 조정 상하와 백성들의 존경을 받을 만한 실력자여야 합니다. 아니면 따르지 않고 외면합니다. 존경받는 실력자가 없기 때문에 감히 일어나지 못하는 것입니다. 저는 그 실력자가 바로 이성계 장군이라 확신하고 있습니다."

"……"

이성계는 침묵을 지켰다. 한충이 말했다.

"자네는 목이 몇 개인가? 그렇게 무서운 말을 하다니?"

"목숨을 걸고 말씀드리는 거네. 취중에 허투루 하는 말은 결코 아니니까. 이지란 장군! 한충 장군! 그대들은 어찌 생각하오? 내 주장이 옳소 아니면 틀렸소?"

"옳다고 보네."

한충이 일어나더니 이성계 앞에 부복했다. 놀란 이지란과 김인찬도 일어나 무릎을 꿇었다.

"김인찬 장군의 결심에 존경을 표하며 김 장군의 주장대로 반정을 하든 혁명을 하든 나서야 할 분은 이성계 장군밖에 없다고 봅니다. 허락해 주십시오."

"고맙소만 그런 일은 하늘이 점지해 주어야 할 수 있는 거 아니오? 하늘이 낸 사람 말이오. 하지만 난 일개 무장에 불과하오."

"중국 패현沛縣의 농사꾼이요 정장亭長이 무슨 자격이 있어 진나라를 멸하고 한나라를 세운 고조高祖 유방劉邦이 되었겠습니까? 일개 무장이라니요? 장군은 다가올 새 시대의 영웅이니 그 자격 차고 넘칩니다. 대임大任을 맡겠다 승낙하시지요."

"심사숙고한 후 나중에 밝히리다. 그토록 중차대한 문제를 즉흥적으로 대답할 수는 없는 일 아니오? 자, 바로 앉으시오들. 술이 부족하군?"

"부엌에 있을 겁니다. 제가 가져오겠습니다."

한충이 일어났다. 그쯤에서 흉중에 있던 경세지론經世之論을 끝내고 새벽녘까지 통음을 하며 네 사람은 흉금을 텄다.

조계암의 결의, 용의 형제들

이튿날이 되자 아침을 하고 네 사람은 헤어지기 전에 산막 위에 있는 낡은 정자에 올랐다.

"전망이 훌륭하구려. 안변 성내가 다 보이는군?"

기분이 좋아서 이성계가 웃으며 말했다. 그러면서 김인찬을 보고 말을 이었다.

"김 공!"

"말씀하시지요."

"해몽解夢을 잘하시는 편이오?"

"그런 상식은 없습니다만 무슨 꿈을 꾸었는데요?"

"글쎄요. 호발도군을 무찌르고 쌍성 집으로 돌아와서 꾼 꿈이니

십여 일 전인 것 같소."

"꿈이 비범해서 그러십니까?"

"그런 건 아니오만 하도 선연하고 전에도 비슷한 꿈을 꾼 일이 생각나서 그럽니다."

"해몽 같은 건 전문적으로 풀 줄 아는 사람이 풀어야 정확한 것입니다. 예지력이 있는 큰 무당이거나 학식이 깊고 도통한 고승 정도는 되어야 할 것 같은데요?"

"범인인 내가 꾼 개꿈을 그런 사람에게 해몽을 맡겨서야 어디 어울리겠습니까? 하하하!"

"이렇게 하시지요. 얼마 전에 듣자 하니 무학대사無學大師라는 고승이 응진사應眞寺(훗날 이성계가 조선을 개국한 뒤 자신의 꿈을 맞추었다 하여 석왕사釋王寺로 재중건하였다)에 있다는 말을 들었습니다. 그분이 도술에도 능하고 파자점破字占에도 용하고 학덕이 높다고 소문이 나 있지요."

그러자 한충이 깃을 달았다.

"무학대사는 원래부터 응진사에서 참선하던 스님 아닌가?"

"방랑을 좋아하여 한 번 떠나면 이삼 개월 후에 돌아온다네. 요즘엔 거기 계시다 그런 말이지."

"응진사는 안변에 있는 절 아닌가? 여기선 가까운데 그 스님을 한 번 만나보고 꿈풀이나 부탁해 봅시다."

이지란이 가보자 했다.

"내 말이 그 말이오. 가까운 곳에 있는 절이니 바람도 쐴 겸 다녀오시는 게 좋을 것 같습니다."

이성계도 마지 못해 따라나섰다. 그러자 한충이 미안한 듯 말했다.

"한데 난 세 분과 여기서 헤어져야 할 것 같소이다. 고향 집에서 가져가야 할 것도 있고 하여 고향 집에 들러 북청으로 먼저 가겠습니다."

"더 쉬고 가시지?"

"두 사람이 한꺼번에 자리를 비워서 불안한 모양입니다. 그렇게 하게. 먼저 가게. 며칠 후 뒤따라갈 테니."

인찬이 고개를 끄덕이며 한충에게 떠나라 했다. 그가 가고 나서 이성계와 이지란, 김인찬 세 사람은 응진사로 무학대사를 찾아갔다. 안변에서는 가까운 곳이었다. 한참 만에 도착하여 무학을 찾으니 상좌승 말이 뒷산 중턱에 있는 조계암曺溪庵에 있다 하였다. 산길을 올라 암자 안으로 들어가자 스님은 독경을 하고 있었다.

독경이 끝나기를 기다렸다가 인기척을 하자 스님이 놀라 바라보더니 방으로 안내했다.

"처음 뵙습니다. 저는 북청 천호 김인찬이라 하고 이분은 이지란 장군, 이분은 도원수 이성계 장군입니다."

"무학올시다. 한데 고명하신 장군께서 여기까지 오시다니 광영입니다."

"대사께선 이 장군을 아시는지요?"

"이성계 장군의 성가를 모르는 사람도 있소?"

"부끄럽습니다."

"무슨 일로 날 찾아왔소?"

"해몽 말씀을 들어보았으면 해서 왔습니다."

"꿈을 꾸셨나요? 말씀해 보십시오."

대사 무학이 이성계를 넌지시 건너다 보았다.

"전에도 비슷한 꿈을 꾸었는데 이번에는 아주 선연하게 꾸었습니다. 산속이었습니다. 궁궐이나 큰 절 기둥으로 쓰이는 서까래 기둥 세 개를 지게에 지고 나오는데 마당 같은 곳을 지나자 대문이 나타났습니다. 문이 좁아 긴 서까래가 지나갈 수 있을까 싶어 걱정을 했는데 부딪치지 않고 그냥 통과하여 나오는 것이었습니다. 신기했습니다."

"그게 전부입니까?"

"예."

무학대사는 부처님처럼 결가부좌를 하고 앉아서 두 눈을 감은 채 명상에 잠겼다. 얼마 후 조용히 눈을 떴다.

"그 꿈 얘기 다른 사람에게 말한 적 있나요?"

"아닙니다. 누구에게도 말한 적이 없습니다."

"잘 하셨습니다. 여기 계신 세 분만 아시고 함구하십시오. 놀라운 신의 계시입니다. 서까래 기둥 세 개를 지고 있었다면 사람이 그 가운데 있으니 한자로 임금 왕王 자입니다. 걸어 나온 마당은 조정이고 대문은 임금이 출입하는 문입니다. 문門은 그 문으로 통과했으니 문闁이기도 하고, 문 자를 파자점으로 풀면 역시 임금 왕王이 됩니다. 머지 않아 장군은 군주가 되실 것입니다. 옥체를 보전하십시오."

세 사람은 너무도 놀라 벌어진 입을 닫지 못하고 긴장했다. 이지란이 더듬거리며 되뇌었다.

"형님이 이…… 이…… 임금이 되신다구요? 아."

"입 단속하시오. 대사님 말씀 듣지 않았소? 함구하라고."

김인찬이 나무랐다.

"미안하오."

잠시 후 대사가 일어났다. 어디로 가려는지 목탁을 든 채 바랑을 짊어지고 나섰다.

"자, 그럼 쉬었다 가시오. 소승은 볼일이 있어 출타합니다."

말을 마치자 그는 바람처럼 사라졌다. 이성계와 김인찬 두 사람이 무학대사를 만난 것은 그때가 처음이었고 그렇듯 금세 헤어지게 되었다.

대사 무학의 속성俗姓은 밀양 박씨였고 몽고군에 항전한 강화의 삼별초군 장수였던 박서가 조부였다. 무학의 아버지는 충청도 서산에 살았는데 나라에 죄를 짓고 안면도에 들어가 숨어 살게 되었다.

부친은 갈대로 삿갓을 엮어 파는 것을 생업으로 하는 하류인생이었다. 그런데 그의 죄가 드러나 서산 현에서 소환령이 내려지자 부친은 숨고 부인을 대신 보냈다. 배를 타고 가던 중 만삭이었던 부인에게 진통이 왔고, 바다 중간에 있던 간월도看月島에서 내려 아기를 낳았다 한다.

그게 무학이었다. 무학은 열여덟에 송광사로 출가하여 혜명 스님에게 배우고 원나라에 유학했다. 그곳에서 인도승인 지공을 만나 선불교를 배우고 나옹 혜근 스님을 만나 제자가 되었다. 귀국한 뒤에 공민왕의 왕사王師가 된 나옹을 찾아가자 나옹은 무학을 전법傳法 제자로 삼고자 했으나 다른 제자들의 반대로 뜻을 이루지 못했다.

반대 이유는 무학이 천민 출신이라는 것이었다. 그때부터 무학은 토굴을 파고 들어가 수년 동안 참선을 하기도 하고 전국을 떠돌았다. 그러면서 법문이 높은 고승뿐 아니라 신진사류新進士類들과도 교분을 쌓았다. 고려는 숭불을 통치이념으로 삼았지만 말기에 이르러서는 너무 부패하여 유학을 공부한 신진사류들이 서서히 주류 세력으로 부상하고 있었다.

무학은 자유로운 수행자를 자처했다. 그는 파자점에도 능했고 풍수지리, 풍수학에도 조예가 깊었으며 천문지리에도 밝았다. 그래서 그는 보수적인 사고방식이 아닌 탁 트인 개혁사상을 가지고 있었다. 일반적으로 계층은 양반, 중인, 상인으로 나뉜다. 제일 밑의 계층이 상놈인 것이다. 부곡민部曲民이라 불리는 하층민은 상놈보다 아래 계층으로 버려진 인생들을 말한다.

무학은 부곡 출신이었다. 그것이 족쇄였다. 하지만 그는 출신에 대한 한계를 극복했다. 핍박받고 멸시당한 한이 있었던 만큼 나중 이성계를 도와 나라를 개국하게 되었을 때 무학으로서는 자기 세상이 되었으니 다른 많은 공신들이 그러했듯이 신분에 대한 복수를 하고 신분 상승에 욕심을 부려 온갖 권세와 재산을 탐했을 법도 했다. 그러나 죽을 때까지 무학은 정치와 권력에 기웃거리지 않고 깨끗이 살다가 암자에서 입적했으니 그는 출신에 대한 한계를 그렇게 극복하였다.

조계암에 남겨진 세 사람은 흥분된 가슴을 진정하지 못하고 면벽面壁을 한 채 오랫동안 묵상에 잠겼다. 그러다가 묵상을 끝내고 돌아 앉았다.

"장군님, 대사의 말씀대로 왕이 되셔야 하는 것은 숙명인 듯싶습니다. 지금 마음이 어떠신지요?"

김인찬이 물었다.

"나는 대사께서 꿈 해몽을 할 때 서까래 세 개는 임금 왕이라, 그 말을 듣는 순간 눈앞이 그믐날 밤처럼 깜깜해지고 아무것도 보이지 않았소. 눈앞은 암흑이었지. 그러다 서서히 눈꺼풀이 열리고 동트는 새벽하늘처럼 밝은 빛이 가득 차 오는 것이었소."

"봉축합니다. 저는 그것을 서기瑞氣로 보고 싶습니다. 어제도 말씀 드렸지만 저는 평생 장군을 따르겠다고 작정했습니다. 거두어주십시오."

"결의형제結義兄弟라도 하자는 말씀이오?"

"그렇습니다. 여기 조계암에서 결의형제를 약조하는 게 좋겠습니다."

"좋소. 지란 장군은 어떠신가?"

"저도 찬성이오."

"우리 가운데 문재文才는 김 장군이니 김 공께서 회맹문會盟文은 지으시오."

"그러겠습니다."

김인찬은 방구석에 있던 지필연묵을 가져와 먹을 갈았다.

"누가 제일 연장이지요? 연장 순으로 형님 아우를 정해야 하는 거 아닌가?"

이지란의 말에 김인찬이 답했다.

"여기서 나이는 불문에 부치기로 하고 또 신분의 고하 역시 따지지 않기로 하는 게 좋겠습니다. 나이와 신분이 무슨 상관이오?"

"좋습니다. 그럼 이렇게 정합시다. 이성계 장군을 장형으로 삼고 김인찬 장군을 막내로, 나를 중형으로 합시다."

이미 정해놓은 듯이 이지란이 큰 소리로 말했다. 그러자 김인찬이 말했다.

"좋습니다. 말씀하신 대로 장형은 이성계 장군, 중형은 이지란 장군으로 그리고 말제는 김인찬, 그렇게 정하는 게 도리라 생각합니다."

"그래도 되겠습니까?"

이지란이 이성계에게 동의를 구했다.

"그렇게 하도록 하자."

"좋습니다. 장형은 이 장군, 중형은 이지란! 말제는 김인찬, 그렇게 정하신 걸로 하겠습니다. 자, 장형님께서 운자韻字를 내시지요."

김인찬이 이성계에게 권했다.

"운자라? 뭐라 낼까? 개강价江이 어떤가?"

"개강이오? 북청, 단천, 길주 지나 우리나라 동북면 꼭대기에 있는 온성穩城 근처에 흐르는 강 이름 아니오?"

이지란이 아는 체를 했다.

"거참 알기는 잘 아는구면. 삭방도는 옛날 윤관 장군이 정벌하여 구성을 개척하고 우리 영토로 만들었건만 그걸 지키지 못했네. 개강을 다시 찾아야 하네. 정말 아름다운 강이지. 이지란 아우는 알고 있지."

"알겠습니다. 운은 개강이라……"

김인찬은 붓을 들고 잠시 눈을 감고 문장을 떠올리고 있었다. 잠시 후 그의 붓놀림이 시작되었다.

結義兄弟 會盟之文(결의형제 회맹지문)

一體三人 一世同(일체삼인 일세동)

一生苦樂 一心中(일생고락 일심중)

才疎敢望 三千弟(재소감망 삼천제)

身老願從 八十翁(신로원종 팔십옹)

濟世安民 其孰任(제세안민 기숙임)

尊君立紀 有吾躬(존군입기 유오궁)

關張之宜 皆知己(관장지의 개지기)

豈爲他年 竹帛功(개위타년 죽백공)

세 사람이 한세상을 함께하는 한몸이 되었으니

일생의 생사고락을 한마음으로 하세.

재주가 성긴데(공자님처럼) 어떻게 삼천 제자 바라겠냐만

이 몸이 늙으면 저 팔순의 어진 재상 강태공姜太公을 따르리라.

세상을 구하고 백성을 편안케 함은 누구의 소임인가.

군왕을 받들고 나라의 기강을 바로 세움은 우리의 할 일

관우, 장비, 유비가 의를 맺은 것은 평생 형제로 결의함이며

어찌 큰 공 이루지 않고서 역사에 길이 남을 수 있을까.

이성계와 김인찬, 이지란의 결의형제는 이렇게 이루어졌다.

"그 옛날 유비와 관우, 장비는 복숭아 꽃밭 밑에서 술을 마시며 결의형제 의식을 치렀지만 우리는 조계암에서 부처님이 내려다보시는 가운데 했으니 의의가 더 크다 생각됩니다. 원래는 우리 습속에 따르면 의형제 결의는 장형의 어머님께 고하고 우리 삼 형제가 그 어머니의 치마폭에 들어갔다가 나오는 의례儀禮를 치러야 합니다."

"치마를 쓰는 이유는?"

"우리는 한배에서 나온 형제라는 걸 드러내기 위함이지요. 하지만 지금 장형의 모친은 돌아가시어 안 계시니 성묘라도 하여 고해야 하지만 그 묘가 멀리 쌍성에 있고 개선군은 안변에 머물고 있으니 더 이상 귀경을 늦추면 안 될 듯합니다. 그런 의식은 훗날 하기로 하고 산막에 가서 결의주를 마시고 축하한 뒤 귀경하시는 게 어떤는지요?"

"좋은 생각일세."

세 사람은 다시 인찬의 산막으로 자리를 옮겼다. 마음 같아서는 잔치라도 벌이고 싶었지만 그리하면 속내를 드러내는 것 같아 그만두기로 했다.

"의형제가 된 것을 사람들이 나중에 알았으면 하네. 나라가 흉흉하니 괜한 오해를 살 필요는 없으니."

"그렇습니다. 그리고 개선하면 형님은 이제 외직을 받아도 조정에 머무는 시간을 많이 가지십시오. 호랑이를 잡으려면 그 굴에 들어가야 한다 했습니다."

"인찬 아우도 상경하게. 나도 힘을 써볼 테니 다시 조정으로 들어와야 해."

"그러려구 작정하고 있었습니다."

"인찬 아우는 상경하겠단 뜻만 보이면 조정에서는 찬성할 거야. 흉년에 북청에서 보여준 능력을 모두 알아주고 있지 않나?"

이지란이 한마디 했다.

"그게 뭐 대단한 일이라고."

"대단한 일이지."

이성계가 김인찬의 손을 잡으며 힘을 주었다. 축하주를 마시고 휴식을 취한 세 사람은 안변으로 나와 가까운 시일 내에 다시 만나기로 하고 헤어졌다.

혁명의 시작, 요동 정벌

그로부터 한 달 후 김인찬은 병부시랑으로 발령을 받게 되어 개경으로 올라가게 되었다. 북청은 한충이 맡기로 했고 여옥은 개경으로 따라와 살기로 했다. 서문 밖 옛집에는 작은 형이 살고 있었고 인찬의 아들 셋이 안변 집에서 나와 살고 있었다.

여옥은 다른 곳에 작은 집을 사서 살게 되었다. 본부인은 삼 형제 밑으로 두 형제를 더 낳아 안변 집에서 꼼짝 할 수가 없었다. 그래서 아이들을 기르며 시부모를 모시고 살고 있었다.

개경에 있는 아들 삼 형제가 장성하여 아버지의 귀경과 영전을 축하하며 절을 올렸다. 그 모습을 흐뭇하게 바라보며 인찬이 큰아들부터 불렀다.

"우리 귀룡이 이젠 늠름한 장부가 되어가는구나. 응양군鷹揚軍 낭장으로 봉직하고 있다고?"

"예."

"상장군은 조민수曺敏修 장군이시냐?"

"예."

"두루 요직을 다 거치신 분이니 배울 점이 많을 것이다."

"열심히 배우겠습니다."

"둘째 기룡이, 셋째 검룡이는 성균관 과거시험 준비는 잘하고 있겠지?"

두 아들이 힘차게 대답했다.

"형은 무장이 되었으니 너희는 존경받는 문신이 되어 가문을 빛내주었으면 한다."

"명심하겠습니다."

이튿날부터 김인찬은 병부로 나가 병무兵務를 보았다. 그러면서 전에 데리고 있던 부하들 중 흉중을 터놓고 지내던 임춘원을 비롯한 신진 무장들을 모아 주기적으로 만나 친목을 쌓기로 했다.

주루나 잘 알려진 장소에서 만나는 것은 피하고 각자의 집에서 돌아가며 만났다. 순서가 한 바퀴 돌아 다시 인찬의 차례가 되자 여옥이 있는 집으로 모두 초대하였다. 모두 열세 명이 모였다. 술잔을 기울이며 그들은 자연스레 어지러운 나랏일을 화제로 삼아 울분을 토로하곤 했다.

"대세大勢는 거스르면 안 되는 거 아닌가요?"

"무슨 말인가?"

인찬이 임춘원에게 물었다.

"원나라는 명나라의 주원장에게 패하여 북쪽으로 쫓겨나 명맥만 유지하고 있습니다. 그런데도 시세時勢를 모르는 수구파 노인 꼴통들은 아직도 망해가는 원나라 썩은 동아줄을 잡고 자기들만 믿으라 하고 있습니다. 신진 세력인 명나라를 잡아야 되잖습니까? 해처럼 떠오르는 세력을 잡아야지 서산에서 깔딱거리고 넘어가는 석양을 잡고 연연해하면 뭐하느냐 하는 겁니다."

그러자 김충렬이란 중견 관원이 나섰다.

"춘원도 잘 알면서 뭘 그러시오? 우리가 명나라에 통교通交를 해달라고 애원하는데도 명은 아주 고자세로 무시하고 있지 않소? 말 천 필을 보내라, 비단 이천 필을 보내라, 옛날의 몽고 조정과 똑같이 감당할 수 없을 정도의 세공을 바쳐야 사신을 받아줄 수 있다는 둥, 명나라 연호인 홍무를 쓰지 않고 아직도 원나라의 연호를 쓰고 있는 연유가 무엇이냐? 당장 명나라 연호를 쓰라는 둥."

"그건 비극일세. 우리도 칭제건원稱帝建元(스스로 황제라 칭하고 독자적인 연호를 쓰는 일)한 자랑스런 나라가 있었지. 고구려가 그랬으며 해동성국 발해가 그리했네. 우리 고려도 몽고의 지배를 받기 전까지는 임금도 제왕으로 불렸고 동궁은 태자로 불렸지. 그러나 몽고는 그것부터 고치라 명했지. 임금의 시호에 종宗이나 조祖 자는 붙이지 마라, 왕이라 해라, 태자는 황제의 아들을 말하므로 왕세자라 해야 한다, 종이나 조는 황제나 쓰는 시호이다."

"나라가 허약해져서 온갖 수모와 굴욕을 견뎌온 걸 어찌합니까?"

"그런데 문제는 중원을 차지한 명나라입니다. 원의 세력이 약해져서 북으로 물러나자 우리가 그동안 잃어버렸던 서북면과 동북면을 되찾고 압록강을 건너 국내성과 요동까지 탐내고 있다는 것을 명나라가 눈치채고 선수를 치려 하고 있습니다. 명나라는 고려에 대해 국교를 열어주는 대신 서북면과 동북면에 걸친 옛 원나라의 영토를 명에 양도하라는 요구를 해올 것 같습니다."

그 말을 한 사람은 문하성에 다니는 김충렬이라는 원외랑이었다.

"어떻게 그걸 자신 있게 예측하시오?"

"지난번 명나라 사신으로 가게 된 설장수偰長壽 판사辦事를 따라 종사관으로 명나라를 다녀오지 않았습니까?"

"고려 사신은 안 받는다고 그토록 고자세를 취하는데 어떻게 갈 수 있었지요?"

"인삼 팔백 근을 뇌물로 썼지요. 뇌물까지 쓰며 명나라로 들어간 이유는 심양(만주) 쪽에서 유리걸식하는 사만 명에 달하는 우리 고려 유민 문제를 진정하고 해결하기 위함이었습니다."

"유민이 왜 생긴 거지요?"

"그들은 원나라가 농사 인력을 삼기 위해 끌고 간 사람들입니다. 그동안 그곳에서 농사를 짓고 살았지만 원나라가 명나라에 쫓겨 북으로 달아나자 명나라는 고려인의 모든 농토를 몰수하여 자국의 영토로 만들어버렸으니 우리 백성들은 유민이 될 수밖에 없었습니다."

"명나라 임금을 만나 담판을 했소?"

"했지요. 하지만 무른 호박에 이빨도 안 들어가는 소리 그만두랍디다. 고려 유민들은 고려로 다 데리고 들어가라는 것이었소. 원래 만주 땅은 우리 고구려 땅이었고 발해 땅이었으므로 우리 고려 땅이다, 그런데 그 땅에서 물러가 고국으로 들어가라는 게 말이나 되는가 하고 항의 비슷하게 했다가 망신을 당했습니다. 돌아가거든 너희 왕에게 전하라, 몽고가 차지했던 땅은 우리가 다 접수한다. 따라서 압록강 넘어 동북면, 서북면 일대도 우리 명나라에 내놓아야 할 것이다."

"왜 그렇게 명나라가 화를 내며 강경 일변도로 나가지요?"

"첫 단추를 잘못 끼웠습니다. 대세의 흐름을 빨리 간파했으면 처음부터 명나라 편에 적극적으로 가담했어야 합니다. 그랬으면 이렇게까지 악화되지는 않았겠지요. 문제는 수구파 친원 세력입니다. 늙은 기득권 세력은 원에 붙어 출세하고 축재했기 때문에 망해가는 걸 알면서도 손을 놓지 못한 거지요. 혹시나 혹시나 하고 눈치만 보다가 원에 붙어 있는 겁니다."

모이기만 하면 난상토론이 불꽃을 튀겼다. 김인찬은 모임을 주도하면서도 어떤 토론이 되었든 스스로 결론을 내지는 않았다. 거기 모인 사람들이 토론을 하다 보면 공통인수가 생겨나고 자연스럽게 결론이 나기 때문이었다.

온갖 문제를 다 내놓고 토론을 벌이는데 시간이 흐르고 그 토론이 가닥을 잡아 정리가 되면 결론은 '나라가 이래서는 안 된다. 나라를 바로 세우든지 뒤집든지 해서 새 세상을 만들어야 한다'라는 것이었다.

그로부터 두 달 뒤.

뜻밖에도 경상도 지방으로 왜구 토벌을 나갔던 이성계가 상경하여 김인찬을 찾고 있었다. 이지란을 통하여 자기 집으로 오라고 기별했다. 왕성의 남동쪽 보정문 밖에 이성계의 개경 집이 있었다. 그 집에는 이성계의 둘째 부인 강 씨가 아들 방번과 방석 그리고 딸 하나 등 삼 남매와 함께 살고 있었다.

본부인인 한 씨는 화령 집에 살고 있었고 아들만 방우, 방과, 방의, 방간, 방원, 방연 등 여섯에, 딸이 둘이었다. 그 여섯 아들들은 화령 집을 오가며 강 씨의 집 별채에 살고 있었다. 이성계는 사랑에 있었다.

"어서 오게. 보고 싶었네."

이성계는 이지란과 함께 김인찬이 들어오자 반가워했다.

"그간 강건하셨습니까? 절 받으시지요."

"우리 사이에 무슨 절인가? 그냥 앉게. 술 한잔 하자고 불렀어."

주안상이 들어왔다. 세 형제는 기쁨의 잔을 들어 유쾌하게 마셨다.

"왜 갑자기 돌아오신 겁니까?"

"왕명이 내려서 급히 올라왔네."

"무슨 일로요?"

"긴급히 상론할 중요한 문제가 있다는 것이었네."

"주상은 연소하여 큰 국정을 헤아리지 못하고 계신데 긴급한 문제가 있다고 소환령을 내린 걸 보면 그건 주상이 아니고 최영 시중(侍中)께서 소환한 게 아닙니까?"

"역시 자넨 정확히 꿰뚫어 보네그려? 최 시중이었어. 국가 원로세 명, 군내의 최고 지휘관 장군들 다섯 명 그리고 조정 중신 다섯명 모두 열세 명이 모였네. 긴급한 문제가 뭔가 했더니 요동으로 진군하여 요동 정벌전을 일으키자는 거였네."

"요동 정벌이라구요? 갑자기 왜 요동 정벌 문제가 나왔지요?"

흠칫하며 김인찬이 되물었다.

"지난 삼월에 명나라에서 사신이 왔었지? 그 사신 편에 명나라는 강계 지방에 철령위鐵嶺衛를 설치하고 원나라가 지배했던 서경(평양) 이북 지역을 명의 영토에 편입하려 한다고 통고해 왔었네. 그건 알고 있지?"

"예. 그것 때문에 고려군이 요동으로 쳐들어간단 말인가요? 무력으로 명나라가 하는 짓을 막고 치자? 도대체 누구의 발상이지요?"

"최영 장군이었어."

"전쟁은 이기기 위해 하는 거지요. 최 시중은 뭐랍디까? 우리가 어떻게 이길 수 있으며 요동 벌판을 차지할 수 있다고 합디까?"

"어불성설이었는데 이유를 듣고 보니 그럴 수도 있겠다 싶어지더라구."

"쓸데없이 자만하는 거 아닌가요? 망해가는 원나라의 힘을 믿고?"

"최영 장군의 주장은 이러했네. 소국이 대국과 싸워 이기지는 못한다, 하지만 예외라는 것도 있다, 소국이 대국과 싸워 이길 수도 있다, 신흥 명나라는 아직 강력한 통일국가가 되지 못한 신생국이라 전국 도처에서 반란군이 고개를 들고 있으며 백성들도 단결하지 못한 상태이다, 더구나 중국의 전쟁 물자는 양자강 유역의 남쪽에서 운하를 타고 올라와야 하지만 현재로서는 어렵다, 국내 사정이 불안하므로 군사를 북쪽 먼 곳까지 움직일 수 없다, 이것이 명나라의 사정이다. 우리가 요동 정벌군을 일으키고 진군하면 명나라는 뜻밖에 뒤통수를 얻어맞은 듯 놀랄 것이다, 그 틈을 이용하여 우리 군이 요동으로 진출하여 점령하고 완강하게 지켜내면 명나라도 쳐 없애는 데 부담이 되어 그냥 두게 될 것이다."

"그런대로 논리는 타당성이 있군요. 최영 장군은 그렇게 말하면서 일거양득이라 했겠지요. 조정 상하에 그렇게 선전을 하고, 태조께서 나라를 세우시고 국호를 고려로 한 것은 무얼 뜻하는가, 고구려의 영광을 되찾겠다. 잃어버린 부여 벌판과 요동벌까지 되찾아 대륙으로 진출하는 다리로 만들어야 한다, 이번에 우리가 개국 이래의 숙원이었던 중원 정벌 요동 진군을 하게 되었으니 모든 백성들은 환호할 것이다, 그런 명분을 내세우겠지요?"

"음, 그거였어."

"그럼 국책은 그렇게 하기로 정해진 건가요?"

"모든 신료들이 다 모이는 묘의에 그 의견을 부쳐서 결정을 하겠다는 게 최 시중의 복안이었어."

"결론을 이미 내놓고 대신들에게 추인하라 한다 그거군요. 요동 정벌안을 내놓았을 때 형님께선 어떤 의견을 내놓았지요?"

"난 침묵했네. 왜 의견을 말하지 않느냐고 최영 장군이 채근했지만 난 안건이 정해지는 대로 따를 뿐이라 했지."

"잘하셨습니다. 요동 정벌론은 사안이 중차대하고 정벌전이 성공보다는 실패 확률이 높기 때문입니다. 괜히 큰 소리 낼 필요 없습니다."

"앞으로 어찌하는 게 좋을까?"

"좀 더 사태의 추이를 지켜보고 대처해도 늦지 않을 것 같습니다."

"알았네. 여하튼 내일 묘의가 열린다 하니 어떤 결정이 날지 두고 보세."

"예."

이성계는 부장을 부르고 누군가를 불러오라 했다. 잠시 후 장부 두 사람이 들어왔다. 둘 다 체격이 당당하고 키가 컸다.

"인사 드려라. 아버지 아우인 김인찬 장군이시다."

두 사람은 모두 이성계의 아들이었다.

"안녕하십니까? 소자는 다섯째인 이방원李芳遠이고 아버님 부대에 있습니다."

"그래, 자네 이름은 많이 들었네. 아들들 가운데 아버지를 가장 많이 닮았다고 하더구먼? 무예가 출중하고 문재까지 갖추었다고?"

"과찬이십니다."

"저는 여섯째, 막내인 이방연李芳衍이라 합니다. 아버지 부대에 종군하고 있습니다."

"반갑네."

이성계가 한마디 했다.

"너희는 인찬 아우와 이지란 아우를 숙부로 모시도록 하여라. 알겠느냐?"

"예, 아버님."

"아들이 여섯이지만 계속해서 날 따라 전장을 누벼온 아들은 이 둘일세. 앞으로도 시킬 일이 있으면 아들처럼 부리게."

"예."

이튿날 수창궁 대전에서는 묘의가 열렸다. 군 수뇌들과 원로들이 이미 요동 정벌안에 대한 결정을 내렸다는 소문이 돌아 묘의가 시작되기 전에 대신들은 삼삼오오 머리를 맞대고 수군거렸다.

"아니, 갑자기 요동 정벌안이 나오다니 누가 발의한 거야?"

"최영 시중이라네. 최 시중이 임금을 독대하고 그 필요성을 강조하고 임금을 설득하여 둘이서 밀의密議를 하고 단행하기로 이미 결론을 냈다는 게야."

"군 수뇌와 원로 들은 왜 불렀지?"

"그들이 반대할까 봐 미리 의견을 맞추려고 불러 의논한 거라네."

"최 시중은 왜 요동 정벌안을 내놓았을까? 그대는 성공할 수 있다고 보나?"

"어렵지 않을까? 쉿! 주상께서 임어하시네."

그때 임금이 나와 보좌에 좌정하고 묘의가 시작되었다. 그런데 묘의에서는 이상한 조짐이 일었다. 반대 의견이 속출한 것이다. 이미 최영과 임금이 미리 만나 밀의를 거쳐 합의한 사항이고 반대 의견이 나올까 보아 군 수뇌와 국가 원로 들까지 따로 불러 회의를 하여 의견을 통일하여 찬성한 뒤였다.

그리고 오늘 묘의에 부친 것은 그저 찬성 결론을 추인해 달라는 요식 행위에 불과했다. 그래서 찬성 의견이 계속되고 그것으로 회의가 끝나나 싶었는데 여기저기에서 반대 의견이 나왔던 것이다. 그것도 집요하게 이어졌다.

요동 정벌을 찬성하는 측과 반대하는 측이 확연하게 갈리고 있었다. 친원파의 기득권 세력인 늙은 수구파들은 찬성이었고 젊은 신진들은 반대였다. 찬성인 수구파의 주장은 명분론이었고 반대하는 신진들의 주장은 실리론이었다.

명분론은 원이 쇠하고 명이 일어나는 혼란기를 이용하여 고구려의 옛 강토인 요동을 우리 땅으로 만들어보자, 어쩌면 모든 백성들이 자랑스러워하고 환영할 것이다, 고구려가 강국이 될 수 있었던 것은 국초 이래 남수서진책南守西進策을 계속 밀고나갔기 때문이었다, 남쪽을 막고 서쪽으로 진출한다, 서쪽의 진출은 바로 요동을 말함이며 중국 대륙을 말함이다, 그 국책을 우리가 실현한다, 그것이 명분론이었다.

실리론은 허황된 탁상공론이라는 입장이었다. 지금까지 호적胡敵과 왜구의 침략을 막아내느라 국고가 탕진된 상태인데 무슨 전비戰費가 있어 수만 명 정벌군을 일으킨단 말인가, 쇠약하고 추락한 조정의 위신을 회복하기 위해 겉만 번지르르한 국권 회복, 실지 회복이라 외치며 깃발을 든다는 것은 백성들을 우롱하는 처사이다, 따라서 원나라와의 관계를 청산하고 명과의 관계를 개선하여 실리를 추구하자, 그것이 반대론자들의 주장이었다.

김인찬은 가급적이면 자신의 의견을 숨겼다. 묘의에서 드러난 반대파들이 누구누구인지 면밀하게 기록하고 그들의 성분이나 교우관계, 직위나 직분에 대해 하나하나 알아보기로 했다. 요동 정벌안이 통과되어 조정 회의가 끝난 뒤 그날 밤 이성계의 집에서는 김인찬의 제의로 가족 회의가 열렸다.

참석자는 이성계와 김인찬, 이지란 그리고 이성계의 아들들인 이방우, 이방간, 이방원, 이방연 등 네 형제와 이성계의 이복형인 이원계李元桂, 이성계의 배다른 아우인 이화李和 그리고 이성계의 사위인 이제李濟 등 열 명이었다. 여기서 이성계를 따라 전장을 누비지 않은 사람은 큰아들 방우와 셋째인 방간 등 두 사람뿐 나머지 아들과 아우, 사위 등은 시종 이성계 밑에서 종군하였다.

"오늘 가족 회의를 연 것은 너무도 큰 문제가 생겼기 때문입니다. 조정 묘의는 요동 정벌안을 정해 임금의 재가가 떨어져 이제 출정 준비를 해야 합니다. 찬성하든 반대하든 이성계 장군은 정벌군을 지휘해야 하는 중책을 맡지 않으면 안 되게 되었습니다. 중책을 맡을 장수는 한두 명으로 정해져 있습니다. 일단 정벌전에 대한 우리들의 대책과 각오가 필요하여 모두 모이라 한 겁니다."

김인찬이 회의 서두를 열었다. 그러자 다섯째 아들인 이방원이 나섰다.

"조정의 노인네들 정신이 있는 거요, 없는 거요? 왜구가 천 명만 몰려와도 그걸 막지 못해 쩔쩔매면서, 아니 왜구를 치는 관병들 주린 배도 못 채워주면서 요동을 정벌한다구요? 요동 땅을 치러 간다 칩시다. 온갖 방법으로 징집 동원되는 군사는 적어도 몇 만은 되어야겠지요? 게다가 군사만 가지고 싸울 수 있나요? 보급 물자를 제때 대주는 노무자가 필요하지요? 군사 몇 만이면 노무자도 만여 명 이상은 돼야 합니다. 이 사람들 어떻게 입히고 먹이지요? 그런 정벌전을 하려면 적어도 몇 년 전부터 준비를 했어야 하는 거 아니오? 백성은 굶주리는데 갑자기 그 많은 군사의 군량을 어떻게 댄단 말인지요?"

방원이 괄괄한 성미대로 울화를 터트리자 아우인 방연이 한마디 더 했다.

"망하려면 무슨 짓을 못 합니까? 그 많은 군사, 노무자가 압록강을 넘어가면 고려 땅은 일할 사람이 없어 텅텅 비겠지요. 누가 있어 농사를 짓지요? 노인들이? 부녀자들이?"

"무립니다. 지금이라도 상소를 올리고 정벌의 불가함을 관철시켜야 합니다."

성계의 배다른 아우 이화도 나섰다. 김인찬이 다독거렸다.

"이미 정해진 국책을 다시 변경할 수는 없을 겁니다. 정벌전을 해야 한다는 건 기정 사실로 두고 먼저 우리는 그 정벌전이 성공할 수 있을까 없을까에 대한 의견을 나눠봅시다. 이원계 장군부터 말씀해보실까요?"

"전투에선 이길 수 있을지 모르지만 전쟁에선 이길 수 없다고 봅니다. 명이 국력을 기울인다면 우린 소국이라 견딜 수 없지요."

"저도 같은 생각입니다. 단기전에선 우리가 우세할 수도 있습니다. 먼저 쳐들어가기 때문입니다. 하지만 전쟁이 장기화되면? 우리가 불리합니다. 명은 우리가 지치고 굶주리기를 기다렸다가 총공격을 해올 수도 있으니까요."

이화의 말에 이지란도 거들었다.

"방원의 말이 옳소. 명나라라고 하는 큰 바다 가운데 있는 요동이란 작은 섬을 빼앗았다 해서 대승이라고 볼 수 없지. 멀찍이 포위하고 기다리면 섬 안의 적은 피로하고 지쳐 퇴각하고 만다고 생각할걸? 요동 정벌은 결코 승리할 수 없소."

"이제 장군은?"

인찬이 성계의 사위를 지목했다.

"저도 승리는 불가하다고 봅니다."

"나 역시 마찬가지입니다. 모두 불가하다 하는데 마지막으로 큰 형님 말씀을 듣고 싶습니다."

모두 이성계의 얼굴을 바라보았다. 그는 심각하고 진지한 표정으로 말을 이었다.

"네 가지 이유로 불가하다고 본다. 국가 간의 큰 전쟁을 치르려면 사전 준비가 철저해야 한다. 첫째, 사전에 충분한 군량을 비축하고 있어야 하며, 둘째, 전쟁에 필요한 군사를 징집하여 훈련을 하고, 셋째, 주변국과의 비밀 외교전도 펼쳐야 한다."

"외교전이라면?"

"원나라나 돌궐, 여진 등 주변 나라나 부족 들을 우리 편으로 끌어들여 배후에서 적을 위협하도록 해야 한다. 전쟁에서 승리하면 전리품을 나누어주겠다 하면 응해올 것이다. 그 모든 준비가 끝나야 한다. 마지막으로 때가 무르익어야 한다. 눈에 보이지 않는 하늘의 도움이 우리 편에 있어야 하고 시기가 장마 때인지 혹한 때인지 가려야 한다. 장마 때라면 비가 계속 내릴 것이고 그리되면 정교한 활은 못 쓰며 화포 또한 습기 때문에 못 쓸 수도 있다. 뿐만 아니라 부식이 쉽게 부패하므로 설사병을 비롯한 질병이 만연하여 괴롭힐 수도 있다. 이 모든 것을 감안한 후 출정을 해야 하는데 조정은 명분만 내세워 출정을 하려 하니 필패를 당할 수밖에 없다는 생각이 든다."

"그렇군요. 곧 장마가 시작됩니다. 장마에 군사를 움직일 공산이 큽니다. 한데 필패가 뻔한 걸 알면서 형님은 출정을 하시겠습니까?"

"어쩌겠나? 그보다 조정 안의 여론이 더 궁금하네."

이성계의 말에 김인찬이 말했다.

"조정의 여론은 두 편으로 나뉘어 있습니다. 묘의에서 드러난 결과를 보니 친원파 기득권 세력의 노 대신들은 찬성이고, 신진 대신들이나 사류들은 반대입니다. 적극적으로 반대를 표명한 사람들의 명단은 제가 기록해 두었습니다."

"왜 기록하셨죠?"

방원이 물었다.

"그들은 이성계 장군이 지금은 침묵을 지키고 있지만 언젠가는 자기네 편에 설 것으로 생각하고 있다."

"숙부께서 흉중에 가지고 있는 그림이 있는 듯한데 그 그림을 여기서 내놓아보시지요. 궁금합니다."

방원은 직설적으로 말하며 인찬을 바라보았다. 방 안 사람들의 시선이 집중되었다. 인찬은 잠시 생각에 잠겼다가 말했다.

"숨어 있는 그림이랄 것까지는 없습니다. 왜냐하면 완성된 그림이 아니기 때문이지요. 그저 대체적인 윤곽만 그려진 것이오."

"그래도 내놓으십시오."

더 흥미가 간다는 듯 졸랐다.

"시기상조이지만 말을 하는 게 좋겠소. 나는 오래전부터 병부에서 일을 하고 북변의 북청에 가 봉직하며 나라에 헌신해 왔습니다. 지금까지 날 도와준 형제 같은 친구들 그리고 후배들이 있지요. 스무명쯤 되는데 그들은 생사고락을 함께할 만한 우정과 신념으로 다져진 동지들입니다. 그들은 도탄에 빠진 나라를 걱정하고 이 나라를 바로 세울 영웅이 나타나기를 기다려왔소. 그 영웅은 이성계 장군이라는 데 이견이 없습니다. 그들은 아직 연소하여 조정의 말단 관원에 불과하지만 이성계 장군을 위해서라면 밑바닥 일이라도 최선을 다하며 운명을 함께하겠다 하고 있습니다. 나는 이번에 드러난 젊은 반대론자들도 그 무리에 끌어들이고 싶습니다. 그들이 바로 이성계 장군의 지지 세력이요 지지 기반이 되지 않겠소?"

"최종 목표는 뭐지요?"

"나라를 구하고 도탄에 빠진 백성들을 구하자는 것입니다. 그러기 위해서는 판을 뒤엎고 다시 짜야 되는 거 아니겠소? 국권을 잡고 개혁을 해야 하는 것이고, 그 외에는 길이 없다는 뜻이지요. 언젠가는 이성계 장군이 국권을 잡아야 한다는 말이오. 그러기 위해 수구 세력을 꺾기 위한 신진 지지 세력을 구축해야 한다는 것이오. 조금 전에 큰형님께서는 중요한 말씀을 했습니다. 때가 이르러야 한다는 말씀이었지요. 그때는 천시天時를 말함이고 인시人時를 말함이기도 합니다. 천시도 이성계 장군을 부르고 있고 인시도 이성계 장군이 일어나주기를 바라고 있다고 나는 감히 생각하오. 인시란 여론의 정점을 말합니다. 조정 상하 백성들의 여론이 이성계 장군에게 기울어가고 있다는 것이오."

김인찬의 확신에 찬 말이 끝나자 방 안에는 긴장 가득한 침묵이 흘렀다. 그 침묵을 깬 사람은 역시 이방원이었다.

"여러분! 앞에 있는 술잔을 높이 들어 올리시오. 그리고 함께 외칩시다. 천시와 인시를 맞이한 이성계 장군만이 이 나라, 이 난국을 바로잡아 세울 수 있는 영웅입니다. 이성계 장군 천세, 천천세!"

천세, 천천세는 임금 앞에서나 부르는 것이다. 그 또한 등급이 있다. 황제 앞에서는 만세, 만세, 만만세를 외치지만 왕 앞에서는 천세만 외치게 되어 있다. 하지만 장군 앞에 천세를 붙였으니 누가 들으면 당장 문제 삼을 만하였다. 하지만 두려울 게 없었다.

가족 회의에서는 모두가 이성계가 나설 때가 되었다는 시기론을 따르기로 하고 신명을 다하여 목적 달성을 기하기로 다짐했다. 회의 말미에 인찬은 성계에게 한 가지 더 의견을 말했다.

"요동 정벌군에 대한 각 군 최고사령관과 배속 장군들이 짜여지고 있을 것입니다. 형님께서는 미리 우리 쪽 장군들이 모두 형님 휘하에 들어올 수 있도록 최영 시중에게 그 명단을 제출하시지요. 이게 명단입니다."

인찬은 미리 준비한 명단을 이성계에게 건넸다. 명단을 훑어보고 난 이성계는 흡족한 표정을 지었다.

"알겠네. 내일 아침 등청하자마자 최 시중을 뵙고 제출하지."

이틀 후 요동 정벌군의 출정 장군 명단과 군 편제에 대한 발표가 있었다. 시중 최영을 최고사령관인 팔도 도통사八道都統使로 삼고 좌군, 우군으로 나누어 좌군 도통사에는 조민수(창성 부원군), 심덕부(서경 도원수) 그리고 부원수에 이무李茂, 왕안덕王安德(양광도 도원수), 이승원李承源(개경윤), 박위朴葳(경상도 상원수), 최운해崔雲海(전라도 부원수), 경의慶儀(계림 도원수), 최단崔鄲(안동 원수), 조전助戰 원수로 최공철崔公哲, 조희고趙希古, 안경安慶, 안빈安賓을 삼아 좌군이 편성되었다.

그리고 이성계는 우군을 맡아 우군 도통사가 되었으며 부원수로는 정지鄭地(안주 도원수), 지용기池湧奇(상원수), 황보림皇甫琳, 윤호尹虎(동북면 원수), 배극렴(상원수), 이지란(상원수), 조전 원수로 김인찬,

한충, 박영충朴永忠, 이화, 김상金賞, 윤사덕尹師德, 경보慶補, 이을진李乙珍, 이빈李彬, 김천장金天莊, 구성로具成老, 이방원, 이방연, 임춘원 등이 임명되었다.

특이한 것은 이성계의 이복형인 이원계가 최영의 참모장 격인 팔도 도통사 조전 원수로 발탁되었다는 점이었다.

"최영 장군이 백부 이원계 장군을 자기 휘하에 둔 것은 볼모로 잡고 있겠다, 그런 저의로 보이는데요?"

이방원이 아버지 이성계에게 항의하듯 말했다.

"의심하지 마라."

"그렇잖아요? 아버님이 딴생각 못하도록 감시를 하겠다?"

"의심하지 말래두! 오히려 잘됐다. 최영 장군의 지휘 내용과 내심을 그때그때 잘 알아낼 수 있잖느냐?"

한편 김인찬의 집에는 장자인 귀룡이 아버지 인찬에게 출정 인사를 하고 있었다. 귀룡은 응양군 소속의 낭장이었고 양광도 도원수였던 왕안덕 장군 휘하에 있었다. 최영 장군의 소속이었다.

"이제 겨우 각 군 장군 명단이 발표되었는데 너는 왜 벌써 서경으로 가야 한다 하느냐?"

"못 들으셨군요. 최영 장군은 상감을 모시고 출정 장수들보다 먼저 서경으로 떠나신다 했습니다. 상감께서 직접 서경에서 최영 장군과 함께 정벌군을 지휘하려고 가신답니다."

"언제 떠나신다 하더냐?"

"내일 일찍 떠나십니다. 저는 친위 왕군王軍에 소속되어 상감과 최 장군을 호위하게 되어 함께 떠나게 됐습니다."

"그래?"

김인찬은 왜 임금과 최영이 개경에서 지휘를 하지 않고 구태여 전선에 가까운 서경으로 지휘소를 옮기려 하는지를 생각했다.

'최영이 임금을 부추기고 있구나.'

임금(우왕)은 스무 살이었다. 선왕인 공민왕이 암살을 당하고 세자였던 우가 즉위할 때 그의 나이는 열 살이었다. 그래서 공민왕의 어머니인 명덕태후의 섭정을 받았다. 임금도 자기 출신이 불분명하다는 떠도는 괴소문을 들어서 알고 있었다.

자기 아버지는 공민왕이 아니고 요승 신돈일 수도 있다는 소문을 알면서 정통성에 대한 고민도 했다. 그렇게 십 년의 세월이 흘러 성인이 되었다. 주변에서는 그를 출신도 불분명하고 나약하며 암울한 군주로 여기고 있었다.

"전하, 명나라의 기를 꺾어놓고 북벌을 단행하여 요동을 차지할 때는 지금입니다. 정벌을 명하십시오. 북진은 태조 이래 숙원국책이었습니다. 그 꿈을 이룬다고 내외에 천명하시면 전하에 대한 평가는 일거에 달라지고 백성들의 존경을 한몸에 받으실 수 있습니다."

틀림없이 최영은 그렇게 부추겼을 것이다. 아니면 출정 전인데도 임금이 서둘러 먼저 서경으로 떠나겠다는 결심을 하지는 않았을 게 분명했다.

그 외에 최영은 일거양득을 노렸음이 틀림없었다. 먼저 임금을 모시고 서경으로 지휘소를 옮긴 것은 각 군 장수들에게 긴장감을 주기 위함이었다. 임금의 요동 정벌 결심은 어느 때보다 확고하니 장군들은 지체하지 말고 속히 전쟁 태세를 갖추고 요동으로 진군할 생각을 하라, 반대론자에게 시간을 주면 출전에 차질이 올지 모른다, 그러니 서둘러라, 그런 뜻도 강하게 들어 있었다.

잠시 후 최영에 대한 이야기는 피하고 인찬은 아들에게 다른 것을 물었다.

"너에 대한 왕안덕 장군의 신임은 어떠하냐?"

"두터운 편입니다."

"성실히 보좌해라. 진군 중에 무슨 일이 일어날지 모르니 자주 인편에 연락을 해라."

"알겠습니다. 아버님도 어디에 계시든 건강에 유의하십시오. 그럼 떠나겠습니다."

큰아들 귀룡은 이튿날 오후에 서경으로 떠났다. 임금은 떠나기 전 최영과 이성계, 조민수 세 장군들을 특별히 불러 인견했다.

"우리는 이제 태조 이래 숙원이던 요동 정벌을 위해 나섰습니다. 과인은 세 분 장군들만 믿습니다. 나라의 흥망이 달렸다 생각하시고 최선을 다해 싸워 이겨주시오. 과인은 최 시중과 함께 서경으로 가 독전督戰하려 하오."

1388년(우왕 14년) 3월.

요동 정벌군 좌, 우 양군 삼만 팔천팔백삼십 명의 대군이 서경으로 모여들었다. 고려 역사상 이렇게 많은 대군이 움직이는 것은 처음 있는 일이었다. 전국의 장정을 다 모아 사만 대군을 만들었고 노무자만 일만 일천육백사십삼 명이 각종 물자를 짊어지고 따랐으며 기병만 해도 이만 천육백팔십이 기였다.

우왕과 최영은 서경에 좌정하여 속히 요동으로 떠나라고 독촉했다. 삼월 하순이 되어서야 원정군은 서경성을 떠나 안주, 곽주, 귀주를 지나 의주에 이르러 압록강변에 당도했다. 좌우군 지휘관 회의가 열렸다.

　"도강渡江 문제가 제일 큰 것 같소. 어떻게 해결하면 좋겠소?"

　조민수가 좌중을 둘러보며 물었다.

　"그렇습니다. 요동으로 가자면 압록강을 건너야 하는데 건너는 방법은 유일하게 의주에서 단동으로 걸려 있는 목교木橋를 이용하는 것뿐입니다. 사만 군사가 지나가고 보급 물자를 실은 수레들이 지나가고 여하튼 그리되면 무게를 견디지 못해 그 다리는 무너지게 되어 있습니다. 강도 건너기 전에 병력을 잃으면 큰일 아니겠소?"

　상원수 왕안덕이 걱정하며 말을 받았다.

　"그래서 묻고 있는 겁니다. 도강 방법을요."

　조민수가 짜증 섞인 어투로 말을 받았다.

　"부교浮橋를 새로 만드는 수밖에 없소."

　이지란이 한마디 했다.

　"강 폭이 드넓은데 부교를 놓자구요? 좁으면 할 수 있겠지만 너무 넓습니다."

　"넓지요. 하지만 강 복판엔 섬이 하나 있습니다. 위화도威化島란 샛섬입니다. 일단 거기까지 부교를 놓아 군사와 장비 들을 건너게 하고 부교를 거두어 다시 위화도에서 건너편에 걸쳐 상륙하면 되지 않겠소이까?"

　"좋은 방법이오. 그렇게 합시다."

군사들을 동원하여 근처 깊은 산에 가 뗏목이 될 만한 나무들을 베어 오게 하여 부교 만드는 작업을 벌였다. 그날 밤 우군 도통사 군막에는 이성계와 이지란, 김인찬 세 형제가 모여 간단히 주안상을 마주하고 있었다.

"놀랍소. 이지란 장군께서 그런 비책을 내놓다니? 부교를 만들어라?"

김인찬이 이지란의 술잔을 채우며 치켜세웠다.

"날 올리는 거야, 내리는 거야?"

"어찌 형님을 내가 깎아내리겠소? 신통하다는 거지. 부교 계책이 말이오. 그걸 완성하자면 한 달도 더 걸릴걸?"

"무슨 소리야? 십여 일이면 만들지."

"어림없는 소리요. 완성한다 해서 당장 써먹을 수 있을까요? 허술하면 고쳐야지요? 그래저래 한두 달 걸릴 겁니다. 그리되면 오뉴월 여름이 되고 장마가 시작될 겁니다."

"장마 때까지 끌면 안 되지. 장맛비가 내리기 시작하면? 모든 군사들은 꼼짝달싹 못하고 위화도 섬 안에 갇혀 살게 되잖아?"

"그걸 바라고 하는 소린데 내 말뜻을 못 알아듣소?"

"허, 그렇구먼. 왜 내가 그걸 몰랐을까?"

그때 군막 안으로 배극렴이 들어왔다.

"세 분만 술잔을 나누십니까?"

"어서 오시게. 내가 한잔 따라주지."

이성계가 잔을 채워주었다. 배극렴이 이지란의 어깨를 쳤다.

"난 이 장군이 그렇게 대단한 장수인 줄 몰랐소. 부교를 놓자는 생각을 어떻게 했소? 아무도 생각해 내지 못했는데?"

"왜들 이러는 거야?"

"울고 싶은데 뺨 때려준 꼴이오. 군사들의 사기가 말이 아니오. 빨리 싸우지 못하고 질척거리면 도망병이 속출할 것 같습니다. 요동 땅으로 가서 싸워보겠다고 생각하는 사람은 아무도 없습니다."

배극렴은 이성계의 심복 중 하나였다. 그는 처음부터 필패가 당연한 정벌전은 참전하지 말자며 발안자인 최영을 탄핵해야 한다고 소리를 높였었다.

"말이 나왔으니 의논을 해봅시다. 요동으로 건너가면 요동성과 안시성을 빼앗아야 요동을 손에 넣었다고 할 수 있는데 강도 못 건너고 주춤대다가 장마라도 끼면? 게다가 전군이 위화도에 묶여 있을 때 왜구들이 대병으로 남쪽을 치러 온다면? 어떻게 될까요? 누가 책임을 져야지요?"

"당연히 금상과 최영 시중이 책임을 져야지."

"만약 그런 꼴이 되면 지체 없이 책임을 물어 최영을 귀양 보내고 임금은 바꿔 치웁시다."

"무슨 말을 그렇게 함부로 하나? 최영을 탄핵하자 할 수는 있지만 임금까지 바꾸자면 안 되지."

이성계가 점잖게 말렸다. 그러자 김인찬이 나섰다.

"배 장군께서 말씀 잘하셨습니다. 울고 싶은데 뺨 때려주었다는 말씀이오. 최영 장군과 원로 장군들, 그들을 따르는 장수들을 빼고 여기 진군해 있는 다른 모든 장졸들은 한마음이 되어가고 있습니다. 뺨 때려주기를 기다리고 있습니다. 뭔가 사단이 일어나서 정벌에 차질이 빚어지면 아마 다들 책임지라고 들고일어날 기세입니다. 그게 장마 같은 천재지변이지요."

"맞아요. 김 장군 말이. 우린 그때가 오기를 기다리며 준비를 해야 합니다. 동지들을 모으고 때를 기다리는 겁니다. 최영과 임금을 제거하는 겁니다. 어떠십니까? 장군께서 결심을 하시고 그 의지를 동지들에게 보여주어야 합니다."

배극렴이 이성계의 결단을 촉구했다.

"좋다. 나는 그대들이 하자는 대로 따를 것이다."

"따르는 게 아니라 우리 모두를 이끌고 가야 합니다. 죽느냐 사느냐입니다. 그러시겠지요?"

"때가 되면 나서겠다."

이성계의 두 눈은 이글거리며 타고 있었다. 한편 시급한 것이 부교 제작이라 서두르고는 있었지만 지지부진했다. 나서서 몰아붙이는 것은 좌군 쪽의 조민수 장군들뿐이었다. 우군의 이성계 장군 쪽은 무관심한 듯 마지 못해 참여하고 있었다. 부교는 한 달 이상이 걸려 겨우 완성되었다.

이윽고 군사들은 부교를 이용하여 위화도에 건너가 주둔했다. 수십 척의 배를 동원하여 군량을 비롯한 보급품, 장비 들을 실어 날랐다. 전군이 위화도에 상륙을 마친 것은 오월 초였다. 많은 시간을 소비한 것이다. 이때 서경에서 새로운 부대가 당도했다. 기병 천여 기를 거느린 이성계의 형 이원계가 도착한 것이다.

"어서 오시오. 형님은 서경에 있어야 하지 않소?"

이성계가 놀라 물었다.

"주상과 최영 시중께서 날 급히 위화도에 파견했네. 왜 속히 요동으로 쳐들어가지 못하냐는 거야. 임금의 명을 거역하고 있는 자들이 누구인지 조사하여 올리라는 주상의 특명을 받고 왔네."

"특명?"

이성계는 곧 장군 회의를 열었다. 우군 내의 중요한 장군들 열일곱 명이 모였다. 그 자리에서 이성계는 자기 형 원계를 내세우고 여기까지 온 이유를 설명하게 했다. 원계는 성계에게 말한 대로 요동 진군을 지지부진하게 만든 장군들이 누구누구인지 조사하여 알리라는 명령을 받아 오게 된 것을 말했다.

"여러분은 어떻게 생각하는지 듣고 싶소."

이성계가 좌중을 둘러보았다. 그러자 배극렴이 나섰다.

"시간이 흐를수록 모든 장졸들은 이번 정벌전이 얼마나 무모한 전쟁인지 뼈저리게 느끼고 있습니다. 지금은 오월입니다. 이미 논에는 모내기가 끝나 일 년 농사가 시작되어야 하는데 농사지을 장정이 없어 논밭에는 잡초가 무성하고 왜구들은 해안을 돌며 호시탐탐하고 있습니다. 나라 안이 그 모양인데 요동 정벌은 무슨 정벌입니까? 돌아갑시다!"

돌아가자는 말에 좌중은 물을 뿌린 듯 조용해졌다. 그때 이방원이 나서며 주먹을 부르쥐었다.

"배 장군 말씀대로 회군回軍합시다! 일을 이 지경으로 만든 최영을 탄핵합시다!"

그러자 모든 장군들이 동의했다. 당장 회군하여 이번 출사出師의 책임자를 가려 처단하자는 결론이 났다. 그럴 수밖에 없는 것이 애초 이성계 휘하의 우군 장군들은 친이성계파의 장군들로 짜여져 있었기 때문이었다.

위 화 도 회 군

소란스러웠다. 모두 흥분한 것이다. 이때 김인찬이 목소리를 높였다.

"잠깐만 기다리십시오. 드릴 말씀이 있습니다."

좌중이 조용해졌다.

"너무 흥분하여 대계大計를 그르칠까 저어합니다. 소장의 생각으로 는 우선 주상께 요동 정벌의 불가함을 조목조목 내세워 장계를 올리 는 게 순서라고 봅니다."

"장계를 올리자구요? 무슨 소리요? 회군 사실을 미리 알려서 어 쩌자는 거요? 저들이 대처하는 시간을 주자는 말은 아니겠지요? 그 냥 군사를 빼서 개경으로 내달려 모든 걸 접수하면 끝나는걸?"

김인찬의 의견에 장군들은 두 파로 갈렸다. 강온强穩 양파로 나뉜

것이다. 한동안 설왕설래했다.

"이성계 장군 의견에 따릅시다."

이지란이 제의했다.

"그럽시다."

그제야 좌중이 조용해졌다.

"김인찬 장군의 말대로 일에는 순서가 있다고 보오. 그리고 명분이 있어야 한다고 봅니다. 불가함을 들어 장계를 올리면 임금과 최시중의 답이 있을 것이오. 그 답을 보고 행동해도 늦지 않소. 김인찬 장군은 부도통사 정지 장군을 도와 빨리 올릴 수 있도록 장계를 작성하시오."

장계를 올리는 것으로 회의가 끝났다. 상소문은 요동 정벌전의 부당함을 네 가지 이유를 들어 주장했다. 이른바 사불가론四不可論이었다.

1. 소국이 대국을 상대하여 전쟁함은 위험하고 옳지 않다.
2. 여름이 다가오고 있는 오뉴월이며 곧 장마가 닥친다. 우기에 동병動兵함은 불가하다는 게 병서兵書의 정석이다.
3. 요동을 공격함에 있어 본국의 후방이 비게 되어 창궐하는 왜구의 대대적인 침략이 우려되며 농사철에 군사 징발로 인해 농사지을 장정이 없어 흉작이 염려된다.
4. 장마철인 우기에는 보급 물자 수송이 어렵고 정교한 무기인 활의 정확성이 떨어지고 습기 때문에 화포의 작동이 어렵다. 그리고 음식물이 쉽게 부패하여 위생에 문제가 발생하여 전염병이 퍼질 위험이 크다.

이것이 정벌 반대의 네 가지 이유였고 회군을 청하는 이유였다. 이성계는 전령을 시켜 그 장계를 가지고 서경으로 달려가게 했다. 곧 답이 있으리라 예상했지만 아무런 응답이 없었다. 열흘쯤 지난 뒤 갑자기 서경 행궁行宮에서 환관 김길상과 김길봉 형제가 이성계 군막을 찾아왔다. 그들은 평소 이성계 측이 대궐 안에 심어놓은 첩자였다.

"왜 상소에 대한 답이 없느냐?"

이성계가 물었다.

"최영 시중이 직접 이곳에 온다 하였습니다."

"오는 것이 답이다?"

"그렇습니다. 노기충천하여 자기가 직접 와서 불가론자들을 처단하고 전군을 지휘하여 진군하겠다 했습니다. 그러자 임금까지 따라오겠다고 사정하여 임금과 함께 오기로 했습니다. 곧 닥칠 것입니다."

"최영을 따라오는 군사는 얼마나 되나?"

"이원계 장군이 데리고 떠난 상태라 전혀 없습니다."

"알았다. 부장! 긴급사태이니 전군 지휘 장군 회의를 열겠다고 좌군 도통사 조민수 장군께 전하라."

이성계가 명을 내렸다. 그날 저녁 좌군과 우군 합동 장군 회의가 처음으로 열렸다. 오십여 명의 각 군 장군들이 한자리에 모였다. 이성계가 일어나 회의 개최 이유를 설명했다.

"나는 여러분이 나라를 위한 중차대한 결심을 해달라고 이 자리에 불렀소이다. 군사를 동병함에 있어 우리는 가장 최악의 조건하에서 정벌군을 일으켰소. 최악의 조건이라 함은 국초 이래 숙원이었던 북벌을 단행한다는 명분만 취했을 뿐 실제적인 준비는 아무것도 되지 않은 상태에서 군사를 일으켰다는 것이오. 더구나 우기가 닥쳐오고 있소. 출정을 할 때부터 군의 사기가 떨어져 있었는데 이곳에 와서는 아예 그 사기가 밑바닥이오. 나는 주상께 이 정벌전의 무모함을 네 가지 반대 사유를 들어 장계를 올렸소."

이성계의 말에 조민수의 좌군 장군들 사이에서 술렁임이 일었다.

"장계에 밝힌 네 가지 반대 사유의 내용을 들어보시오."

이성계가 김인찬을 내세웠다. 인찬은 장계 초안을 읽어나갔다. 읽기를 마치자 장내는 아연 긴장감이 돌았다. 북벌 찬성론자인 좌군 부원수 이무가 벌떡 일어섰다.

"요동 정벌은 묘의에서 정해진 국책이며 상감께서 직접 추진하고 계신 정벌전이오. 그걸 면전에서 반대하다니 이건 반역이오. 이성계 장군은 반역을 하고 있는 것이오. 여러분, 안 그렇소?"

이무가 외치며 둘러보자 그를 동조하는 장군들이 '옳소'를 연발했다. 이성계가 다시 일어났다.

"조용, 조용히 하시오. 나는 내 군사를 끌고 개경으로 회군하겠소. 이곳에 남아 최영 장군과 함께 요동 정벌전에 나서실 장군들은 남으시오. 회군을 원하는 장군들은 날 따르시오."

사자처럼 일갈했다. 그러자 당황하며 앉아 있던 좌군 도통사 조민수에게 그의 휘하인 이빈 장군이 물었다.

"원수께서 태도를 정하십시오. 어느 쪽입니까?"

조민수는 잠시 망설이더니 일어나 물도 없이 소금 한 주먹을 털어넣은 표정으로 입을 열었다.

"병법을 아는 자라면 이번 요동 정벌을 위한 동병이 졸작이라는 걸 인정할 것이다."

"아니, 이거냐 저거냐 말씀하라니 선문답이십니까?"

"잘못된 출병이었다. 시간이 흐를수록 우린 늪 속으로 빠져들어가 헤어나지 못할 것이다. 나 역시 이성계 장군과 동감이며 이 장군의 우군과 함께 우리 좌군도 회군할 것이다."

친최영파의 거두인 조민수가 태도를 바꾼 것이다. 마침내 좌우 양군의 우두머리 장수가 회군을 결정하자 전군은 그에 따를 수밖에 없었다.

회군령이 내려졌다.

"와, 이성계 장군 천세! 천천세! 우리는 고향으로 돌아간다!"

그때까지 일그러진 얼굴로 짜증을 내고 있던 군사들은 모두 환호성을 지르며 좋아했다. 회군이 시작되었다.

한데 갑자기 소란이 벌어졌다.

"회군은 왕명을 거역하는 반역 행위이다. 요동으로 가자! 고구려의 옛 땅을 도로 찾자!"

누군가 외치고 있었다. 모든 군사가 회군을 서두르고 있는데 누군가가 선동하여 반란을 일으킨 것이다. 그는 친최영파의 장군 이빈이었다.

"이성계, 조민수의 명에 따르지 마라! 반역자다. 자, 배에 올라 압록강을 건너자!"

순식간에 그를 따르는 군사가 오백여 명이 되었다. 충돌이 벌어졌다. 이성계 쪽의 장군들이 나서서 그들을 무력으로 제압했다. 다수의 사상자가 발생했다. 반란이 잠잠해지자 이성계는 신속한 회군을 서둘러 재촉했다.

"더 이상 주춤거릴 필요 없다. 회군에 뜻이 없는 장수들은 위화도에 남아라. 원망하지 않겠다. 하지만 회군을 결심했으면 빨리 출군하라."

한편, 우왕과 최영은 의주 근처인 성천成川까지 왔다가 전군이 위화도를 나와 개경으로 회군을 단행했다는 소식을 듣고 소스라치게 놀랐다.

"이게 무슨 날벼락 같은 소리냐? 회군이라니? 누가 반역했느냐?"

"이성계입니다."

"일찍이 이인임이 그자를 중용하지 말라 했을 때 들었어야 하거늘! 조민수는 어딨느냐?"

"조민수도 회군에 동조했습니다."

"조민수마저?"

최영의 하얀 수염이 분노로 부르르 떨렸다. 그는 임금에게 황급히 권했다.

"이러고 있을 때가 아닙니다. 속히 귀경해야 합니다. 회군하는 군사보다 빨리 대궐로 돌아가야 합니다. 가십시다."

최영은 벌벌 떨며 제대로 걸음조차 옮기지 못하는 왕을 부축하여 말 위에 앉히고 개경을 향해 달렸다. 이성계보다 먼저 대궐로 달려온 최영은 왕성을 지키고 있던 군사들을 모두 집결시켰다. 이천도 되지 않았다. 모든 군사를 징발하여 정벌군에 편입시켰기 때문이었다.

최영은 이천 명 군사를 사등분하여 네 대문을 굳게 지키게 했다.

위화도를 떠난 이성계군은 왕성에 이르러 숭인문崇仁門(동문) 밖에 진을 쳤다. 그리고 조민수군은 서문인 선의문宣義門 밖에 주둔했다.

이들이 개경 성안으로 진격하지 않은 것은 미리 약조가 되어 있기 때문이었다. 성안으로 진입하면 무력정변을 도모했다는 비난과 의심을 받게 된다. 그런 의심을 피하기 위해 성 밖에 주둔하게 되었던 것이다.

"여보 시중, 어찌하면 되겠소? 겁이 나서 견딜 수가 없소."

임금이 최영을 붙잡고 애원하듯 말했다.

"왕궁에 계시는 것보다는 수창궁에서 가까운 자남산子男山으로 피신해 계시는 게 좋을 듯합니다. 자남산에는 작은 전각이 하나 있습니다. 그곳으로 가 계시옵소서."

최영의 권유에 따라 왕은 왕비인 영비寧妃(최영의 딸)와 함께 거처를 그곳으로 옮겼다. 이성계의 대장 군막에서는 회의가 열렸다. 배극렴이 서두르고 있었다.

"왜 이렇게 입성하지 못하고 꾸물거리시는 것입니까?"

"최영이 부르기만 기다리고 있네."

"최영 뒤에 막강한 군사가 있으면 장군을 불러들여 회군의 잘못을 따지겠지만 지켜주는 군사가 없는데 어떻게 부르겠소? 불렀다가 거꾸로 최영 자신이 잡히기나 하면 큰일 아닙니까? 더 이상 머뭇거릴 필요 없다고 봅니다. 대궐로 쳐들어가 최영부터 잡아 족칩시다!"

김인찬도 한마디 했다.

"먼저 포은 정몽주鄭夢周 대감을 내세워 성문을 열게 하고 최영 시중과 이성계 장군이 만나 난국을 수습하자고 제의하시는 게 좋을 듯

합니다."

"어떤 방법으로 수습하자 하란 말인가?"

"회군에 대해 사과하겠다. 그러니 불문에 붙이고 요동 정벌은 차후로 미루기로 하자, 그렇다면 각 군은 원위치로 돌아가 나라를 지키겠다. 그 대신 최영 시중은 모든 잘못의 책임을 지고 시중에서 물러나야 하며 시중은 조민수 장군과 이성계 장군 양인 중 한 사람으로 세워라, 그런 조건을 붙이면 좋을 것 같은데요."

"좋소. 정몽주 대감을 끼고 일을 추진해 봅시다."

최영과 정몽주는 나이 차가 많이 났지만 친한 편이었다. 이방원이 백기를 들고 성문 앞으로 가 전령임을 알리고 안으로 들어가 정몽주를 만났다.

그러고는 정몽주에게 이성계와 최영이 서로 만나 대화로 풀 수 있는 자리를 마련해 달라고 청했다. 그러나 소식을 들은 최영은 강경했다. 왕명을 거역한 반역자는 처벌받아 마땅하니 지금이라도 입궐하여 박석에 엎드려 죄를 뉘우쳐야 마땅하다는 것이었다. 게다가 이미 어전 원로 회의에서 이성계와 조민수를 반역의 수괴로 처단키로 하였고 곧 왕명에 의해 치죄선고治罪宣告가 내려질 것이라 했다.

그 말을 전해 들은 이성계는 화를 내며 자리를 차고 일어섰다.

"제 병은 숭인문을 때려 부수고 대궐로 들어가 최영을 잡아 묶어라! 공격한다!"

이성계는 군령을 내렸다. 이만여 명의 이성계 군사가 조수처럼 밀려가 성문을 깨트렸다. 그곳을 지키고 있던 관병은 이백이 채 안 되었다. 그들 이백은 마지막까지 싸우며 입성을 저지했지만 모두 처참

하게 죽어 시체로 쌓였다.

이성계군은 이윽고 대궐을 접수하고 자남산을 포위했다. 임금을 피신시키려고 갔던 최영까지 포위를 당하게 되었다.

"최영은 나와 오라를 받아라!"

군사들이 외치며 전각 안으로 달려 들어갔다. 선봉에 선 장수는 박현보朴賢輔였다. 최영은 임금과 왕비 앞을 막아섰다.

"최영을 포박하라!"

박현보가 외치자 백발의 최영은 뇌성벽력 같은 소리를 질렀다. 전각의 들보가 쩌렁 울리는 소리였다.

"네 이놈! 너는 박현보 아니냐! 주상 앞에서 이 무슨 불충이냐?"

서릿발 같은 호령에 박현보는 두 다리를 떨었다. 군사들도 기가 죽어 뒤로 물러났다. 비록 휘하의 군사가 다 떠나 없고 혼자이지만 추상같은 위엄만은 시퍼렇게 살아 있었다.

"시중, 어찌하면 됩니까?"

뒤에서 떨고 있던 임금이 물었다.

"신 홀로 반란군에게 가서 그들이 원하는 대로 죽겠사오니 상감께서는 당분간 이곳에 계십시오."

"시중이 나가면 과인과 왕비도 마지막이 될 거요."

"아닙니다. 감히 어느 누가 주상 전하를 해치겠습니까? 염려하지 마십시오."

"고려 종사를 받들던 충신은 아버님으로 마지막이 될 것입니다. 소녀는 주상을 뫼시고 나라의 운명과 함께하겠어요."

그러면서 왕비는 울었다. 임금도 소리 내어 울고 있었다.

"마지막 인사 올리겠나이다."

최영은 임금 앞에서 사배四拜를 올리고 하늘을 우러러보았다.

"천지신명이시여, 이 고려의 종묘사직을 지켜주시옵소서."

최영이 외쳤다. 박현보를 비롯한 군사들은 미동도 하지 않은 채 이 모습을 조용히 바라보고 있었다. 그때 말발굽 소리가 들리며 적마가 달려들었다.

"뭣들 하는 거냐? 저 역신을 잡아 묶어 연행하지 않고! 최영을 포박하라!"

이성계였다. 마상에서 부르짖고 있었다. 군사들은 그제야 꿈에서 깨어난 듯 달려들어 최영을 잡아 묶어 끌고 나갔다. 이튿날 국청이 열리고 최영의 치죄가 가려졌다.

"최영은 허황된 공명심에 사로잡혀 국초 이래 가장 많은, 오만에 가까운 군사들을 아무런 대책 없이 사지死地에 몰아넣었다. 그리하여 왜구가 후방에서 마음 놓고 날뛰게 만들고 실기失期하여 농사를 망쳐 백성들을 도탄에 빠지게 했다. 이 모든 책임을 져야 마땅하다. 고봉高峰현에 유배하라!"

이성계가 직접 형을 선고하였다. 그러고서 최영을 비롯한 친원파의 수구 대신들을 모조리 솎아 대궐에서 추방해 버렸다. 귀양지에 갔던 최영은 곧 참수형을 당했다.

김인찬의 집은 초상 마당이 되었다. 뒤늦게 큰아들 귀룡이 낭장으로 최영 장군의 왕군 친위대에 종군하고 있다는 사실을 떠올리고 아차 했던 것이다. 이성계군이 숭의문을 부수고 입성하며 전투가 벌어져 이백 명의 친위대 병사가 전멸을 당했다는 걸 나중에야 알게 되었던 것이다.

김인찬은 직접 아들을 찾아 나섰다. 숭의문 전투에 희생이 되지 않았기를 빌고 또 빌었지만 시신을 확인하다가 결국 피투성이가 되어 쓰러져 죽은 아들의 시신을 발견하게 되었다.

"귀룡아! 내가 널 죽였구나. 귀룡아!"

아들의 시신을 안고 인찬은 통곡을 했다. 시신은 집으로 옮겨졌다. 저녁이 되자 많은 장군들이 문상을 왔다. 이성계도 놀라 급히 이지란과 함께 달려왔다. 문상을 한 다음 이성계는 별채 방안에서 이지란과 김인찬 세 사람만 앉아 슬픔을 나누는 술을 마셨다.

"너무 슬퍼하지 말게. 군인의 직분을 다하다가 전사했으니 얼마나 장하고 아름다운가. 정말 내 아들을 잃은 것처럼 창망하고 슬프네. 부모님을 잃으면 앞산에 묻고 자식을 잃으면 가슴에 묻는다 했지. 하지만 어쩌겠는가? 잊게."

"고맙습니다, 형님. 이해해 주시니."

"내 가슴도 미어지네. 너무 괴로워하지 말게."

이지란이 손을 잡으며 위로했다.

조정을 접수하고 최영을 제거해 버리자 거칠 것이 없었다.

"정벌군을 일으켜 나라를 혼란에 빠트린 책임을 최영만 질 수는 없습니다. 임금에게도 마땅히 책임을 물어야 합니다."

젊은 대신들이 지적했다. 왕을 폐위시키고 귀양을 보내라는 것이었다. 대궐에 놔두면 왕을 끼고 누군가 역모를 꾸며 들고일어날지 모르니 사전에 차단하자는 데 저의가 있었다.

"금상을 폐서인하여 강화로 유배하라."

이성계의 명이 떨어졌다. 세자였던 어린 창昌을 새로이 즉위시켰다. 우왕과 왕비는 강화로 쫓겨났다가 여주로 옮겨졌다. 젊은 임금은 분해서 잠을 잘 수가 없었다. 어느 날 최영의 생질인 김저金佇와 정득후鄭得厚가 귀양지로 왕을 찾아왔다. 임금은 주먹을 부르쥐며 이성계를 죽여야 하니 묘책을 내놓으라 닦달했다.

임금은 숨기고 있던 금괴 두 개와 자기 검를 내어주고 이성계 휘하의 장수인 박현보 장군을 매수하여 거사를 해달라 부탁했다. 김저는 귀경하자 박현보를 은밀하게 만나 임금의 부탁을 전하고 금괴와 장검을 내놓았다. 그것을 받아 든 박현보는 고민 끝에 거사를 성공시키기 어렵다는 걸 판단하고 오히려 이성계에게 이를 고해바쳤다.

이성계는 이 음모 사건을 마지막 남은 친최영, 반이성계 세력을 완전히 쓸어내는 데 이용하기로 했다. 김저와 정득후를 잡아 가두고 악형을 가하며 배후 세력을 대라고 강요했다. 고문에 못 이긴 그는 시키는 대로 원로 대신 변안렬邊安烈, 임림林琳, 우현보禹玄寶 그리고 무장으로는 최영의 오른팔 양광도 도원수 왕안덕 등의 이름을 불며 그들이 배후라 했다. 이성계는 즉시 그들을 모조리 잡아들이고 숙청해 버렸다.

이제 조정 안의 대신들 중 반이성계파는 아무도 없었다. 군부 또한 이성계 지지 세력이었다. 조정 상하에는 이성계가 국권을 쥐고 보위에 올라야 한다는 말이 서서히 일기 시작했다. 이성계는 측근들을 흥국사에 모이게 하여 국사의 제반 사항을 논의하게 했다.

"지금 보위에 나가시면 안 됩니다."

정도전鄭道傳이 간했다.

"익기를 기다리면 감은 저절로 떨어집니다. 떨어질 때까지 기다리십시오. 설익은 감은 먹어봐야 떫습니다. 김춘추에게 보위를 물려받으라고 조정 상하가 권했습니다. 하지만 김춘추는 다리 하나를 앞에 놓아 겸양하는 모양새를 갖추었습니다. 선덕여왕을 내세웠지요. 그런 다음 태종 무열왕이 되었습니다."

"무슨 말씀인지 알겠소."

"우선 정통 순수 왕씨 왕조를 지키기 위해서라는 명분을 살리기 위해서는 어린 금상을 갈아 치워야 합니다. 우왕과 창왕 모두 출신과 혈통을 의심받고 있지 않습니까? 우와 창은 신돈의 자식이란 겁니다."

"간다면 누구를 앉히면 좋겠소?"

"지금 왕씨 중에는 신종神宗의 후손인 정창군定昌君(공양왕)이 있습니다. 정창군을 새 임금으로 앉히면 만백성이 고개를 끄덕일 것입니다."

그리하여 장단에 살고 있던 정창군은 본인이 싫다고 손사래를 쳤지만 반강제로 나와 수창궁 정전에서 즉위식을 가졌다. 그런데 대유학자이며 국로國老인 이색李穡이 이성계 일파의 전횡을 가만두지 않을 기미를 보였다. 게다가 좌군 도통사 조민수도 자신을 배제한 데 대해 불만을 품고 은근히 지지자들을 모으고 있다는 정보도 있었다.

이를 걱정하자 정도전은 염려 말라며 대간臺諫을 시켜 들고일어나게 했다.

"이색과 조민수는 우왕을 보위에 앉혀야 한다고 강력히 주장했던 전비前非가 있으니 삭탈관직하여 귀양을 보냄이 마땅하다고 보옵니다."

어쨌든 장차 국권을 잡는 데 걸림돌이 되는 자들은 모두 제거하기로 했다. 그 선두에 정도전, 남은南誾 등이 있었다. 그러나 그 누구도 무너뜨리지 못할 것 같던 이성계의 권위에도 심각한 위기가 찾아왔다.

명나라에 갔다가 돌아오는 왕세자를 맞으러 이성계는 황주까지 마중을 나갔다. 귀국하는 세자를 맞아 그를 왕성으로 보내고 이성계는 모처럼 사냥을 즐기기 위해 해주로 나갔다. 그 사냥에는 이지란과 김인찬이 따랐다.

이성계가 없는 틈을 이용하여 반대파는 왕을 움직여 이성계의 세력을 완전히 꺾어놓기 위해 일을 벌였다. 간관인 김진양을 시켜 조준趙浚, 남은, 윤소중, 남재, 조박 등을 맹렬히 공격하는 상소를 올렸다. 그러자 기다렸다는 듯이 지신사知申事(승지) 이첨이 왕에게 간하였다.

"그자들은 모두 이성계의 수족들입니다. 이 기회에 모두 귀양 보내버리시면 이성계의 세력도 약화되어 감히 국권을 전횡하지 못할 것입니다. 속히 재가하시옵소서."

임금은 두려워서 망설이며 태도를 밝히지 못했다.

"조금 더 두고 봅시다."

치죄를 유보했던 것이다. 그 같은 움직임이 이방원의 귀에 들어갔다.

'분명 이첨의 뒤에는 정몽주가 있구나.'

정몽주는 원래 이성계와 가까운 사이였는데 최근 들어 친왕파로 돌아서면서 사이가 벌어지고 있었다. 이방원은 정몽주가 무슨 생각을 하고 있는지 알아내기 위해 술을 대접하고 싶다며 집으로 초청했다.

"정 시중 대감, 진작 모셨어야 했는데 이제야 예를 차리니 죄송합니다."

"불러주시어 고맙습니다."

"대감! 대감께선 제 아버님과 예전부터 의기상통하시어 가까운 사이였습니다. 성리학을 진흥시켜 통치이념으로 삼고 고려왕조를 중흥시키자 하신 걸로 알고 있습니다만."

"새삼 왜 그런 말씀을 하는지."

"새 시대가 다가오고 있습니다. 새 술은 새 부대에 담아야 한다지요? 제가 시 한 수를 읊을 테니 대감께서도 답시答詩를 해주시면 영광이겠습니다."

"그러시지요."

"이런들 어떠하리 저런들 어떠하리. 만수산 드렁칡이 얽혀 산들 어떠하리. 우리도 이같이 얽히어 백 년을 누리고저."

그러자 정몽주는 술 대접을 비워내고 잠시 눈을 감더니 답시를 읊었다.

"이 몸이 죽고 죽어 일백 번 고쳐 죽어 백골이 진토되어 넋이라도 있고 없고 임 향한 일편단심이야 가실 줄 있으랴."

정몽주는 답시를 읊고 나자 자리에서 일어났다.

"술도 많이 남아 있습니다. 대감, 왜 일어나시는지요?"

"실례하겠소. 피곤하여 집에 돌아가야만 하겠소."

"예, 그러시면 어쩔 수 없지요."

정몽주가 돌아갔다. 옆방에서 모든 것을 다 들은 정도전이 들어왔다.

"시 주고받는 걸 들으셨지요?"

"예. 앞으로 새 왕조가 들어서면 함께 나라를 세워나가자고 하여 가何如歌를 하셨는데 정몽주의 답은 강력한 반대였습니다. 죽어도 협조하지 못하겠다는 뜻이었지요. 앞으로 어쩌시겠습니까?"

"죽여야지요. 이색 부자를 앞세워 정몽주가 나서면 대사는 물거품이 될 수도 있습니다. 지금은 숨죽이고 있는 수구파 대신들이 뭉치게 될 테니까요. 없애야 합니다."

두 사람이 그 방법에 대해 의견을 나누고 있는 시각, 이성계는 대낮처럼 달빛이 밝은 산비탈을 말을 몰아 달리고 있었다. 사냥을 끝내고 돌아가는 길에 사슴 한 마리를 발견한 것이다. 이성계는 전통에서 화살을 꺼내어 시위에 재고 힘껏 당겼다.

"아앗!"

활을 잡아당기는 순간 무엇에 놀랐는지 말이 앞발을 쳐들며 요동을 쳤다. 그 바람에 이성계는 몸의 중심을 잃고 낙마를 하고 말았다. 뒤에서 달려온 이지란과 김인찬이 말에서 내려 황급히 부축했다.

"괜찮으십니까?"

"음."

"대퇴부를 다치셨군요. 움직이지 마십시오. 들것을 가져오겠습니다."

"나도 이제 늙었나보다. 평생 말을 탔지만 처음으로 낙마를 했으니."

기가 찬지 이성계는 아픔으로 얼굴을 찡그리면서도 웃었다. 벽란정이란 정자에 이르렀고, 이지란은 근처 마을에서 의원을 불러왔다. 침을 맞고 안정을 취했다. 그 정자에서 밤을 보내고 이른 아침이 되었다. 말 한 필이 흙먼지를 일으키며 달려왔다. 말에서 내린 사람은 아들 이방원이었다.

"웬일이냐?"

"아버님이 안 계신 틈을 타서 정몽주, 이색 등 수구파 대신들이 대간 김진양을 시켜 정도전, 조준, 남은, 남재, 조탁 등을 탄핵하여 치죄를 해야 한다며 상소를 올려 난리가 났습니다. 임금까지 부화뇌동하여 그들이 반격을 시도하고 있습니다."

"그래? 즉시 귀경하여 그들의 반격을 막아야겠다. 가자!"

"부상 중이시라면서 말을 타실 수 있으세요?"

"침 석 대 맞았더니 통증도 사라지고 괜찮아졌다. 어서 가자!"

개경에 도착한 이방원은 김인찬과 이지란을 따로 만나자 했다.

"무슨 일인가?"

이지란이 물었다.

"이번 사단의 배후는 정몽주임이 밝혀졌습니다. 그냥 둬서는 안 되겠습니다."

"그럼?"

"제가 가서 처치하겠습니다."

"조카가 직접 살해하겠다고? 살인 오명을 써서는 안 돼."

김인찬이 반대했다.

"정몽주 집안과 척을 진 집안 사람을 찾아보는 게 어떤가?"

이지란이 말했다.

"그럴 시간이 없습니다. 오늘 밤을 넘기면 안 됩니다. 됐습니다."

이방원은 무슨 생각이 들었는지 황급히 일어나더니 밖으로 나갔다. 저녁이 되었고 밤이 이슥하게 깊었다. 정몽주는 이성계를 잠깐 문병하고 개경 부윤 유원의 집에 문상을 했다. 그런데 문설주에 도포 끝자락이 걸려 귀퉁이가 찢어졌다. 게다가 상주와 절을 하다 사모 뿔 하나가 부딪쳐 떨어져버렸다.

"허, 이게 무슨 불길한 징조인가?"

밖으로 나온 그는 입맛을 다시며 말에 올라 황급히 집으로 향했다. 늦은 봄 꽃향기가 바람에 실려오고 있었다. 그의 집은 선죽교를 지나 있었다. 선죽교 근처 주막 앞으로 지나려는데 술청에 있던 주모가 뛰어나왔다.

"대감마님, 어디를 다녀오시는 길입니까? 술 한잔 하시고 가시지요."

"전작이 있네. 다음에 마심세."

그냥 지나치려 하자 주모는 술 한 사발을 들고 와 마상에 앉은 정몽주에게 건넸다. 마시고 가라는 것이었다. 술잔을 비우고 주모에게 주었다.

"고맙네."

"살펴가세요."

얼큰해진 정몽주는 말을 탄 채 선죽교를 건너고 있었다. 그때였다. 교교한 달빛 사이로 시커먼 물체 하나가 날아왔다. 그 물체가 정몽주의 뒤통수를 때렸다. 철퇴였다.

"아악!"

놀란 말이 움직이는 바람에 그는 말에서 떨어졌다. 괴한은 모두 네 명이었다. 두 명은 장검으로 정몽주의 가슴과 배를 찔렀다. 꿈틀하고 일어서자 또 다른 괴한 하나가 뒤에서 철퇴로 뒤통수를 갈겼다. 정몽주는 피를 쏟으며 운명하고 말았다. 정몽주를 살해한 괴한들은 이방원의 심복들인 조영규, 조영무, 고여, 이부 등 네 명이었다.

"뭐라? 정포은 좌시중께서 척살刺殺을 당하셨다고?"

그 소식을 들은 임금은 놀라고 두려워서 와들와들 떨었다. 다음은 자신의 차례란 생각이 들었던 것이다. 이성계가 없는 사이 뒤집어엎자고 공모한 사람은 다름 아닌 임금 자신이 아닌가.

"상감마마, 이럴수록 의연하셔야 합니다. 정몽주 좌시중을 척살한 자들을 잡아들이고 문초를 하십시오. 그 뒤에는 이성계가 있을 것입니다. 그냥 두어서는 아니 됩니다."

공민왕의 비였던 대왕대비 정비定妃가 나서며 임금을 나무라듯 말했다.

그날 아침 이성계의 집 사랑에는 삼 형제가 모여 구수회의를 했다.

"급박한 상황이 벌어지고 있네. 어떡하면 될까?"

이성계가 이지란과 김인찬에게 물었다.

"시간을 지체하면 안 됩니다. 정몽주는 조정 상하 모든 사람들이 존경하는 충직한 신하이기 때문에 그의 처단에는 모두 공분을 느끼고 범인을 잡아내어 암살 배후를 철저히 밝혀내라 들고일어날 공산이 큽니다."

김인찬의 말에 이성계도 바로 그 점이 문제라 했다.

"아침 조회가 열리면 직접 밀직제학密直提學에게 해명하라 하십시오."

"방원에게 해명케 하라?"

"예. 그동안 큰형님이 조정에 없을 때 임금과 정몽주가 무슨 밀의를 꾸미고 있었는지 폭로하면 됩니다."

"정몽주가 형님을 죽이려는 대죄를 모의했으니 죽어 마땅하다고 주장하란 말이군?"

이지란이 덧붙였다.

"그건 알겠는데…… 다음 차례가 문제야."

"더 이상 머뭇거릴 필요 없습니다. 익을 대로 익은 감은 저절로 떨어질 때가 되었습니다. 보위에 나가셔야 합니다. 죄를 지은 임금을 폐하고 즉위를 하셔야 합니다."

"보위를 찬탈했다면 할 말이 없잖은가?"

"정도전의 말대로 하십시오. 임금을 폐하고 나면 새 임금이 후사를 이어야 하지만 왕씨 종친 중에는 왕좌王座를 맡아 이 어려운 난국을 타개할 만한 인물이 없다. 따라서 이성계 시중이 권지국사權知國事가 되어 임금을 대리하여 나라를 통치하면 된다, 그게 가장 합리적인 방법입니다. 그렇게 밀고 나가십시오. 목적을 이루려면 방원과 정도전이 성석린, 배극렴 등 원로 대신들을 찾아다니며 설득을 하고 저를 비롯한 수하의 모든 대신들을 동원하여 이성계 시중이 왜 권지국사가 되지 않으면 안 되는지를 이해시켜야 합니다. 그 정지 작업을 한 연후에 임금을 폐하는 것이 순서 같습니다."

드디어 남아 있던 수구파 세력들이 정몽주 살해에 대한 책임을 이성계 쪽에 돌리며 성토를 하고 일어나기 전, 이성계 쪽에서 신속하게 움직여 원로 대신들을 미리 설득해 여론을 돌려놓고 모든 죄를 정몽주에게 씌우는 데 성공했다.

이제는 거칠 것이 없었다. 남은 것은 허수아비 임금뿐이었다. 그를 폐위시켜야 이성계는 대리 통치자가 될 수 있었다. 며칠 후 조회가 끝나자 배극렴이 일어났다. 임금 앞에서 일어남은 불충이었다. 그러나 그는 개의치 않고 용상 앞으로 걸어 나가 읍했다.

　"무슨 짓이오?"

　임금이 놀라서 외쳤다. 배극렴의 뒤에는 이성계를 비롯하여 이지란, 김인찬, 이방원, 정도전 등 십여 명의 대신들이 서 있었다. 임금 뒷자리에는 공민왕의 비이며 왕실의 어른인 대왕대비 정비가 앉아 있었다. 정비가 노하며 일어섰다.

　"무엄하오. 물러들 가시오!"

　"주상께서는 정몽주에게 사주하여 이성계 장군의 처단과 그의 당파들을 제거하라고 명을 내리셨습니다. 충신인 시중을 모해했으니 이는 용서받을 수 없는 죄를 저지른 것입니다. 보좌에서 물러나시오."

　"과인을 폐, 폐위시키겠단 말이오?"

　"게다가 무능하고 암우하여 민심이 떠난 지 오래되었습니다."

　왕은 벌벌 떨고만 있고 대왕대비만 당당하게 따져 묻고 있었다.

　"금상을 암우하게 만든 자들은 누구요? 여기 서 있는 그대들 아니오? 눈과 귀와 입을 막아놓고 손발마저 묶어놓은 자들이 누구요? 그것도 이 시중이 직접 골라 보좌에 앉힌 임금을 사 년도 안 되어 갈아치우려 하다니 이게 대신들이 할 짓이오?"

　그러자 정도전이 나섰다.

　"대왕대비 마마, 임금은 백성의 어버이입니다. 어버이가 못나 천

심과 민심이 떠났는데 어떻게 계속 보위에 남아 있을 수 있습니까?"

"그럼 누구를 임금으로 세울 셈이오?"

"조정 상하 그리고 만백성이 임금 대리로 이성계 시중이 앉아야 한다 하고 있나이다."

"임금 대리? 고금동서에 신하된 자가 대리 임금이 되었단 말은 듣기가 처음이오. 대리 임금이 아니라 임금이겠지요. 허! 치마를 입었다고 속이다니, 역성혁명을 하고 있다고 왜 당당히 밝히지 못하는가? 사백칠십 여년 고려 종사를 이렇게 불법으로 허무하게 내줄 순 없다. 이 무도한 역신들아!"

대비는 슬피 울기 시작했다. 비틀거리며 임금이 일어났다. 임금은 별궁 처소로 물러갔다. 정도전, 이방원 등 행동파들의 움직임이 부산해졌다. 얼마 후 정도전은 미리 준비해 두었던 교서를 들고 별궁으로 향했다. 모든 대신들이 뒤따랐다.

"전하는 교서를 받드시오."

교서 두루마리를 든 남은이 외쳤다. 모든 것을 포기한 듯한 임금이 나왔다.

"오늘로 전하는 고려국의 왕위를 내놓게 되었습니다."

"으음."

"신이 교서를 읽겠습니다."

두루마리 교서를 펼쳐 들고 똑똑한 소리로 남은이 읽어 내려갔다.

"국왕 요(공양왕)는 무도하고 암약하여 고려국을 다스릴 수 없다. 옥새를 권지국사 이성계에게 위임하노라."

임금이 고개를 떨구었다. 뒤에 서 있던 왕비와 후궁들이 일시에 울음을 터뜨렸다. 그러자 이번에는 정희계가 임금 앞으로 나와 두 번째 교서를 읽었다.

"전왕 요를 원주로 추방한다."

교서를 읽자마자 정희계는 위사衛士들에게 빨리 궁 밖으로 끌어내 도록 턱짓을 했다.

"왜들 이러느냐? 이성계 시중을 불러오너라!"

폐왕廢王이 몸부림쳤지만 위사들에게 둘러싸여 밖으로 끌려 나갔 다. 궁밖에는 이방원이 동원한 군사들이 철통같이 지키고 있었고 교 자橋子 하나가 놓여 있었다. 폐왕은 양반들이 외출할 때 타는 평교자 위에 강제로 앉혀졌다.

"자, 어서 떠나라. 지체하면 안 된다. 달려가라!"

정희계가 외쳤다. 네 명의 교꾼들은 교자 위에 앉은 폐왕을 떠메 고 달리듯 잰걸음을 놓으며 개경을 벗어났다. 전후 사방에는 백여 명의 군사들이 호위를 한 채 그들도 뛰어가고 있었다. 이성계의 집 에는 그의 측근들이 모두 모여 회의를 하고 있었다.

"폐왕이 유배지로 떠나면 즉시 입궐하시어 옥새를 받고 보좌에 앉 으시면 됩니다."

정도전이 말했다.

"신왕으로 즉위할 수는 없다. 임금 대리로 취임한다고 하잖았는 가?"

"신왕으로 등극하십시오. 누가 뭐라겠습니까?"

배극렴이 강하게 주장했다. 그러자 김인찬이 한마디 했다.

"당장 신왕으로 등극해도 되지만 권지국사 임금 대리를 맡는 것이

순리입니다. 그렇게 해도 몇 달 못 가 신왕으로 즉위해야 한다는 여론이 비등하게 될 것입니다. 그때 마지 못해 왕위를 받으시는 게 모양이 좋습니다."

"그렇다. 김인찬의 의견이 옳다고 본다. 그렇게 하도록 하자."

이성계가 결정을 내렸다. 그때 전령이 달려와 공양왕의 폐위에 대한 경과와 폐왕이 유배지인 원주로 떠났다는 것을 알렸다.

"됐습니다. 권지국사가 되시든 신왕이 되시든 머뭇거리면 안 됩니다. 빨리 입궐하셔서 옥새를 넘겨받고 보좌에 앉으셔야 합니다."

개국의 아침, 보위에 오르다

정도전이 서둘렀다. 조복을 입은 이성계가 말을 타고 급히 입궐했다. 가마를 타야만 했지만 그리되면 시간이 늦어질 것 같았기 때문이었다. 신하들도 모두 뛰다시피 그 뒤를 따라 입궐했다. 이성계는 정전에 들어가기 전 편전에 안내되어 임금이 입는 곤룡포를 입고 익선관을 쓴 채 다시 정전으로 들어갔다.

곤룡포를 입은 신왕이 등장하자 먼저 와 있던 조신들이 두 줄로 늘어서서 일제히 머리를 조아리며 축언祝言을 올렸다.

"이성계 대왕 천세!"

"대왕마마 천세, 천천세!"

정전 안이 만세 소리와 환호 소리로 떠나갈 듯했다. 이성계는 용

상 앞으로 나아갔다. 보좌는 비어 있었지만 그 옆자리에는 대왕대비
정비가 앉아 있었다. 이성계는 대비 앞에 절을 올렸다.

대비는 말 없이 눈물만 흘리고 있었다. 정도전이 말했다.

"지금 이후 고려의 국사는 이성계 권지국사가 감록監錄하시고 대비
마마는 서무를 전담하도록 되어 있나이다."

그러자 신하 중에서 대사헌大司憲 민개閔開가 나서며 질타했다.

"모든 국사를 대비께서 전담하시고 이성계 시중은 자문諮問만 하
시면 될 것을 왜 눈 가리고 아웅하는 거요? 보좌가 탐나면 왕위를 찬
탈하면 되는 것을!"

순간 물을 끼얹은 듯 궐내가 가라앉았다.

"끌어내라!"

신하들이 외쳤다. 그러자 정몽주를 처치했던 조영규가 이번에도
장검을 빼어 들고 목을 치려 했다. 이방원이 말렸다.

"좋은 날 피를 보아서는 안 된다. 옥에 처넣고 날을 받아 목을 쳐
라."

"옛!"

조영규는 민개를 개 끌 듯 끌고 정전 밖으로 나갔다.

"대왕마마, 보좌에 오르시지요."

이방원이 권했다. 이성계가 머뭇거렸다.

"어서 오르십시오."

신하들이 합창했다. 마지 못해 이성계는 보좌에 앉았다. 모든 신
하들이 외쳤다.

"이성계 대왕 천세, 천천세!"

환호 소리가 그치지 않는데 옆에서 지신사 두 사람이 읍을 한 채 따르고 김인찬이 옥새함이 놓인 보개상을 머리 높이 받쳐 든 채 한 발 한 발 걸어 들어오고 있었다. 그의 뒤에는 환관 십여 명이 따라오고 있었다. 신하들이 중앙에 길을 터주면서 다시 대왕 만세를 외쳤다.

김인찬은 보개상을 높이 들고 용상 앞에 섰다.

"대고려 권지국사 이성계 대왕께서는 고려 국왕의 옥새를 받도록 하시오."

이성계가 만면에 웃음을 띠며 용상에서 일어나 옥새 보개상을 받았다.

"대왕 천세, 천천세!"

"영원 무궁하옵소서!"

이성계는 신왕이 되었다. 왕위에 오른 이성계는 즉시 공신들을 위한 논공행상을 했다. 밀직사사密直司使 김인찬은 보조공신補祚功臣 좌명佐命 개국공신開國功臣 의흥친군위義興親軍衛 동지절제사同知節制使 겸 익화군益和君으로 봉해졌다.

한편 신왕이 된 이성계가 맨 먼저 손댄 정사는 국정에 관한 십칠 개조 강령綱領 발표였다. 부패 문란한 국정을 바로잡기 위한 조치였다. 그중에서도 구세력들이 사백여 년 넘게 뿌리를 내리고 있는 개경에서 다른 곳으로 왕도를 옮겨야 한다는 주장을, 김인찬을 비롯한 정도전 등이 펴기 시작하면서 이 문제가 가장 시급했다.

"지금은 기득권을 가졌던 구세력의 원로 대신들과 그 추종자들을 조정 안에서 거의 청소했지만 머리만 잘리고 몸통은 남아 있다는 데 문제가 있습니다. 수백 년 동안 뿌리내린 권문세가가 개경 왕성 안엔 수두룩합니다. 구세력들이 따라올 수 없는 다른 곳으로 왕도를 옮겨야 새로운 나라를 새롭게 건설할 수 있습니다."

김인찬의 의견에 정도전이 힘을 실었다.

"역시 김 중추원사中樞院使 대감의 말씀이 백 번 옳으십니다. 개경은 구세력의 아성입니다. 새 나라를 건국함에 그들은 완강한 반대 세력입니다. 왕도를 옮기면 수백 년 동안 쌓아온 모든 기득권을 버리고 따라올 수 없을 것입니다. 전하, 윤허하여 주옵소서."

이성계는 두 사람의 의견을 문무 대신 회의에 부쳤다. 모두가 찬성이었다.

"그렇다면 석왕사의 무학대사를 초빙하여 새 왕도 후보지를 알아보고 즉시 고하도록 하라."

이성계의 명이 떨어졌다. 김인찬은 석왕사에 사람을 보내어 대사 무학을 불렀다. 무학대사가 대궐에 든 것은 그로부터 이십 일이 지나서였다.

"어서 오시오. 대사!"

이성계는 반갑게 맞았다. 그 자리에는 이지란과 김인찬도 있었다.

"대사의 선견지명으로 보위에 올랐으니 내 무엇으로 보답해 드릴까요? 원하시는 것 있으면 말씀을 하시지요."

"산천을 떠도는 구름 같은 객승客僧에게 세속의 보답이 무슨 의미가 있겠소? 이렇게 용안 뵙는 것만으로도 광영입니다."

"대사께서는 풍수학의 대가이시니 길지명당吉地明堂을 잘 짚어내시겠지요. 왕도를 옮기려 합니다. 좋은 후보지를 두루 알아보시고 알려주시면 고맙겠습니다."

무학대사는 김인찬의 집에서 하룻밤을 묵고 그와 함께 길을 떠났다.

"대사님은 어느 곳이 좋은 후보지라 생각하십니까?《도선비기道詵秘記》에 보면 남경이 전국의 정기가 다 모여드는 곳이라 오백 년 왕도가 될 만한 땅으로 기록했던데요?"

"그랬지요. 우리나라에서 왕도가 될 만한 땅은 다섯 곳 정도라 했지요. 먼저 서경입니다. 서경은 천 년 왕도의 땅이라 하여 고구려가 구백 년을 채웠고, 개경은 오백 년 도읍지라 하여 고려가 왕도로 정했고, 남경이 오백 년, 계룡산 신도안이 육백 년, 완산(전주)이 구백 년 도읍지라 했습니다. 풍수도참설風水圖讖說에 나와 있지요. 믿어도 좋고 안 믿어도 좋습니다만."

무학은 김인찬과 함께 먼저 계룡산 신도안을 둘러보고 한양으로 왔다.

"역시 계룡산 신도안이 천하 제일의 길지인 듯합니다."

김인찬의 말에 무학대사가 고개를 끄덕였다.

"터만 조금 넓었으면 금상첨화인 것을! 그게 좀 흠이긴 해도 새 왕도로는 손색이 없는 명당입니다. 왕도가 되려면 세 가지 덕德을 갖추어야 한다 했습니다. 하늘이 내려주는 천덕天德이 있어야 하고 땅이 주는 후한 덕인 지덕地德이 있어야 하며, 세 번째로는 그곳에 모이는 백성들의 인덕人德이 있어야 한다 했소. 신도안은 그 삼 덕을 다 갖추고 있소."

"남경은 그만 못 합니까?"

"내가 보기에는 그만 못 합니다. 남경은 삼 덕 가운데 지덕이 좀 떨어집니다. 북악산을 주산으로 할 때는 좌청룡은 좋으나 우백호가 약합니다. 게다가 남쪽의 관악산이 화기火氣를 품고 있어 화재에 취약하고 서쪽이 허술해서 외적의 침략을 방어하는 데 좀 어려울 듯합니다."

무학대사가 돌아와서 이성계에게 그대로 고하자 이성계가 직접 계룡산을 둘러보고 싶다 했다. 이성계는 무학, 김인찬과 함께 새 도읍 후보지인 계룡산 신도안을 시찰했다.

그러던 어느 날이었다. 뜻밖에도 인찬의 집에 이방원이 찾아왔다.

"어인 일이신가? 조카님."

"사냥을 나갔는데 마침 살진 노루 한 마리를 잡았지 뭡니까? 혼자 먹을 수가 없어 뒷다리 한 짝을 가져왔습니다."

"이런 고마울 데가? 어서 올라오게."

두 사람은 주안상을 마주하고 이런저런 얘기를 나누었다.

"내년 중에는 남경이든 계룡산이든 도읍을 완전히 옮길 수 있겠지요?"

"총력을 기울이고 있으니 가능할 걸세."

"왕도를 옮기고 이제 국호만 정해지면 되는군요. 그리고 신왕으로 등극하신 부왕께서도 오십 중반이시니 바로 세자를 책봉해야겠지요?"

"그래야 할 거야. 춘추가 많으시니 속히 세자 책봉을 해두어야 종사가 안심이 되지."

"아시다시피 저희 집안에는 왕자가 많습니다. 여섯 형제에다가 이복 아우가 둘이니 합해서 여덟 형제, 여덟 왕자이지요. 숙부님께선 그중 누가 세자 자격이 있다고 보십니까?"

김인찬은 흠칫했다. 성미대로 방원은 직선적이었다. 그가 왜 찾아왔는지 알 수 있었다. 이성계가 제왕이 되었으니 아닌 게 아니라 시급한 것은 왕세자 책봉이었다. 서두를 게 뭐 있느냐 할지도 모르지만 임금과 평민은 달랐다.

언제 무슨 일이 일어날지 알 수 없는 데다가 이성계의 나이가 오십이 넘었으니 보위를 이어받을 세자 책봉은 빨리 해결이 되어야 할 문제였다.

"어려운 질문이구먼. 한두 명도 아니고 왕자가 여덟인데 그중에 누가 적합하냐 묻고 있으니…… 역시 세자 책봉 문제는 대왕께 일임하는 게 좋지 않을까? 대왕께서 평소 점찍은 왕자가 있을지 모르니."

"숙부님!"

"말하게."

"제가 지금까지 의지해 온 분은 이지란 숙부와 김인찬 숙부입니다. 두 분이 힘이 되시어 위화도 회군부터 정몽주 퇴출에 이르기까지 아버님을 용상에 나아가도록 신명을 다 바쳤습니다. 목숨이 열 개라도 남아나지 못할 만큼 위험한 일을 맡아왔습니다. 아버님의 보위를 물려받을 사람은 저밖에 없습니다. 저 외에 유공자가 어디 있습니까? 큰형님이 물려받을까요? 장자인 방우 형님은 몸이 약해 성한 날보다 아픈 날이 더 많습니다. 군왕감은 아니지요. 둘째 형인 방과(훗날 2대 정종定宗) 역시 어질기는 해도 유약합니다. 셋째 형 방의? 형 중에서 제가 제일 좋아하는 형이지만 역시 너무 소심하고 대가 약해서 개국 초 난세를 헤쳐가기엔 역부족일 겁니다. 넷째 방간 형님은 성미가 급하고 불 같아 실수가 잦고 욕심만 많아 군왕으로는 적합지 않습니다. 그 다음이 저이고, 그 다음이 막내 방연입니다. 방연은 오랫동안 아버님을 따라 저와 함께 전장을 누볐지요. 욕심이 없습니다. 언제나 제 편이지요. 다음으로 작은어머니(신덕왕후 강 씨)가 낳은 아우가 둘이지요. 큰아우 방번이는 명민하기는 하지만 성품이 광포하고 경솔하다는 주위의 평입니다. 이제 열세 살이지요. 그 아우 막내 방석입니다. 지금 열한 살이고 아버님의 편애를 독차지하고 있습니다. 늦둥이라 그러신다는 생각입니다. 이방원! 저도 단점이 많이 있습니다. 성미가 괄괄하고 직선적이며 신중하지 못한 게 흠이라는 거 알고 있습니다만 저는 다른 형제가 갖지 못한 네 가지 장점이 있습니다. 첫째, 타고난 건강과 둘째, 남다른 지도력, 셋째, 과단성, 넷째, 통이 크고 넓다는 것 그리고 중요한 것은 문무를 겸전했다는 것입니다. 머지 않아 세자 책봉 문제가 시급히 논의되리라 보여집니다. 아버님을 움직일 수 있는 분은 가장 가까운 의형제이신 지란 숙부와 인찬 숙부 두 분뿐입니다. 절 밀어주십시오."

"잘 알아들었네. 마음속에 새기겠네."

"숙부님, 저는 물에 물 탄 듯 술에 술 탄 듯 그런 게 제일 싫습니다. 장차 숙부님과 가문의 영광, 번영은 제가 책임지겠다고 약속 드립니다. 분명히 약속해 주십시오. 제 편이 되어주십시오. 절 세자로 밀어주실 거지요?"

방원의 눈은 이글거리며 타고 있었다. 그 눈빛에는 항상 상대를 압도하는 힘이 있었다.

"알겠네. 내가 누굴 돕겠나? 난 조카 편일세."

"고맙습니다. 숙부님!"

방원은 일어나 큰절을 올렸다.

"이러지 말게나."

"변심하지 마십시오."

방원은 몇 번이고 다짐을 하며 돌아갔다. 방원의 예상은 들어맞아 정도전이 묘의에서 세자 책봉을 서둘러야 한다고 상주했다. 그러자 중신들은 훗날 화가 미칠까 보아 모두 이성계에게 미루었다.

"대왕 전하께서 세자를 고르시고 책봉함이 옳다고 보옵니다."

"알겠다."

"한시가 급하오니 속히 결정을 내리시옵소서."

그날 밤 침전에 들어온 이성계는 깜짝 놀랐다. 사랑하는 계비繼妃인 신덕왕후가 울고 있었던 것이다.

"부인, 왜 울고 있소? 무슨 일이 있소?"

물어도 대답하지 않고 왕후는 더욱 슬피 울었다.

"허허, 얘기를 해야 알 거 아니오? 왜 그러시오?"

"무서워서 못 살겠어요. 저렇게 오만 방자하니 만약 세자로 책봉이라도 되고 보위에 오르면 우리 모자는 살아남지 못하겠어요. 어쩌면 좋아요? 우리 모자를 살려주세요."

"누구 얘기요? 방원이 얘기요?"

"네. 벌써 궁중에는 소문이 쫙 퍼졌어요. 세자가 될 왕자는 자기밖에 없고 왕세자가 되면 우선 부왕이 사랑하는 계비 소생의 왕자들부터 손봐주겠다고 큰소리를 치고 다닌답니다."

"그럴 수가!"

노년에 접어든 이성계는 이전과 달리 감정의 기복이 심했다. 이성계는 신덕왕후의 연기에 넘어가 그때 이미 방원을 세자 후보에서 제외시킨 상태였다. 이튿날 어전 회의가 열리자 임금은 세자 책봉 문제를 꺼냈다.

"과인에게 세자를 고르라 하는데 왕자들은 모두 내 자식들 아니오? 아비는 자식들의 부족한 점을 속속들이 모릅니다. 밖에서 봐야 제대로 평가를 할 수 있는 게 아니겠소? 중추원사 김인찬, 대사성大司成 정도전 대감과 좌시중左侍中 조준 대감 그리고 밀직부사 남은南誾 대감 등 네 사람은 누구를 세자로 삼아야 하는지 상세히 알아보고 상주하시오."

어명이 내려졌다. 그 소식을 들은 왕자들은 모두 긴장했다. 그중에서도 가장 먼저 반응을 보인 쪽은 정안대군 이방원이었다.

"이게 뭐냐? 이럴 수 있는 거야? 정도전, 조준, 남은 세 사람 모두 날 싫어하는 대신들 아니냐? 내 편의 대신은 겨우 인찬 숙부 한 분만 들어가다니. 안 되겠다. 동지들을 모두 불러 모아라. 긴급히 대비책을 세워야겠다."

이방원은 재빠르게 자기 파들을 집으로 불렀다. 맨 먼저 달려온 사람은 충청 관찰사로 내정된 이숙번李叔蕃이었다. 뒤를 이어 상장군 하륜河崙, 이방원의 처남인 민무구閔無咎, 조영규의 형제, 이부 등 십여 명이 삽시간에 모였다.

이방원으로부터 대궐 소식을 들은 그들은 이는 분명 위기라는 데 의견을 같이했다. 상장군 하륜이 나섰다.

"먼저 우리가 심의관 네 명을 하나씩 맡아 정안대군(방원)이 세자가 되도록 설득을 하십시다. 김인찬 대감은 이미 정안대군을 지지한다고 입장을 밝히셨다지요? 그럼 정도전은 정안대군께서 직접 맡으십시오."

"알았소."

"조준 대감은 내가 맡겠소. 조 대감과는 요동 정벌전 때 우군에 속한 장군으로 대왕의 회군에 앞장섰던 동지이니 내 말은 거스르지 못할 거요."

"남은 대감은 누가 맡겠소? 이숙번 장군이 맡겠소?"

그러자 이숙번이 입맛을 다셨다.

"나와는 별로 친한 사이는 아니지만 맡아보겠소."

"됐습니다. 중요한 건 김인찬 대감만 빼고 정도전과 조준, 남은은 색깔이 같고 절친한 사이라는 겁니다. 세 사람이 머리를 맞대고 무슨 수작을 꾸미는지 먼저 알아내는 것이 중요합니다."

이방원은 애초 그 세 사람이 자기를 밀어줄 사람들이 아니라는 걸 예측하고 있었다. 그렇다면 누구를 밀고자 하는지 먼저 알아내는 것이 중요하다고 말한 것이다. 그 문제는 쉽게 풀렸다. 조준 밑에 있는 이무라는 자가 그들이 밀의한 내용을 비밀리에 와서 고해바쳤던 것이다. 이무는 이방원 처가의 친척이었다.

"정도전, 조준, 남은 세 사람은 신의왕후神義王后 한 씨(이성계의 본부인) 소생 왕자 여섯 명은 모두 제왕으로서의 자질이 미달되니 신덕왕후 강 씨(이성계의 둘째 부인) 소생 왕자인 무안대군 방번과 의안대군 방석 중에서 뽑아야 한다 하고 있습니다."

"방번과 방석 중에서?"

방원은 뒤통수를 둔기로 얻어맞은 듯 놀랐다. 전혀 뜻밖이었던 것이다.

"방번이는 이제 열세 살의 어린애이고 방석이는 열한 살 코흘리개이다. 중년인 왕자도 있고, 성년이 된 적통嫡統의 왕자가 여섯 명이나되는데 왜 서출庶出인 어린아이 타령일까?"

방원의 말에 하륜이 응대했다.

"나이 든 성인 왕자를 세자로 세우면 형제 간에 세력 다툼이 일어날 조짐이 있고 대신들이 마음대로 꼭두각시처럼 조종할 수가 없지않소? 그 단점을 없애려면 나이 어린 왕자를 세자로 하여 나중 보위에 앉히는 게 좋겠다는 뜻이겠지요. 게다가 그들은 대왕께 아부를하려는 겁니다. 대왕이 신덕왕후 강 씨에게 꼼짝 못 하고 어린 왕자들을 편애하고 있으니 그러는 게지요."

"그렇게 되도록 놔둘 수는 없지. 이제 각자 설득 작전을 폅시다.뇌물로 안 되면 협박이라도 해야 합니다. 뇌물은 심사관 본인에게주면 안 되고 부인들에게 안겨주어야 고리가 걸려 나중에 꼼짝을 못할 거요. 자, 다들 나가시오."

이방원은 서둘렀다.

김인찬은 맡고 있는 일이 일찍 끝나서 퇴청하여 집으로 돌아왔다.그런데 환관이 입시하란 임금의 명을 가지고 찾아왔다. 대궐로 들어갔다. 편전 복도에서 이지란이 서성이고 있었다.

"형님, 웬일이오?"

"주상께서 부르신다기에 왔네. 자네도 그래서 왔구먼. 들어가세."

임금이 옛날 공민왕으로부터 받은 쿠빌라이 명검을 닦고 있다가

두 형제를 맞았다.

"어서 오시게. 오랜만에 술 한잔 나누고 싶어 불렀네. 내려줄 선물도 있고 말야."

"선물이라고요?"

왕은 입시해 있던 환관을 부르며 하사품을 가져오라 했다.

"며칠 전에 자기 나라로 돌아간 명나라 사신이 가져온 비단일세. 마침 세 필을 가져왔기로 아우들을 부른 거야. 한 필은 내가 받았으니 두 필 중 한 필씩 받게."

이지란이 일어나 읍을 하고 절을 한 뒤에 비단 한 필을 받았다.

"고맙습니다."

"다음은 익화군 인찬 아우."

"성은이 망극합니다."

"명나라에서도 최상품으로 치는 귀한 비단이라네. 이 선홍 빛의 붉은 색을 보게."

"처음 보는 최상품 비단이군요. 감사합니다."

"오늘 밤은 취하도록 기분 좋게 마셔볼까?"

임금은 주안상을 봐오게 했다.

"세자 고르기 심사관이지? 결정했나?"

갑자기 술을 따르던 임금이 물었다.

"심사숙고하고 있습니다. 어떻게 해서 얻은 보좌이고 나라입니까? 훌륭한 세자가 대통을 이어가야지요. 어차피 선택은 전하께서 하시는 거 아닙니까? 저희는 추천만 하는 거고요. 네 명의 심사관들이 의견 일치를 보기 어렵습니다."

"왜?"

"정도전 대감과 남은 그리고 조준 대감은 무안대군이나 의안대군 둘 중 하나를 선택하자 하고 있습니다."

"자네 생각은 어떤가?"

"능력과 실력을 겸비한 적통의 왕자가 있는데 왜 굳이 어린 왕자를 택하려는지 저는 이해가 가지 않습니다. 오늘 대왕께서 보위에 오른 것은 오로지 정안대군 방원의 공로에 힘입은 바가 가장 크지 않습니까?"

"크지. 암."

임금은 더 이상 아무 말도 하지 않고 고개를 끄덕이며 술잔을 들었다. 술자리가 파해서 편전을 나올 때 김인찬이 이지란에게 물었다.

"형님한테 찾아가지 않았소? 방원 조카?"

"왔었지."

"그럼 왜 아무 말 안 했소? 방원이 얘기 좀 하지."

"대신 했잖아. 난 내일부터 보름쯤 태백산으로 사냥이나 갈까 하네. 딱히 바쁜 일도 없으니 말야."

이지란은 난처하니까 사냥을 핑계로 대궐을 잠시 떠나 있기로 한 모양이었다. 자신도 그랬으면 좋겠는데 심사관으로 앉혀놓았으니 진퇴양난이었다. 그렇게 열흘쯤 지나서 갑자기 이방원이 집으로 김인찬을 찾아왔다.

"어서 오시게. 내 염려가 돼서 오셨나?"

"예, 숙부님. 숙부님이 흔들리시면 큰일 납니다. 지금 제 쪽에서 손을 써서 두 분 심사관을 우리 쪽으로 돌려놓는 데 성공했습니다."

"누구누구지?"

인찬이 놀라서 되물었다.

"남은과 조준 대감입니다. 정도전만 고집을 꺾지 않고 초지일관하고 있습니다."

"남은과 조준, 만만한 사람들이 아닌데 결심을 바꿨다고?"

"정도전, 아니 자기들끼리도 저를 지지하는 쪽으로 마음을 바꾼 걸 서로 모르게 만들었습니다. 계속해서 무안대군과 의안대군 둘 중 하나를 세자로 뽑는 것으로 알고 있다 그 말입니다. 그러니 숙부님 한 분의 의사가 모든 걸 좌우하는 것입니다. 숙부님이 반대하면 동수同數가 되지만 숙부님이 절 지지하면 그걸로 끝나는 것입니다."

"염려 마시게. 난 요지부동이니까."

사흘 뒤 세자 책봉을 하겠다는 발표가 있었다. 모든 대신들이 긴장 상태로 앉아 있는데 직접 임금이 조회에서 발표했다.

"심사관 네 분이 의견 일치를 보아 의안대군 방석을 왕세자로 택정擇定하였다. 세자 책봉을 서두르기로 한다."

"천세, 천천세! 대왕 마마!"

"천세, 천천세! 세자 저하!"

만조백관이 경하했다. 깜짝 놀란 사람들은 신의왕후 아들들인 여섯 왕자였다. 적통 왕자인 자기들을 제외하고 서출이며 이제 열한 살 된 어린 왕자를 세자로 택정했다는 게 아닌가. 여섯 왕자 중에서도 가장 큰 충격을 받은 사람은 이방원이었다. 왕세자 택정은 자신이 받을 것이라 믿고 있었건만 일이 수포로 돌아갔던 것이다.

"정도전 말고 셋 중에 누가 배신한 거지?"

임금은 발표만 했지 뽑은 과정에 대해서는 비밀에 부쳤다. 그래서 누가 지지하고, 누가 반대했는지 알 수가 없었다. 방원 측에서는 그 과정을 캐기 시작했다. 방원의 처 동생 민무구를 비롯하여 여러 사람을 풀어 알아보았다.

"남은 대감은 정안대군을 지지한다는 약속을 지켰다 하고 있습니다."

"조준 대감도 지지한다는 약속을 지켰다 하고 있습니다."

"그걸 뭘로 증명할 수 있다더냐?"

"당시 함께 있었던 지신사 노적수 대감이 알고 있다 합니다."

"노적수 대감을 은밀히 불러라."

방원이 명했다. 퇴청하자마자 노적수가 방원의 집으로 불려 왔다.

"심사관 네 명의 의견이 어떻게 취합되었는지 밝히시오."

"송구하오나 밝힐 수 없습니다. 주상께서 모든 걸 함구하도록 특령을 내리셨기 때문입니다."

"왜 함구령을 내리셨지요?"

"쓸데없는 잡음이 나면 안 된다는 취지 같았습니다."

"노 대감! 여기는 나와 대감 두 사람뿐입니다. 솔직히 다 말씀하십시오. 이번 세자 택정은 용납할 수 없습니다. 피바람이 불게 될지 모릅니다. 나중에라도 살아 계시려면 내 물음에 정직하게 답하시오."

"……."

노적수는 벌벌 떨었다. 세자 택정 문제를 완전히 뒤집고 새로 선택하지 않으면 대궐은 피바다로 변할 수도 있다고 겁박을 주고 있었던 것이다.

"정도전은 초지일관 반대였으며 남은과 조준은 대군 저하를 지지했습니다."

"그럼 김인찬 대감이 반대를 했단 말이오?"

"아닙니다. 지지를 했었지요. 마지막 주상께 결과를 상주할 때는 토사곽란이 나서 입궐을 못 하시어 지지 의사만 위임한다는 뜻을 전해왔습니다."

"세 사람이 날 지지하고 한 사람이 반대했으면 택정이 돼야 마땅하거늘 전혀 반대의 결과가 나왔으니 그건 어떻게 설명하겠소?"

"소신도 그걸 모르겠습니다."

"김인찬 대감은 언제 다시 입궐했지요?"

"그 다음 날엔 입궐하셨고 어전 회의가 끝난 직후 주상을 독대했습니다. 주상께서 부르신 듯했습니다."

"알았소."

지신사 노적수는 등에 찬 식은땀을 닦지도 못하고 조준과 남은을 비밀리에 만나 이방원의 움직임을 알리고 무슨 일이 있어도 이방원을 지지했다 해야 한다고 못을 박았다. 어린 왕자 의안대군을 세자로 택정한 사람들은 정도전, 조준, 남은이었고 이방원을 지지한 사람은 김인찬 한 사람이었다.

방원은 즉시 김인찬을 만났다. 인찬은 결과가 실망스러워 얼마나 낙망했느냐고 위로했다.

"숙부님은 저와의 약속을 끝까지 지키셨다는 걸 믿습니다만 두 가지만 묻겠습니다. 조준과 남은이 절 지지했다던데 그게 사실인가요?"

"처음엔 정도전을 따라 이복 아우들인 무안과 의안대군으로 해야 한다더니 어느 순간부터 그 두 사람은 침묵으로 일관했네. 밖으로 의사 표시를 안 했어. 그 두 사람이 조카님을 지지했을 거다? 글쎄 믿기지 않는데?"

"주상을 독대했을 때 무슨 말씀을 나누셨지요? 세자 택정 발표 전인데요?"

"별말씀 없으셨네. 내 급병이 다 나았는지 걱정해 주셨지. 그뿐이야."

그 다음부터 이방원이 김인찬을 대하는 태도가 완전히 변하기 시작했다. 오해인데도 사실로 믿으며 이렇게 단정했다.

'중요한 시점에 병을 핑계 삼아 입궐하지 않고 내 지지 의사만 남은 세 사람에게 위임했다? 그건 지지가 아니라 뭔가 입장이 난처하니까 기권한 게 아닌가? 조준과 남은은 지지, 정도전은 반대. 문제는 김인찬의 입장을 지지로 볼 것인지 기권으로 볼 것인지, 그게 문제이다. 지지든 기권이든 결과는 비기게 되어 있어 어떤 왕자의 손을 들어줄 수가 없다. 그걸 임금께서 정하라고 위임한 것이다. 그래서 임금은 김인찬을 불러 독대하고 누구로 정할 것인지 최종적으로 상의한 것이다. 김인찬은 거기서 정도전의 의사를 따라 의안대군으로 정하라 임금께 고하였다.'

태조 이성계의 통곡

한 달쯤 지나서 정도전이 몇 가지 새로운 법안을 만들어 임금께
올렸다. 그 법안 가운데에는 종친들의 거주지 이전 문제가 포함되어
있었다. 이방원에게도 그 법안의 입법 내용이 전해졌다.

"종친들의 거주 이전에 대한 새로운 법령이 제정된다고? 종친이
라면? 임금의 친척을 말하는데 왕자들도 포함이 되나?"

"그렇습니다."

"왕자들의 집 평수를 제한한단 말인가?"

"그게 아니라 왕자들은 십 세 미만의 왕자와 공주를 제외하고는
모두 도성 밖으로 나가 살아야 한다는 법령입니다."

"왕성 밖으로? 시골로?"

"그렇습니다. 그뿐만이 아닙니다. 왕자는 누구를 막론하고 이십 명 미만의 호위가병護衛家兵만 둘 수 있도록 했습니다."

이방원은 정도전의 이름을 뱉어내고 이를 갈았다.

"나 하나 때문에 법을 바꾸자는 게 아니냐?"

나이 어린 세자를 책봉하다 보니 무서웠던 것이다. 한두 명도 아니고 본처 소생의 적통 왕자 여섯 명이 대궐 부근에 살고 있으니 언제 들고일어날지 알 수 없었던 것이다. 게다가 다른 왕자는 열 명 내외의 호위 군사들을 데리고 있었지만 정안대군 이방원은 이백 명의 가병을 데리고 있었다. 그러니 자신을 겨냥한 법이라 할 만했던 것이다.

새 법령은 세자의 모후인 신덕왕후가 정도전을 시켜 만들게 한 것이란 소문이 돌았다. 방원은 김인찬을 찾아가 도움을 청하기로 했다.

"숙부님, 안 그래도 세자 책봉에서 밀려나 울화통이 터지는데 이제는 왕성에서 나가 살라고 법을 만들었다니 그럴 수 있습니까? 차라리 왕자들을 폐서인시켜 벽지로 쫓아내는 게 안심이 되는 게 아닐까요?"

"법을 입안만 했지 아직 선포는 안 했지 않나?"

"숙부님은 올바른 법이라고 생각하십니까?"

"무엇이 급해서 서둘러 왕자들을 자극할 필요가 있나? 훗날 정해도 늦지 않을 텐데. 나는 그렇게 생각하네."

"그럼 저는 다른 대신들을 설득할 테니 숙부님은 이지란 큰 숙부를 설득해서 주상께서 윤허하지 못하도록 힘을 써주십시오. 지금 말씀하신 대로만 하면 아버님도 두 숙부님 충언을 물리치시지 못할 것입니다."

이방원은 일부러 인찬을 찾아와 부탁을 했던 것이다. 인찬이 세자 책봉 때 미온적이었고 적극성을 안 보여 실패했다는 의심을 이번 일의 결과를 보면 알 수 있을 것이라고 생각했던 것이다.

김인찬은 방원에 대한 미안한 마음도 있어서 이번만큼은 이지란과 함께 따로 임금과 자리를 만들어 평지풍파 일으키는 법은 만들지 않는 게 좋겠다고 간곡히 충언했다.

"아우님들이 그렇게 주장한다면 그럴 만한 이유가 있겠지. 알았네. 유보하라 하지."

인찬은 그렇게 말한 임금의 반응을 방원에게 그대로 전해주었다. 방원은 몇 번이나 고맙다 했다. 방원은 방원대로 조정 중신들을 만나 그 법의 부당성을 설명하고 지지를 얻어냈다. 그런데 결과는 엉뚱했다. 그 법안이 왕명으로 선포되었던 것이다.

어전 회의에서는 부적절한 법이라는 대신들의 의견이 많았지만 임금은 선포의 명령을 내렸던 것이다. 무섭고 거친 왕자들을 왕성 안에 두면 세자와 자신에게 어떤 무서운 일을 벌일지 모르니 그 법을 선포해 달라고 세자의 모후가 매달리는 바람에 임금은 그대로 따랐던 것이다.

'김인찬을 믿은 게 잘못이다. 두 번이나 당하는구나. 임금은 이지란과 김인찬을 피를 나눈 형제 이상 믿고 하자는 대로 따라주고 있다. 그런 사이인데 김인찬의 충언이 통하지 않았다는 것은 아예 처음부터 그 법에 대해서는 말을 하지 않았으면서 내게는 임금이 유보한 것으로 거짓말을 한 것이다.'

김인찬에 대한 이방원의 원망은 깊어졌다.

한편 고려의 마지막 왕인 공양왕은 공양군恭讓君으로 강등되어 귀양지가 간성군杆城郡으로 옮겨졌다. 정식으로 세자를 책봉한다는 교지가 내리고 명나라에 조준을 사신으로 보낸다 하였다. 세자 책봉을 명에 알려야 했던 것이다.

책봉일에 맞춰 김인찬은 새 조복朝服을 지어 입었다. 임금이 하사했던 최상급 홍비단으로 조복을 해 입은 것이다. 새 조복을 입고 어전 회의에 나가자 모든 대신들이 놀라 바라보았다.

"중추원사의 조복이 휘황찬란하십니다."

"명나라에서 온 비단이라 그런 모양이오."

도당에 백관과 함께 앉아 있는데 정도전이 한마디 했다.

"상감과 같은 비단으로 옷을 해 입으시면 불충이라 합니다. 모르시진 않겠지요?"

도당 안이 긴장했다. 하필이면 임금도 그 명나라의 비단으로 곤룡포를 새로 지어 입고 있었던 것이다. 자리가 어색해지자 임금이 빙그레 웃었다.

"평소 입고 있는 중추원사의 조복이 낡아 보여서 과인도 새로 하나 지어 입을 테니 중추원사 대감도 해 입으라 한 거요. 보기만 좋구면 뭘 그러시오? 허허허."

임금은 호탕하게 웃었다.

"황공하옵니다. 신의 불찰이옵니다. 용서하옵소서."

김인찬은 황망하게 퇴청하여 집으로 돌아왔다. 전혀 뜻밖이었던 것이다. 임금이 특별히 의형제로서 하사한 비단이라 부인에게 자랑스럽게 새 옷을 지으라 하고 그걸 입고 나간 것인데 임금도 같은 비단으로 용포를 지어 입고 나올 줄 누가 알았겠는가. 실수도 그런 실수가 없었다.

다만 임금이 고마울 따름이었다. 조복이 낡아 보여서 나도 새로 하나 해 입을 테니 인찬도 해 입으라 했다고, 결코 불충한 일이 아니라고 미리 변명을 해주었던 것이다.

그런데 문제는 간언諫言 송재호였다. 정도전 일파의 사주를 받고 상소를 올려 김인찬의 조복 비례非禮에 대해 불충하니 마땅히 벌을 내려야 한다고 주장했다.

중추원사 김인찬은 평소 주상과 의로 맺은 형제임을 자랑하고 항시 내세우며 신료들 사이에 군림하고 조정 상하가 철저한데도 불구하고 마치 소왕小王처럼 군림해 왔나이다. 편전에서도 임금과 나란히 앉아 대작對酌을 하거나 감히 함께 수라를 드는 일이 비일비재했나이다. 이는 사가私家에서나 흉허물이 없는 형제 간에 할 수 있는 주법이요 식사법입니다만 그 또한 예의에 벗어나는 일이거늘 대궐에서 주상과 신하는 피를 나눈 형제라도 주종관계이니 그에 합당한 예절을 지켜야 합니다. 하지만 김인찬은 그 같은 예절을 무시하고 군림했으니 이는 불충 중에 불충입니다. 게다가 이번에는 궁중 복식의 위계질서를 무시하고 임금과 똑같은 의복을 입었으니, 이는 임금에 대한 권위와 존엄성을 완전히 무시하고 동등한 관계로 본 오만불손한 행위가 아닐 수 없나이다. 궁중 예절을 바로 세우시옵소서. 김인찬을 치죄하시옵소서.

조정 안이 시끄러워졌다. 어찌 보면 별것도 아닌 조복 비례 문제였지만 친왕파 사이에서는 이 문제가 권력 투쟁의 양상으로 변질되고 있었다. 사냥이 끝나면 사냥개는 잡아먹게 되어 있다. 위화도에서 회군하고 이성계가 임금의 자리에까지 오를 수 있었던 것은 장군들의 공이 컸다.

그 장군들은 단순히 위화도에 갔다가 정벌전이 여의치 않아 군대를 개경으로 돌린 것이 아니었다. 군대를 돌리다 보니 우연히 역성혁명을 하게 된 것이 아니었다. 그것은 그들이 위화도에 가기 전부터 무력 혁명을 위한 철저한 전략과 계책을 세우고 실천한 결과였다.

정도전이 항상 하는 말 중에 한 고조 유방이 한 유명한 명언이 있다. '마상馬上에서 천하를 얻을 수는 있어도 마상에서 천하를 다스릴 수는 없다' 란 말이었다. 창칼로 천하를 얻을 수는 있어도 그걸 다스리는 것은 문신이란 말이다. 무장은 이제 개국했으니 필요 없고 더구나 임금 주변에 붙어 있는 뿌리혹은 제거해야만 임금의 독선과 독주를 막을 수 있다 생각하여 새로운 문신 세력이 숙정肅整에 나선 것이다.

한두 명이 상소를 올리는 게 아니었다. 임금으로서도 입장 정리를 하고 결론을 내려야 할 만큼 벼랑 끝으로 몰고 있었다. 이지란이 임금을 독대했다.

"어쩌시겠습니까?"

"젊은 대신들이 저렇게 완강하게 벌을 내리라고 들고일어나니 그냥 덮고 넘어갈 수가 없을 것 같다."

"전하, 하지만 여기서 벌을 내릴 수는 없습니다. 이제 정식으로 개국공신 논공행상을 앞두고 있지 않습니까? 한데 벌을 내리면 개국공로도 바래질까 걱정입니다. 결론을 이삼 일 미루십시오."

"좋은 방법이 있을까?"

"정안군을 동원할까 합니다. 정안군을 따르는 대신들도 많습니다. 정도전 대감과 맞붙으면 승패는 반반이라 봅니다만. 인찬 아우의 문제는 개국공신 논공행상 뒤로 미루자 하고, 행상 뒤에는 신도이전新都移轉 문제를 꺼내어 왈가왈부하게 하면 인찬 아우 건은 관심이 작아지니 그때는 그냥 덮고 넘어가시겠다 하시면 될 것입니다."

"좋도록 하게."

이지란은 상심 중인 김인찬을 찾아가 임금과 나눈 해법을 설명했다.

"세자 책봉에도 떨어진 마당에 적극성을 보일까요? 설득이 쉽진 않을 것 같은데요."

"여하튼 만나볼게. 지금 찬밥 더운밥 가릴 땐가?"

이지란은 곧 정안군 이방원을 만났다. 그도 인찬이 어떻게 곤경을 당하고 있는지 세세하게 잘 알고 있었다. 두 사람은 방원이 젖먹이 때부터 알던 사이였다.

"조카! 구해주게. 며칠 후면 대대적인 개국공신 논공행상이 벌어지네. 김인찬의 공은 자네처럼 특등급이야. 일등공신이 아니라 특등공신이란 말이지. 한데 벌을 주면 다된 밥에 코 빠트리는 격이 되고 마는 거지. 정도전을 만나 정면 승부를 하게. 그리고 한 가지 자네가 크게 오해하고 있는 게 있다고 들었네."

"오해라니요?"

"세자 책봉 때도 자넬 밀어준 사람은 유일하게 인찬 아우 한 사람

뿐이고 정도전, 남은, 조준 그 세 사람은 처음부터 똘똘 뭉쳐 어린 방석이를 세자로 세우기로 했단 거야. 그런데 후환이 두려워 정안군을 지지한 것처럼 꾸몄다는 거지. 그리고 그들이 종친들을 도성 밖으로 나가 살게 하는 법을 만들 때 주상을 독대하여 그 부당성을 주장하고 폐기하라고 주장한 사람도 인찬 아우야. 오해 있으면 풀고 이번엔 자네가 나서주게."

"내가 나서주면 두 숙부께선 뭘 해주시겠습니까?"

"뭐든 해주지."

"절체절명의 순간에 토사곽란이 났다고 핑계를 대거나 아니면 태백산, 오대산으로 사냥을 떠나시겠지요?"

"그, 그런 일은 없을 거야."

이지란은 얼굴을 붉혔다. 인찬의 집으로 돌아온 이지란은 이방원이 나설 것 같고 그가 나서면 정도전도 어쩔 수 없이 꼬리를 내릴 것이라 했다.

"염려 말게. 잘될 테니."

"형님, 고맙습니다."

진심으로 고마워했다. 인찬은 한시름 놓았다. 인찬은 근신하는 의미에서 대궐에 등청하지 않고 있었다. 궐 밖에서 이방원이 움직이고 있다는 소식이 들려왔다. 정도전을 비롯한 대신들과 접촉을 하는 듯했다.

사흘 후. 김인찬 문제는 어전 회의에서 거론되고 어떤 결론이든 나게 되어 있었다. 그 당일이 되었다. 김인찬은 결과를 기다렸다. 저녁 때가 다 되어서 갑자기 대문 밖이 소란스러워졌다. 청지기가 뛰어 들어와 사랑 앞에서 고했다.

"대감마님! 큰일 났습니요."

"왜 그러느냐?"

"금부에서 도사가 나졸들과 함께 당도했나이다."

"어명이다! 대문을 열라!"

그들은 이미 마당으로 들어서고 있었다.

"죄인 김인찬은 어서 나와 어명을 받들라!"

김인찬이 나가 섬돌 밑에 섰다. 금부도사는 두루마리를 펼쳐 들고 어명을 읽었다.

"전 중추원사 김인찬은 지엄한 주상을 능멸한 참람한 죄인이므로 관직을 삭탈하고 금부 뇌옥牢獄에 구금하랍신 어명이다. 어명을 받으라!"

김인찬은 부복한 채 눈물을 흘리며 북향하여 사배四拜를 올리고 오라를 받았다. 부친이 어려움에 처한 소식을 듣고 흩어져 살던 아들 아홉 명이 가족과 함께 와 있어서, 오십여 명의 대식구들이 일제히 울음을 터뜨렸다.

"울지 마라. 내 중죄를 지은 바가 없으니 무사할 것이다. 어머니 잘 위로하고 기다려라."

그에게는 첫 부인(정경부인 밀양 박 씨)과 둘째 부인(정경부인 파평 윤 씨 여옥)이 있었다. 그 사이에 아들 십 형제를 두었는데 장남 귀룡은 최영 장군 밑에서 종군하다가 개경 전투에서 전사하여 지금은 아홉 형제가 남아 있었다.

김인찬은 금부에 압송되어 뇌옥에 갇히게 되었다. 자신이 생각해도 도저히 믿기지 않았다. 왜 이 차가운 옥방에, 그것도 목에 칼을 쓰고 앉아 있는지 갑자기 무슨 악몽을 꾸고 있는 듯한 느낌이었다.

만감이 교차했다. 어쩌다가 이 지경까지 되었는지 알 수가 없었다. 임금과 똑같은 비단으로 조복을 해 입은 실수가 그렇게 엄청나고 용서할 수 없는 참람한 죄일까. 안변의 산막에 앉아서 임금과 함께 조밥을 먹으며 결의형제했던 그 옛날, 그리고 지금까지의 일들이 주마등처럼 스쳐 지나갔다.

오십도 후반이 되었으니 이성계를 만난 것도 삼십 년 세월이 흘렀다. 인생은 영욕의 세월이라 했던가. 하지만 자신에게는 지금까지 지내온 세월에 욕(辱)은 없었다. 영광의 날들이 더 많았다. 이렇게 목에 칼을 쓰고 차가운 옥방에 앉아 있다니 이야말로 처음 당하는 굴욕이었고 수치였다.

그때 호통치는 소리가 복도에서 났다.

"김인찬 장군은 어느 방에 계시냐? 어서 안내하라!"

인찬은 흠칫했다. 이지란의 목소리였다. 곧이어 이지란이 나타났다.

"열어라!"

"하오나……"

옥리가 어쩔 줄을 몰라 하자 이지란이 다시 호통을 치며 자물통을 열게 했다. 그러고는 옥방 안으로 들어갔다.

"이게 무슨 꼴인가? 아우!"

이지란은 연이어 옥리에게 목에 쓴 칼을 풀라 했다.

"제 모가지가 떨어집니다. 장군님, 제발 봐주십시오."

"이놈! 명령을 어길 테냐?"

옥리는 벌벌 떨며 칼을 벗겨주었다. 인찬은 그제야 이지란 뒤에 서 있던 한충을 발견하고 깜짝 놀랐다.

"한충!"

"김인찬!"

두 사람은 얼싸안고 한동안 말을 잇지 못했다. 한충은 그동안 북청에 가 있었는데 이번 개국공신 논공행상이 있으니 조정으로 오라는 명을 받고 왔다가 인찬이 이런 사건에 희생자가 됐다는 걸 알고 찾아왔다는 것이었다.

"이지란 형님이 알려주었네. 얼마나 억울한가?"

"말로는 못 하네."

"아, 내가 깜박했군? 자네 집에 들렀었지. 부인께서 음식을 해서 싸주셨네. 아무것도 못 먹었을 거 아냐? 먹으라구."

들고 온 보따리를 풀었다. 그러자 이지란이 품속에 넣고 다니는 작은 술병을 꺼냈다.

"좋은 안주가 있는데 미주美酒가 없어서야 되겠나? 술잔 대신 빈 그릇이 있군."

이지란은 두 그릇에 술을 따랐다.

"자, 아우, 한잔 하시게. 그리고 한 장군도 드시지요."

두 사람에게 권하고 자기는 병째 들이켜고 술을 비웠다.

"이해가 안 갑니다. 주상께서는 큰형님이 아니십니까? 큰소리 한 번이면 대궐 안이 조용해질 터인데 벌을 내리시다니요?"

불만 가득한 소리로 한충이 이지란에게 항의하듯 말하자 이지란은 쓴 입맛을 다셨다.

"물론 그럴 수도 있었겠지요. 어찌해야 좋으냐고 주상께서 날 불러 물으시기에, 젊은 대신들과 유학자들 지금 기를 꺾어놓지 못하면 나중에는 골치 아파지니 강경하게 눌러 찍소리 못하게 하시오 했더니 주상은 그러고는 싶지만 나중에라도 계속 상소를 올리고 괴롭히면 성가시다, 다른 방법으로 해결해 보았으면 한다 하시더이다."

"다른 방법이라니요?"

"누군가 나서서 배극렴 같은 원로를 앞세워 적극적으로 무죄를 주장한다면 임금인 나도 못 이기는 척 양쪽의 주장에도 일리는 있다며 개국공신을 어떻게 처벌할 수 있느냐며 덮고 넘어가겠다 하면 불만이 있더라도 더 이상 시비는 안 할 것 아니냐는 거지요."

"그래서 그 방법을 취하지 않으셨나요?"

"했지요. 인찬 아우는 근신하는 뜻으로 대궐에 등청하지 않고 집에 칩거하고 있었고 나와 하륜 그리고 방원이 나서서 원로들을 설득했지요. 여러 대신들이 동조한다고 했지. 그만하면 정도전, 조준과 날을 세워볼 만하다. 그래서 이른바 김인찬의 조복 비례의 건을 정식으로 올리고 어전 회의가 열리게 된 것이오."

"정도전에 대항하여 누가 강력히 무죄를 주장하며 맞서기로 했지요?"

"정안대군 방원이었소."

김인찬 앞에서 방원은 적극 나서서 옹호해 주겠다고 약속했었다. 인찬은 그 약속을 믿고 있었다. 인찬이 더 이상 참지 못하고 이지란에게 물었다.

"정도전 정도야 정안대군과는 상대가 될 수 없지요. 그래서 나서

달라고 나도 부탁했던 겁니다. 형님, 방원이 나섰는데도 나에게 벌이 내려졌단 말이오?"

"인찬 아우! 고정하게."

이지란은 목이 타는지 빈 술병만 거꾸로 들고 흔들어댔다.

"방원이 나섰는데도 내가 이렇게 된 거냐고 묻고 있지 않소?"

"어전 회의에 불참했어."

"뭐요? 불참?"

김인찬은 충격을 받은 듯 얼굴이 시뻘겋게 변하며 두 손을 떨었다. 그리고 숨이 가쁜 듯 어깨를 들썩거렸다.

"인찬이! 괜찮아? 응?"

한충이 잡아 흔들었다. 인찬은 겨우 진정하고 심호흡을 두어 번 했다.

"괜찮네. 그, 그래서 말도 없이 불참했단 말이오?"

"늦게 나타난 거야. 일이 다 끝난 뒤에…… 나중에 알고 보니 피치 못할 사정이 있어 늦어질지 모르니 늦게 되면 하륜 대감이 대신 강하게 나서 달라 미리 부탁을 했더구먼. 어전 회의가 막상 열리고 안건이 올라오자 정도전 일파는 청산유수로 인찬의 참람한 죄에 대해 파고들며 합당한 처벌을 내려야 한다고 떠드는데 우리 쪽은 주장主將이 안 보이지 않나? 방원이 나서기로 되어 있었으니 그가 당장 나타나기만 기다리며 모두 초조하게 어전 뒷문 쪽만 흘끔거렸네."

"하륜 대감은 뭘하구요?"

"하 대감도 이럴까 저럴까 하다가 나설 기회를 잃어버린 거지. 뒤늦게 안타까워서 내가 차고 나섰는데 이미 주상께서도 벼랑 끝에 몰리시니 처벌을 내리시고 만 거야."

"이방원!"

듣고 있던 김인찬이 이방원의 이름을 뱉어내며 옥방 울 기둥 밖을 노려보았다.

'절체절명의 순간에 토사곽란이 났다고 피하거나 태백산, 오대산으로 사냥을 떠나시겠지요?'

이방원이 이지란에게 했다는 그 뼈 있는 말이 떠오르자 김인찬은 부르르 떨었다.

"아아, 이방원! 그자를 믿는 게 아니었는데? 아아."

탄식을 하다가 김인찬은 꺽꺽거리며 숨 막히는 소리를 했다.

"인찬 아우! 왜 이래?"

"아아아……"

김인찬은 왼쪽 가슴을 움켜쥐고 고통스럽게 몸부림쳤다. 그는 앞으로 쓰러졌다.

"한 장군! 아우를 지켜주시오. 위급한 것 같소. 어의를 불러와야 할 것 같소. 내가 다녀오리다."

이지란은 대궐로 뛰어들었다. 임금이 자고 있는 침전으로 달려갔다.

"환관은 속히 대왕께 아뢰어라. 시급한 일이다."

"지금 취침하셨고 밤이 야심하니 내일 아침에 등대하시지요."

"중추원사 김인찬이 옥사 안에서 급사 직전이다. 어서 아뢰어라. 아니면 내가 직접 침전에 들어가 고할 것이다. 목숨이 촌각이니 서둘러라!"

원래 목소리가 큰 사람이라 침전 밖에서 외치는데도 대궐 안이 쩌

렁쩌렁했다. 혼곤하게 잠이 들었던 임금이 놀라서 깼다.

"웬 소란이냐?"

"이지란 장군이 대왕 마마를 급히 뵈어야 한다 하고 있나이다."

"이지란이? 들라 하라."

이지란이 황급히 들어왔다. 그의 붉은 얼굴을 덮고 있는 창대 수염은 모두 성난 고슴도치 털처럼 일어나 있었다.

"이 깊은 밤에 웬일이냐?"

"형님, 큰일 났소. 인찬 아우가 옥 안에서 급사 직전이오. 너무 충격이 컸던 모양이오."

"여봐라! 상선!"

내시가 들어오자 임금은 옥사에 있는 김인찬을 즉시 어의원御醫院에 옮기고 어의를 다 불러 살려내라 이르라고 명하며, 만약 그가 죽으면 모든 책임을 묻겠다 했다.

"예!"

김인찬은 어의원으로 급히 옮겨졌다. 얼마 후 그 깊은 밤인데도 어의들이 종종 걸음을 치며 의원으로 들어왔다. 살려내지 못하면 주상께서 책임을 물으신다니 최선을 다하라고 이지란이 외치며 자리를 지켰다. 김인찬은 가슴의 통증을 견디지 못하고 쥐어뜯고 있었다.

침을 놓고 구급약을 먹이고 나서야 김인찬은 편안한 얼굴이 되었다. 바로 그때 임금인 이성계가 들어왔다.

"어떠냐? 위급한 지경은 면했느냐?"

"심장의 기氣가 갑자기 막히고 마비가 오는 바람에 피가 통하지 않아 급병이 난 것이옵니다. 구급치료는 했사오나……"

"죽는단 말이냐?"

"상감마마!"

말을 잇지 못하고 의원들이 벌벌 떨었다.

"원래 이렇게 혈관이 막혀 일어나는 심각한 병은 순간에 일어나므로 속수무책이옵니다."

임금은 김인찬의 목뒤로 팔을 넣어 얼굴을 들어 올렸다. 인찬은 가느다랗게 숨만 내쉴 뿐 의식을 차리지 못하고 있었다. 급성 심장마비가 온 것이었다.

"도대체 왜 이런 병이 온 것이냐?"

"심리적인 충격을 받았을 때 오는 일종의 화병이옵니다. 그리되면 혈과 기가 막혀 심장이 멈추게 되어 손을 쓸 수가 없나이다."

"아아, 아우야! 너는 내가 죽였구나. 신하들의 등쌀에 마지 못해 벌은 내렸지만 확정하여 시행하라는 건 아니었다. 널 구금한 것은 조사가 더 필요하다는 것이었고 그 후에 풀어주고 혐의가 없다는 것을 밝힐 참이었다. 왜 그때까지 못 참고 눈을 감고 먼저 가느냐. 아우야! 어허헉!"

임금은 그의 상체를 끌어안고 슬피 울었다. 이지란과 한충도 함께 울었다. 임금이 한탄하는 말을 현대적으로 해석한다면 관직삭탈형을 내리고 구금을 시킨 것은 구형求刑에 해당될 뿐 형이 확정된 것이 아니므로 마지막 형에 대한 최종 선고가 남아 있었다는 것을 말하고 있는 셈이다.

김인찬은 태조太祖 1년(1392년) 8월 26일(음력 7월 30일), 쉰일곱 장

년의 나이로, 결국 소생하지 못하고 임금인 이성계의 품에서 눈을 감고 말았다. 그 밤으로 그의 시신은 사가로 옮겨져 안치되었다. 임금은 예조禮曹에 명하여 국장國葬에 준하는 예장禮葬을 지내게 하여 고인을 추모하고 사흘 동안 조정에서는 조회朝會를 폐하고 백성들은 가무음주를 금하란 조서가 내려졌다.

수많은 조정 대신들과 백성들이 애도하는 가운데 장례가 치러지고 유택幽宅은 원래의 고향이요 그가 태어났던 경기도 양근군 남시면南始面 백서동白鼠洞에 마련하여 엄숙히 장사했다. 나중 후손들이 경기도 화성군 장안면長安面 금의리錦衣里 명산 산 110번지에 위패를 모신 사우祠宇를 짓고 익화사益和祠 사당을 지어 공의 묘를 그곳으로 이장하였다.

김인찬은 두 부인 사이에 열 명의 아들을 두었으며 장자는 귀룡으로 상장군겸上將軍兼 의금부사義禁府使 정란공신靖亂功臣이며 차남 기룡은 가선대부嘉善大夫 이조참판吏曹參判을 지냈고, 셋째 검룡은 수의부위修義副尉 호익순위사虎翼巡衛司 우령산원右領散員 훈련도감訓練都監으로 제주에 입도하여 양마養馬에 심혈을 기울여 국가에 지대한 공을 세웠다. 넷째 종남은 전서典書 자헌대부資憲大夫 판한성부사判漢城府使로 부친의 유지를 펼쳤으며, 그 외 아들 여섯 또한 나라의 공이 높아 그의 자손들이 번창하여 오늘에 이르게 되었다.

김인찬 사후 조선 개국공신에 대한 논공행상이 실시되었다. 공신도감功臣都監이 올린 공신록에서 김인찬 조條를 보면 다음과 같다.

중추원사 김인찬은 지금 그 몸은 죽었지만 배극렴 등과 전하를 추대할 때 마음을 함께하여 추대하였으니 진실로 성상의 교서에 이른바 그 공이 매우 크다 할 수 있습니다. 마땅히 〈일등공신一等功臣〉의 칭호를 내리고 그 포상의 은전을 배극렴과 똑같게 하소서.

이에 임금(태조)은 교서를 내려 김인찬의 공을 기렸다.

중추원사 김인찬은 위계를 분별치 못하여 참람한 죄를 지었으나 모든 것을 다 용서[赦免復權]하노라. 의정부 좌의정 배극렴 등과 같이 백성의 뜻과 국가의 대업을 이룰 때에 온갖 마음과 뜻을 같이하여 과인을 추대하였으니 그 공로 몹시 커서 비유컨대 황하가 허리띠보다 가늘고 태산이 숫돌보다 작다 하겠노라(공신녹권功臣錄券 태조의 교서太祖敎書에서)

그리하여 김인찬은 개국공신 논공행상에서 〈일등공신〉에 올랐으며 순충분의純忠奮義 좌명조선개국佐命朝鮮開國 일등공신 대광보국大匡輔國 숭록대부崇祿大夫 의정부 좌찬성의 훈위勳位를 받았고 충민공忠愍公이란 시호諡號를 받았다.

참고로 〈일등공신〉이 누리는 특혜와 영광은 이루 말할 수 없다. 일등공신의 칭호를 받게 되면 초상화를 모신 전각이 들어서며 비석을 세워 공을 기록하고 작위와 토지를 받게 되며 부모와 배우자에게는 삼 등을 높여 봉작을 내려준다.

그리고 직계 아들에게는 삼 등을 높여 음직(과거를 보지 않아도 벼슬을 할 수 있고 세습이 되는 특혜가 있다)을 주고 직계 아들이 없는 자는 생질과 사위에게 이 등을 높여 음직을 주고 전지田地 백오십 결結 이상, 노비 열다섯 명, 구사丘史 일곱 명, 진배파령眞拜把領 열 명을 주고 적장자嫡長子는 대대로 이어받아 그 녹祿을 잃지 않게 하고 자손은 정안政案 속에 일등공신 아무개의 자손이라고 자세히 써서 비록 범죄를 저지를지라도 사면이 영구한 세대까지 미치게 한다.

김인찬이 급서急逝한 서기 1392년은 다사다난한 한 해였다. 요동 정벌전에 나섰던 고려의 대군을 압록강 위화도에서 이성계가 회군시켜 고려조에 반기를 든 것이 사 년 전인 1388년이었다. 이래 권력투쟁이 계속 내연內燃되고 고려왕조를 지키자는 파와, 역성혁명을 해야 한다는 개혁파의 싸움이 벌어져 결국 수구파의 거두 정몽주가 사월에 피살되고 그것이 고비가 되어 고려의 마지막 왕 공양왕이 7월 17일 이성계에게 양위讓位하게 되어 그는 수창궁에서 신왕으로 즉위하게 되었다. 이어서 팔월에는 방석을 세자로 책봉하고 김인찬이 같은 달에 서거하게 되었던 것이다.

그로써 고려왕조는 망하고 새 왕조인 조선왕조가 개창開創되었다. 명실상부 신 왕조 건국은 왕도 이전과 더불어 국호의 제정이었다. 국호는 이듬해인 1393년 1월에 정해졌다.

백관을 불러 모아 국호를 논의하도록 했는데 마지막 남은 이름이 〈조선朝鮮〉과 〈화령和寧〉이었다. 조선의 국호는 이미 상고시대에 우리 민족이 썼던 국명이고, 화령은 이성계의 고향인 화령(영흥) 지명에서 따온 이름이었다.

두 이름을 가지고 문관학사文官學士 한상질이 명 태조의 승인을 받으려고 명에 입국했다. 한상질은 훗날 수양대군이 보위를 찬탈할 수 있도록 모사를 꾸민 한명회의 조부였다. 이듬해 명 태조는 〈조선〉이 좋겠다며 승인을 했다.

동상이몽同床異夢이었다. 고려에서는 조선이란 국호가 단군조선의 맥을 잇는 민족적 긍지가 있어 올린 것인데 명 태조 주원장은 전혀 다른 생각을 하고 좋다 했던 것이다. 즉 은殷나라 시절 기자箕子가 동 래東來하여 평양에 나라를 세워 기자조선이라 했다는《한서지리지漢書 地理志》의 고사를 떠올리며 국호를 조선이라 해야 자기들 속국이 된다 싶어 조선으로 정해준 것이다.

어찌 되었든 국호를 〈조선〉이라 정하고 김인찬이 그렇게 원하던 새 나라가 탄생하여 유구한 역사를 이어가게 되었던 것이다.

글을 맺으며

—

태 조 이 성 계 의 킹 메 이 커

　난세가 되고 나라가 어지러워야 영웅이 나타나고 인재가 나타난
다고 한다. 평화로운 시대나 풍요로운 시대에는 뛰어난 영웅이나 인
재가 없어도 백성들은 잘살고 나라는 번영하는 데 지장이 없기 때문
이다.

　몽고元는 백 년 동안 고려의 외교·국방권을 빼앗고 고려의 재산
과 생명을 착취하고 전국토를 황폐화시켰으며, 전통과 관습까지 무
시하며 강제로 몽고화하고 조정을 허수아비로 만들었다. 또 고려 권
력층의 부패와 지배층의 타락은 망국의 길을 재촉하였다.

　고려말은 난세였다. 도탄에 빠진 백성과 나라를 구할 수 있는 영
웅이 필요했다. 영웅이나 지도자는 시대정신時代精神의 산물이다. 내
가 민족의 지도자나 영웅이 되고 싶다고 해서 되어지는 게 아니다.
지도자는 인위적으로 만들어지는 게 아니라 그 시대의 정신이 만들

어내는 것이다.

후삼국이 망하고 왕건이란 지도자가 국토를 통일하고 왕조를 세운 것도 바로 그 시대의 정신이 그를 요구하고 있었기 때문에 가능했던 것이다. 온백성이 새로운 구국의 지도자를 원하고 있었다. 지도자 용龍(이성계)은 그래서 나타났다. 원의 세력이 약해진 틈을 타서 최영 장군이 국초 이래 숙원이던 요동 정벌을 단행하자며 사만 정벌군을 일으켜 압록강 사잇섬인 위화도까지 진군시켰을 때 이성계는 정벌 전쟁 사불가론을 내걸고 돌연 회군을 결정, 창끝을 돌려 왕성을 점령했다.

회군을 결정한 것은 단순히 전쟁이 불가한 당시 어려운 상황 때문이었을까, 아니면 처음부터 가지고 있던 역성혁명(왕조 바꾸기 정변)의 시나리오 때문이었을까. 나는 참전 전부터 이성계는 주도면밀한 역성혁명의 각본을 가지고 있었다고 본다. 언제부터 그런 결심을 했을까. 그가 그런 결심을 한 때는 이성계가 호발도군을 대파하고 개선 도중 안변을 지나면서 김인찬을 만나 이성계, 퉁두란(이지란)과 결의형제할 때부터였다고 생각한다.

〈용비어천가〉의 가사 내용을 들어 이성계와 김인찬이 그때 처음 만난 것이라 말하는 사람이 있으나 사실은 이미 같은 지역에서 살고 있었으므로 전부터 세 사람은 잘 알고 친한 사이였음이 분명하다. 어떻게 처음 만나서 생사를 함께할 결의형제를 맺을 수 있겠는가. 그렇게 보면 이성계에게 큰 뜻을 품게 하고 그것을 이루도록 도운 인물은 김인찬이었다고 보여진다.

위화도 진군에서 회군으로 역사의 물줄기를 바꾼 그 장대한 계획은 이성계와 김인찬이 의형제를 맺은 그 순간부터 세워지고 은밀하게 진행된 것이다. 김인찬은 이성계야말로 당시 시대가 요구하는 영웅이며 지도자임을 알아본 것이다. 그 같은 결심을 더욱 굳히게 된 사건이 있었다. 바로 세 의형제가 석왕사로 무학대사를 찾아가 이성계의 꿈풀이를 듣게 된 것이다.

서까래 세 개를 지게에 지고 숲에서 나왔다는 이성계의 꿈 이야기를 들은 무학대사는 이성계에게 장차 왕이 될 운명을 암시하는 것이라고 했다. 지게에 짊어진 서까래 세 개는 바로 임금 왕王 자를 나타낸다고 했던 것이다. 조선 개국의 역사를 보면 역시 김인찬은 이성계 태조 만들기의 '킹메이커'였음을 알 수 있다.

역성혁명이 성공하고 새왕조를 탄생시켜 이성계를 보위에 앉힌 데까지가 김인찬의 과업이었다면, 새 왕조를 반석 위에 올려놓는 데 새로운 킹메이커가 된 사람은 정도전이었다.

김인찬의 역사적 공로는 그런 점에서 높게 평가 받아야 한다고 본다. 김인찬의 가계를 보면 신라시대부터 어느 왕가보다 많은 서른여덟 명의 왕을 배출하였으며, 어느 시대든지 지배층의 핵심으로 활동한 큰 인물이 많이 나왔음을 볼 수 있다. 오늘날의 후손들 중에 국가의 장래를 이끌고자 하는 포부를 가진 용들이 꿈틀거리고 있는 것을 보면, 신라시대부터 지금까지 관통하는 이너써클의 로열패밀리 의식과 역사적 전통이 맥을 잇기 때문이 아닌가 싶다.

소설 《용의 형제들》이 세상에 나오기까지 두 분의 관심과 노력, 숨은 공이 있었다. 한 분은 한학자이며 향토사학자이신 김한석金漢錫 선생이다. 김인찬 공이 가문의 중시조된다며 노구를 이끌고 발로 뛰어다니며 귀중한 자료들을 정리하고, 그것도 한 번이 아니라 계속 찾아다니며 창작하는 데 큰 도움을 주신 것을 감사드린다. 그리고 권말에 〈익화군 김인찬 가계〉를 간단명료하게 정리하여 붙여주신 분도 김한석 선생이다.

　또 한 분은 국제갤러리 김병수 회장님이다. 〈뉴욕타임스〉 선정 '아시아 최고 갤러리'로 손꼽힌 국제갤러리를 운영하며 제주특별자치도에 가장 한국적인 동양 최고의 미술 전시관을 건립하기 위해 노심초사, 동분서주하면서도 나의 작업에 많은 관심을 기울이고 온갖 편의를 제공해 주었다. '용의 형제들'이란 제목 아이디어까지 내어 작품을 완성하는 데 도움을 주셨으니 이 자리를 빌려 고마움을 표한다.

2012. 9.

유현종劉賢鍾

익화군 김인찬 가계

—

시조 김알지始祖 金閼智(탈해왕 9년, 65~?)

새벽도 아닌데 한밤중에 금성(경주) 서쪽 시림始林의 숲 속에서 닭 울음소리가 들려 탈해왕이 신하에게 가보게 하니 나뭇가지 위에 작은 금빛 함函이 걸려 있고 그 아래에서 흰 닭이 울고 있었다. 그 함을 가져다가 열어보니 잘생긴 사내아이가 나왔다. 이때부터 시림을 계림鷄林이라 부르고, 아이가 장성하니 '알지'라 이름하고 금함에서 나왔다 하여 김씨金氏라 하였다. 《삼국유사三國遺事》

7世	미추왕味鄒王
11世	지증왕智證王
12世	법흥왕法興王
19世	원성왕元聖王
22世	신무왕神武王
24世	문성왕文聖王
28世	경순왕敬順王(재위 927~935)

휘諱는 부傅. 신라 56대 마지막 왕. 문성왕의 6대손이며 이찬伊湌 효종孝宗의 아들. 어머니는 계아태후桂娥太后(헌강

왕의 딸). 후백제 견훤에 의하여 경애왕景哀王이 피살되자 보위를 이어받았다. 그러나 나라가 쇠약해져 왕건에게 양국讓國했다.

29世 김은열金殷說. 경주인慶州人
경순왕과 낙랑공주(태조 왕건의 딸) 사이에 낳은 장자로 대안군大安君에 봉군되었고, 태자소부太子少傅, 내사시랑內史侍郎 평장사平章事를 지냈다.

35世 김시흥金時興(1090~1177) 문열공文烈公 김녕군金寧君
문무겸전의 무장으로 병부시랑 동북병마사를 역임. 광록대부光祿大夫 평장사에 올랐다. 1135년 승려인 묘청妙淸이 유담과 조광을 데리고 서경(평양)에서 반란을 일으키자 도원수가 되어 부월斧鉞을 받고 김부식金富軾 등과 더불어 진압하여 이 전공으로 김주군金州君, 金寧에 봉함을 받고 이어서 상락군에 피봉되었다. 시호는 문열공.

39世 김문제金文齊 익화군益和君. 김인찬의 고조高祖
고려 충숙왕 시 문과 급제. 전라관찰사全羅觀察使를 지냈다.

40世 김일성金鎰成. 김인찬의 증조曾祖
고려 충목왕 시 개경부윤開京府尹과 지방 목사牧使를 지냈다.

41世 김천익金天益. 김인찬의 조祖
고려 충정왕 시 문과 급제. 도승지都承旨를 지내고, 화령도和寧道 상원수上元帥가 되고 개령군開寧君에 봉함을 받았다.

42世 김존일金存一. 김인찬의 부父
공민왕 시 문과전서文科典書와 안변목사安邊牧使를 지냈다.

43世 김인찬金仁贊. 익화군益和君
조선국朝鮮國 개국일등공신開國一等功臣 양근인楊根人

44世 김인찬의 장남 김귀룡金貴龍: 의금부사義禁府使 영화군寧和君
이 되었다.

차남 김기룡金起龍: 가선대부嘉善大夫 이조참판吏曹參判을 지
냈다.

삼남 김검룡金儉龍: 호익순위사虎翊巡衛司 우영산원右領散員 훈
련도감訓練都監을 지냈으며 조선 초에 제주에 입도入島하여
그의 후손들이 김씨집성도金氏集成島를 이루어 흥왕興旺하
였다.

사남 김종남金從南: 예조전서禮曹典書를 지내고 태조 말기에
자헌대부資憲大夫 판한성부사判漢城府使를 배명하였다. 왕자
의 난이 일어나 태조가 선위하고 함흥으로 갈 때 충성을
다하며 호종하였고, 난을 일으키고 골육상쟁을 한 태종이
미워 환궁을 거부하며 결코 돌아가지 않겠다던 태조의 마
음을 돌려 환궁케 한 공을 인정받아 대광보국 숭록대부
의정부 영의정에 증직되었다.

팔남 김풍金豊: 이조참의吏曹參議를 지냈다.

51世 김만일金萬鎰
제주도에 입도한 김인찬의 삼남인 훈련도감 김검룡의 7대
손. 선대유업인 양마養馬에 전념하여 개량번식에 성공, 만
여 필을 소유하게 되었다. 1592년(선조 25)에 임진왜란이
일어나자 조정은 군마軍馬가 없어 연전연패하였고, 백성들
은 우마가 없어 생필품을 운반할 수 없었다. 이에 김만일
은 국난을 극복하고자 선조 30년 양마 오백 필을 조정에
헌상하였다. 이후 삼백 년간 매해 양마 이백에서 오백 필
을 조정에 헌상하였으며, 조정에서는 이를 치하하기 위해
김만일의 후손들에게 감목관이라는 벼슬을 내렸다. 이 벼

슬은 이 집안에서 삼백 년간 유지되었다. 김만일의 우국 충정에 감동한 조정은 그에게 가선대부嘉善大夫 오위도총부五衛都摠府 도총관都摠管이란 높은 벼슬을 제수했다. 연이어 자헌대부資憲大夫 중추부지사中樞府知事를 증직받았고, 광해군 13년에는 정헌대부正憲大夫를, 인조 6년에는 종일품從一品 숭정대부崇政大夫를 제수받았다. 여든셋에 졸하니 국가에서는 영구히 제사하도록 명하였다.